Ethan Canin wuchs in Kalifornien auf,
wo auch viele seiner Geschichten spielen.
Neben High School und Medizinstudium
begann er zu schreiben. Er erhielt mehrere
Preise und Stipendien und lebt heute
in Boston, Massachusetts.

ETHAN CANIN

AMERICAN
BEAUTY

Stories

Deutsch von Hans Hermann

Rowohlt

Veröffentlicht im Rowohlt Taschenbuch Verlag GmbH,
Reinbek bei Hamburg, Juni 1993
Copyright © 1988 by Ethan Canin
Copyright der deutschen Ausgabe
© 1991 by Hoffmann und Campe Verlag, Hamburg
Umschlagillustration Jürgen Mick
Umschlagtypographie Walter Hellmann
Gesamtherstellung Clausen & Bosse, Leck
Printed in Germany
990-ISBN 3 499 13317 2

Für meine Eltern, meinen Bruder Aram
und für Barbara

INHALT

Der Kaiser der Lüfte 9

Das Jahr, in dem wir uns kennenlernten 32

Lügen 63

Wo wir jetzt sind 75

Wir sind nächtliche Wanderer 100

Tongedächtnis 124

American Beauty 141

Der Terrier, der Diamantenkäufer 173

Stern-Delikatessen 193

DER KAISER DER LÜFTE

Erlauben Sie, daß ich mich vorstelle. Ich bin neunundsechzig Jahre alt, wohne immer noch in dem Haus, in dem ich großgeworden bin, und arbeite schon so lange als Biologie- und Astronomielehrer hier an der High-School, daß ich inzwischen bereits den Enkel eines meiner früheren Schüler im Unterricht hatte. Die Armbanduhr meines Vaters, die ich trage, sagt mir, daß es jetzt kurz nach halb fünf Uhr früh ist, und ich bin mittlerweile, auch wenn ich nicht immer so gedacht habe, überzeugt, daß die Hoffnung das Wesen aller guten Menschen bestimmt.
Meine Frau Vera und ich haben keine Kinder. Dadurch war es uns möglich, eine ganze Menge in unserem Leben zu unternehmen: Wir haben auf der Chinesischen Mauer gestanden, haben die Cheopspyramide bestiegen und in Lappland in der Mitternachtssonne gebadet. Vera ist annähernd so alt wie ich und im Moment auf großer Tour durch die Appalachen. Seit zwei Wochen ist sie unterwegs und wird voraussichtlich noch eine weitere bleiben. Zusammen mit einer Gruppe von Männern und Frauen, die teilweise nur halb so alt sind wie sie, durchwandert sie alles in allem drei Staaten. Die Jahre haben meiner Frau offenbar nichts anhaben können. Sie läuft Schlittschuh, unternimmt ausgedehnte Touren, und es macht ihr auch heute noch nichts aus, nackt in einem Bergsee zu baden. Sie tut diese Dinge allerdings ohne mich, denn mein Le-

ben ist mittlerweile ruhiger geworden. Als ich im letzten Herbst den Rasenmäher durch unseren Garten schob, spürte ich plötzlich einen Druck in der Brust und einen wilden Schmerz in der Schulter, und ich kam für eine Woche auf die Privatstation des Krankenhauses. Herzanfall. Genauer gesagt, ein leichter Herzmuskelinfarkt. Ich werde in meinem Leben keinem Zug mehr hinterherrennen, und in der Brusttasche meines Hemdes trage ich jetzt immer ein Fläschchen voller Nitroglycerinpillen mit mir herum. Wenn ich an der Kasse im Supermarkt in einer langen Schlange oder mit dem Auto in einem Stau feststecke, beruhige ich mich damit, daß es sich nicht lohnt, aus Ungeduld zu sterben, und als ich letzte Woche vom Fenster aus Mr. Pike, meinen Nachbarn, mit einer Kettensäge durch den Garten auf unsere Haustür zukommen sah, sagte ich mir, dieser Mann ist ohne Zukunft und ohne Hoffnung.

Ich hatte die Insekten in meiner Ulme bereits ein paar Tage vorher entdeckt, eine schmale rote Linie, die vom Erdboden aus den Stamm hochlief und in den unteren Zweigen verschwand. Ich holte ein Vergrößerungsglas aus dem Haus, um sie genau betrachten zu können – die glänzende Oberfläche ihrer Gliederfüße, die Leiber länglich wie Tropfen einer roten Flüssigkeit, ihre winzigen Beine, drahtig und aus noch winzigeren Gliedern zusammengesetzt –, wie sie die rissige Rinde erklommen. Und noch an dem Morgen, an dem ich sie zum erstenmal sah, kam Mr. Pike von nebenan herüber und stand plötzlich auf unserer Veranda. »Sie haben Schädlinge in Ihrer Ulme«, sagte er.

»Ich weiß«, sagte ich. »Kommen Sie rein.«

»Es ist ein Jammer, aber ich bin für ein klares Wort: Es

gibt noch andere Bäume hier in der Nachbarschaft. Ich muß an meine eigenen drei Ulmen denken.«
Mr. Pike ist Bauunternehmer, ein dicker und unangenehmer Mann, mit dem ich kaum einmal ein Wort wechsle. Ich habe ihn zwar auf ein paar Sportveranstaltungen der High-School gesehen, aber so, wie er da immer den Kopf abschätzig zur Seite geneigt hielt, hatte ich den Eindruck, daß er nur Augen für die Fehler der Spieler hatte. Er ist klein, mit dicken Armen und einem dikken Hals, und hat einen Sohn namens Kurt, in dessen streitsüchtiger Schreierei ich jetzt schon die Dicke seines Vaters hören kann. Mr. Pike ist Eigentümer oder zumindest Miteigentümer einer Baufirma, die am Stadtrand eine Reihe einfacher Fertighäuser auf ein Grundstück gestellt hat, das, wie ich noch aus meiner Jugendzeit weiß, vor langen Jahren von einem Feuer verwüstet wurde. Einmal sagte mir ein Klempner, der bei uns im Kellergeschoß an den Leitungsrohren arbeitete, Mr. Pike sei ein schlechter Handwerker, ein Mann, dem Geld mehr bedeute als Qualität. Der Klempner, ein Mann in meinem Alter, der sein Werkzeug in einer Holzkiste aufbewahrte, erzählte mir kopfschüttelnd, Mr. Pike habe in seinen Häusern Plastikrohre verlegt. »Die halten zehn Jahre«, sagte der Klempner. »Dann gehen die Nähte kaputt, und die Mauern und Decken füllen sich mit Wasser.« Ich selbst hatte mit Mr. Pike noch kaum etwas zu tun gehabt, bis er mir nun sagte, er wolle, daß meine Ulme gefällt werde, zum Schutz der drei jungen Bäume in seinem Garten. Unsere Häuser trennt ein hoher Rhododendron- und Efeubestand, so daß wir – anders als die meisten Nachbarn – vom Leben nebenan nichts mitbekommen. Wenn wir uns vorher einmal auf der Straße begegnet wa-

ren, hatten wir nur über die Footballergebnisse oder den unablässigen Regen geredet, und ich hatte sein Grundstück seit jenem Tag nicht mehr betreten, als ich kurz nach seinem Einzug hinübergegangen war, um mich vorzustellen, und von ihm die Stelle gezeigt bekam, wo er unter seinem hügeligen Rasen einen Luftschutzbunker bauen wollte.
Letzte Woche stand er dann also mit der Kettensäge in den Händen auf meiner Veranda. »Ich hab junge Ulmen«, sagte er. »Ich kann sie nicht dem Ungeziefer überlassen.«
»Mein Baum ist über zweihundert Jahre alt.«
»Ein Jammer«, meinte er und hielt mir die Säge hin, »aber ich bin für ein klares Wort. Ich wollte Sie nur wissen lassen, daß ich den Baum fällen lassen kann, sobald Sie das Zeichen dazu geben.«
Die ganze Woche hatte ich Schwierigkeiten mit dem Einschlafen. Ich lag im Bett, las Dickens und trank becherweise heiße Milch, aber es half alles nichts. Die Ulme starb. Vera war weg, und ich lag da und dachte an die Insekten, die mit ihren winzigen Kiefern den Stamm aushöhlten. Es war Spätsommer, die Nächte waren noch warm, und manchmal ging ich im Nachthemd nach draußen und betrachtete den Himmel. Wie gesagt, ich unterrichte Astronomie, und obschon ich gelegentlich versuche, die Sterne als milchweiße Punkte oder Perlen zu sehen, kann ich doch nicht umhin, in ihnen die Muster der Sternkarten zu erkennen. Ich stand neben der Ulme und blickte hinauf zum Kleinen Bären und zur Leier, zum Schwan und zur Krone. Ich ging zurück ins Haus, las, schälte eine Orange. Dann setzte ich mich ans Fenster und dachte an die Insekten. Jeden Morgen um

fünf kam ein Junge, der einmal in meiner Astronomieklasse gewesen war, auf seinem Fahrrad vorbeigefahren und warf, die Nationalhymne pfeifend, die Zeitung auf unsere Veranda.
Manchmal hörte ich sie, wie sie am Herzen meiner prachtvollen Ulme nagten.
Als ich die Insekten entdeckt hatte, rief ich tags darauf gleich den Mann in der Baumschule an. Ich beschrieb sie ihm, die Leiber wie rote Tröpfchen, die drahtigen Beine; er nannte mir Gattung und Art.
»Werden sie den Baum zerstören?«
»Sie können es jedenfalls.«
»Wir könnten sie vergiften, nicht wahr?«
»Wahrscheinlich nicht«, sagte er. Er erklärte mir, daß sie, wenn sie erst einmal außen auf der Rinde zu sehen waren, schon so tief in den Baum eingedrungen sein mußten, daß Pestizide nichts mehr halfen. »Wenn wir sie vernichten wollten, würden wir am Ende den Baum vernichten.«
»Heißt das, der Baum ist tot?«
»Nein«, sagte er. »Das hängt von der Insektenkolonie ab. Es kann sein, daß sie in einen Baum eindringen, ohne ihn zu zerstören, ja, ohne ihn auch nur zu schwächen. Sie fressen zwar das Holz, aber manchmal fressen sie es so langsam, daß der Baum es ersetzen kann.«
Als Mr. Pike am nächsten Tag herüberkam, erzählte ich ihm davon. »Sie verlangen von mir, daß ich einen zweihundertfünfzig Jahre alten Baum fälle, der noch lange nicht sterben würde.«
»Der Baum ist gut und gern fünfundzwanzig Meter hoch«, sagte er.
»Na und?«

»Er steht genau sechzehn Meter von meinem Haus entfernt.«

»Mr. Pike, er ist älter als die Freiheitsglocke.«

»Ich will nicht unfreundlich sein«, sagte er, »aber ein Sturm könnte neun Meter von diesem Baum in mein Haus krachen lassen.«

»Wie lange leben Sie jetzt hier?«

Er sah mich an, stocherte in seinen Zähnen. »Das wissen Sie doch.«

»Vier Jahre«, sagte ich. »Ich habe hier schon gelebt, als in Rußland noch der Zar regierte. Eine Ulme legt, solange sie wächst, jedes Jahr an Dicke einen halben Zentimeter zu. Dieser Baum hat einen Durchmesser von ein Meter zwanzig und bis jetzt weder an Ihrem noch an meinem Haus auch nur die Farbe angekratzt.«

»Er ist krank«, sagte er. »Ein kranker Baum. Er könnte umstürzen.«

»Könnte«, sagte ich. »Er *könnte* umstürzen.«

»Sehr gut möglich, *daß* er umstürzt.«

Wir sahen uns kurz an. Dann wandte er den Blick ab und verstellte mit der rechten Hand irgend etwas an seiner Uhr. Ich warf einen Blick auf sein Handgelenk. Die Uhr hatte ein glänzendes Metallband, und die Stunden, Minuten und Sekunden blinkten unaufhörlich.

Am Tag darauf erschien er wieder auf meiner Veranda.

»Wir können einen neuen pflanzen«, sagte er.

»Wie bitte?«

»Wir können einen neuen Baum pflanzen. Wenn wir die Ulme gefällt haben, können wir eine neue pflanzen.«

»Haben Sie eigentlich eine Vorstellung, wie lange es dauern würde, bis ich wieder einen solchen Baum da stehen hätte?«

»Man kann auch ältere Bäume kaufen. Die bringen sie mit einem Lastwagen und pflanzen sie einem ein.«
»Selbst so ein Baum würde hundert Jahre brauchen, um die Größe der Ulme zu erreichen. Ein Jahrhundert.«
Er sah mich an. Dann zuckte er mit den Achseln, drehte sich um und ging die Stufen hinunter. Ich setzte mich in die offene Tür. Ein Jahrhundert. Was würde in einem Jahrhundert von der Erde noch übrig sein? Ich halte mich nicht für einen sentimentalen Menschen, und im Theater oder im Kino kommen mir niemals die Tränen, aber bestimmte Dinge haben mich schon immer bewegt, so auch die Erwähnung eines Jahrhunderts. An einem Herbstabend abseits zu stehen, während Pärchen und Familien aus allen Richtungen auf strahlenförmig angeordneten Fußwegen zum Konzerthaus strömen, hat mich ebenfalls immer mit einer Sehnsucht erfüllt, auch wenn ich nicht weiß, wonach. Im Unterricht habe ich schon oft die Lebensgewohnheiten der einfachen Hydra behandelt, die es aus Gründen, die sie nie wird verstehen können, zur strahlendhellen Wasseroberfläche zieht, und das Schauspiel, das sich bietet, wenn sich tausend Menschen in einem einzigen Raum zusammenfinden, um Beethovenquartetten zu lauschen, ist für mich so bewegend wie Geburt oder Tod. Ähnliche Gefühle überkommen mich in einem fahrenden Auto auf einer freitragenden Brücke über dem Mississippi, dem Vater aller Flüsse. Derartige Dinge überwältigen mich, und als ich an diesem Tag auf der Veranda saß, während Mr. Pike sich über den Fußweg entfernte, kurz bei der Ulme stehenblieb und dann in sein Haus zurückging, spürte ich, wie sich mein Leben auftat und mir darbot.
Nachdem er in seinem Haus verschwunden war, ging ich

zur Ulme hinüber und beobachtete die Insekten, die an einer bestimmten Stelle im Gras auftauchten und außerhalb meiner Sichtweite in den untersten Zweigen wieder verschwanden. Die Kolonne war dicht und ununterbrochen. Ich kehrte ins Haus zurück und fand die Zeitung vom Tag vorher, die ich zusammenrollte und mit nach draußen nahm. Mit ihr schlug ich gegen den Baumstamm, rauf und runter, und bald war die Kolonne ein einziges Chaos. Ich schlug immer weiter, bis die Zeitung naß und zerfetzt war; mit den Fingernägeln zerquetschte ich Ausreißer zwischen den schmalen Furchen der Rinde. Wo sie aus dem Boden kamen, zertrampelte ich alles, grub meine Schuhspitze in ihre unterirdischen Tunnel. Erst als mir das Atmen zur Qual wurde, hörte ich auf und setzte mich auf die Erde. Ich schloß die Augen, wartete, daß sich der Pulsschlag in meinem Hals beruhigte, und saß dann milde triumphierend da, endlich Herr der Lage. Nach einer Weile kehrte mein Blick zum Baum zurück: Die Kolonne war vollkommen wiederhergestellt.
An diesem Nachmittag mischte ich ein starkes Insektengift und ging nach draußen, um das untere Ende des Baumstamms damit einzupinseln. Mr. Pike erschien in seiner Haustür und beobachtete mich. Er kam die Stufen herunter, blieb hinter mir auf dem Gehweg stehen und machte leise glucksende Geräusche. »Gegen die hilft kein Gift«, flüsterte er.
Als ich jedoch am Abend noch mal hinausging, waren die Insekten verschwunden. Die Rinde war frei von ihnen. Mit dem Finger fuhr ich einmal um den ganzen Baumstamm. Ich läutete an Mr. Pikes Tür, und wir gingen hinüber und standen zusammen vor dem Baum. Er fuhr mit

den Fingerspitzen in die Kerben und kratzte ganz unten Erdkrumen von der Rinde. »Ich werd verrückt«, sagte er.

Als ich ein kleiner Junge war, waren die Sommer hier heiß, und der Wald im Norden und Osten trocknete oft so sehr aus, daß das Unterholz – unfähig, den Laubbäumen das Grundwasser streitig zu machen – eine knisterndbraune Färbung annahm. Das Strauchwerk wurde spröde wie Stroh, und im Sommer, als ich sechzehn war, geriet der Wald in Brand. Eine Feuerwand raste und tobte Tag und Nacht, so laut wie ein Schwarm Propellerflugzeuge. Ganze Familien versammelten sich auf der Straße, unter einem nächtlichen Himmel wurden Evakuierungspläne entworfen und Fluchtwege aufgezeichnet, und obwohl das Feuer noch gut fünfzehn Kilometer entfernt war, leuchtete der Himmel orangefarben. Mein Vater hatte ein Funkgerät, so daß er sich mit den Löschmannschaften in Verbindung setzen konnte. Er blieb die ganze Nacht auf und versprach, die Nachbarn zu wecken, wenn der Wind umschlagen oder sich das Feuer sonstwie auf den Ort zubewegen sollte. Doch der Wind blieb konstant, und bis zum Morgen war eine Feuerschneise in den Wald geschlagen, die so breit war wie eine Straße. Mein Vater ging am nächsten Tag mit mir hinunter, um sie mir zu zeigen, ein Band aus gerodetem Land, so kahl, als wäre es mit dem Rasiermesser abgezogen worden. Sie hatten die Bäume gefällt, das Unterholz umgemäht und dann alles weggeschafft. Wir standen, mit dem Rücken zur Stadt, am Rand des gerodeten Landes und beobachteten die Flammen. Dann stiegen wir in den Plymouth meines Vaters und fuhren so dicht heran, wie sie uns ließen.

Jemand erzählte, daß ein Feuerwehrmann in unmittelbarer Nähe der Flammen erstickt war, als die Feuergarbe abrupt die Richtung geändert und der Luft den gesamten Sauerstoff entzogen hatte. Mein Vater erklärte mir, daß eine Flamme Sauerstoff atme wie ein Mensch. Wir stiegen aus dem Auto. Die Hitze kräuselte die Haare auf unseren Armen und ließ die Spitzen unserer Augenwimpern weiß werden.
Mein Vater war Apotheker und aus Neugier zusammen mit mir zum Feuer gefahren. Ihn interessierte alles Wissenschaftliche. Er führte Gezeitentafeln und sammelte alle möglichen Kleinigkeiten der Natur – Schmetterlinge und Motten, Blumen, Samen – und bewahrte sie in Vitrinen auf, die er vor den nackten Steinwänden unseres Kellers aufstellte. In einem Sommer erklärte er mir die Sternbilder der nördlichen Hemisphäre. Immer wieder gingen wir ins Freie, und bis zum Herbst zeigte er mir, wie ich Perseus, Boötes und Andromeda finden konnte, wie einige der hellsten Sterne die Leier und den Adler hervorhoben, wie der Polarstern, obwohl die Sternbilder mit den Jahreszeiten wandern, nahezu ortsfest bleibt und deshalb den Fixpunkt für die Navigation auf See darstellt. Er brachte mir alles über den nächtlichen Himmel bei, und ich betrachte das heute als kostbares Wissen. Später im Astronomieunterricht haben sich meine Schüler nur selten etwas aus dem Silizium oder dem Eisen der Sonne gemacht, doch immer, wenn ich von Kepheus oder Lacerta erzählte, waren sie still und lauschten meinen Worten. Fast auf jeder Party findet sich irgendein trinkender Ehemann, der mit mir hinausgeht und Kognak schlürft, während ich ihm die Sterne zeige und ihre Namen nenne.

Als ich damals so dastand und dem Feuer zusah, kam es mir vor, als seien die Flammen so laut und mächtig wie das Meer, und als wir am Abend wieder zu Hause waren, ging ich hinaus in den Garten und kletterte auf die Ulme, um den brennenden Wald zu beobachten. Es war mir zwar verboten, weil die untersten Äste schon damals ein gutes Stück außerhalb meiner Reichweite lagen und weil mein Vater überzeugt war, daß jeder, auch wenn er mit viel Glück die unteren Äste erreichen sollte, auf dem Rückweg fast zwangsläufig abstürzen mußte. Aber ich wußte, wie ich nach oben kommen konnte. Ich hatte es schon mehr als einmal probiert, wenn meine Eltern nicht da waren. Ich war zwar nie bis zu den ersten Ästen gekommen, aber ich hatte die richtigen Unebenheiten und Griffe gefunden, die es mir in einem ziemlichen Balance- und Kraftakt ermöglichten, so hoch zu gelangen, daß mich von den Ästen nur noch ein einziger Sprung trennte. Vor diesem Sprung fürchtete ich mich allerdings, und ich hatte ihn noch nie gewagt. Wollte man die Äste zu fassen bekommen, mußte man seine ganze Kraft zusammennehmen, senkrecht nach oben springen und sich dabei, so gut es ging, mit Händen und Füßen von den kleinen Knorren in der Rinde abstoßen. Es war ein entsetzlich hohes Risiko. Tatsächlich einmal diesen Sprung zu wagen, hatte ich mir so wenig vorstellen können, wie von einer hohen Klippe einen Kopfsprung ins Meer zu machen. Ich habe mich zwar als Junge, wie auch später als Mann, gerne auf Abenteuer eingelassen, aber immer nur unter irgendwelchen Sicherheitsvorkehrungen, die den Erfolg gewährleisteten. Das gilt heute noch. In Äthiopien habe ich eine Löwin mit ihren Jungen fotografiert, am Barrier-Riff unter Barrakudas und Drachenköpfen getaucht – aber diese Dinge haben mir nie angst gemacht. Ich habe in meinem Leben nur selten etwas getan, was mir angst gemacht hat.

An diesem Abend wagte ich jedoch den Sprung in die unteren Äste der Ulme. Meine Eltern waren im Haus, und ich kletterte immer höher, bis ich auf einem schmalen Ast aus dem Laubwerk kriechen konnte. Die Welt vor mir wurde von zwei Seiten vollkommen in ein flammendes Orangerot gehüllt. Nach einer Weile kletterte ich wieder hinunter und ging ins Haus, um mich schlafen zu legen, aber in dieser Nacht drehte der Wind. Mein Vater weckte uns, und wir versammelten uns mit all den anderen Familien aus unserer Nachbarschaft draußen auf der Straße. Manche schleppten Decken mit, in die sie die Schätze ihres Lebens gepackt hatten. Eine Frau hatte einen Pelzmantel an, obwohl viel Asche durch die Luft flog und obwohl es noch so warm war wie am Nachmittag. Mein Vater stand auf der Motorhaube eines Wagens und redete. Er habe über Funk gehört, daß das Feuer die Schneise übersprungen habe, daß am Stadtrand im Osten ein Haus in hellen Flammen stehe und daß, wie wir alle spüren könnten, der Wind stärker geworden sei und jetzt genau nach Westen wehe. Er forderte die Familien auf, sich mit dem Beladen ihrer Wagen zu beeilen und möglichst bald loszufahren. Auch wenn das Feuer noch auf der anderen Seite der Stadt sei, sagte er, werde sich der Rauch so rasch ausbreiten, daß das Atmen schon bald schwierig sein werde. Er kletterte von dem Auto, und wir gingen ins Haus, um selbst einige Dinge zusammenzupacken. Im Wohnzimmer hatten wir ein RCA-Radio und in Mutters Schrank stand ein Schweizer Porzellanservice, aber mein Vater lud eine Kiste mit der *Ency-*

clopaedia Britannica ins Auto und holte aus dem Untergeschoß die schweren Glaskästen, die seine Sammlung nordamerikanischer Schmetterlinge enthielten. Wir trugen sie hinaus zum Plymouth. Als wir zurückkamen, stand meine Mutter in der Tür.
»Das hier ist mein Zuhause«, sagte sie.
»Wir müssen uns beeilen«, sagte mein Vater.
»Das hier ist mein Zuhause, und es ist das Zuhause meiner Kinder. Ich geh nicht von hier weg.«
Mein Vater stand auf der Veranda und sah sie an. »Warte hier«, sagte er zu mir. Dann nahm er meine Mutter am Arm, und sie gingen zusammen ins Haus. Ich stand draußen auf den Stufen, und als mein Vater nach ein paar Minuten wiederkam, war er allein, so, wie wir dann auch allein waren, als wir in dieser Nacht nach Westen fuhren und zusammen mit den anderen Leuten aus unserer Nachbarschaft in der Turnhalle des nächsten Ortes auf Feldbetten schliefen, die das Militär zur Verfügung gestellt hatte. Meine Mutter war zu Hause geblieben.
Schwerwiegende Folgen blieben aus. In der Nacht legte sich der Wind, und das brennende Haus wurde gelöscht. Tags darauf sorgte starker Regen dafür, daß das Feuer ausging. Alle kamen nach Hause, und die Asche, die sich auf Hausdächer und Gehwege gelegt hatte, wurde auf der Straße zu schwarzen Haufen zusammengefegt. Ich erwähne diese Geschichte hier nur, weil sie, glaube ich, deutlich macht, was mir schon immer gefehlt hat: Ich habe nichts von der Halsstarrigkeit meiner Mutter geerbt, die sie bewies, wenn es um Grundsätzlichkeiten ging. Komme ich beispielsweise zu Fuß an eine Verkehrsampel, die Rot anzeigt, und nirgends sind Autos zu sehen, dann stürzt mich das trotz meines Alters in

einige Verwirrung. Meinen Entscheidungen scheint nie jene Gewißheit zugrunde zu liegen, die ich mir für meine reiferen Jahre erhofft hatte. Aber ich war unbeirrbar und wütend, was Mr. Pike anging. Die Ulme war uralt und kostbar, und wir konnten sie nicht einfach sterben lassen.
Doch jetzt war der Baum gerettet. Ich untersuchte ihn am Morgen, am Nachmittag, am Abend und mit einer Laterne in der Nacht. Die Rinde war frei von Insekten. Ich schlief.

Am nächsten Morgen stand Mr. Pike an meiner Tür.
»Guten Morgen, Herr Nachbar«, sagte ich.
»Sie sind wieder da.«
»Das kann nicht sein.«
»Es ist aber so. Sehen Sie selbst«, sagte er und ging hinüber zum Baum. Er deutete auf den untersten Ast.
»Sie werden sie wahrscheinlich nicht erkennen können«, sagte er, »aber ich sehe sie deutlich. Da oben sind sie, eine ganze Kolonne.«
»Das gibt's doch nicht.«
»Und ob es das gibt. Also, ich will ja nicht unfreundlich sein, aber ich bin für ein klares Wort.«
An diesem Abend steckte er einen Zettel in unseren Briefkasten. Darauf stand, er habe die zuständige Behörde verständigt und die Zusage erhalten, daß sie den Baum fällen würden, falls ich nicht selbst dazu bereit sein sollte. Ich las die Nachricht in der Küche. Vera hatte, bevor sie zu ihrer Tour durch die Appalachen aufgebrochen war, indisch gekocht, Huhn, und neben dem Herd stand noch das große Glas mit Mehl und Gewürzen, in dem sie die Fleischstücke gewendet hatte. Ich las Mr. Pikes Zettel

noch einmal. Dann holte ich ein Fischmesser und eine Taschenlampe aus dem Schrank, leerte Veras Glas aus und ging mit diesen Dingen hinaus zur Ulme. Auf der Straße war alles ruhig. Ich stellte ein paar Berechnungen an und schnitt dann mit dem Messer in die Rinde. Nichts. Doch schon nach ein paar Versuchen traf ich ins Schwarze, und die Insekten quollen aus dem Baum hervor. Winzige rote Tierchen kamen wie verrückt aus dem Schlitz in der Rinde geschossen. Ich berührte die Stelle mit dem Finger, und schon im nächsten Augenblick waren sie überall auf meiner Hand und meinem Arm. Ich mußte sie abschütteln. Dann machte ich das Glas auf und legte das Fischmesser wie eine Brücke auf seinen Rand, während die Klinge die Öffnung im Baum berührte. Sie krabbelten das Messer hoch und füllten das Glas so schnell wie ein kleines Rinnsal. Nach ein paar Minuten nahm ich das Messer weg, verschloß den Deckel und ging zurück ins Haus.

Mr. Pike ist mein Nachbar, und so hatte ich leichte Gewissensbisse. Was ich vorhatte, würde die Bäume jedoch nicht zerstören. Es würde sie retten. Mr. Pikes Ulmen würden es höchstwahrscheinlich überleben, aber er würde, wenn seine Bäume ebenfalls infiziert waren, nicht mehr darauf bestehen, daß meiner gefällt wurde. So ist die Welt nun einmal. Ich fühlte mich halb als Verbrecher und halb als Wohltäter, und mein Herzrhythmus geriet schon jetzt durcheinander, als ich in dem dunklen Haus nach oben ging, um mich auf die Sache vorzubereiten. Ich zog schwarze Hosen und ein schwarzes Hemd an und strich mir Schuhcreme auf die Wangen, den Hals, die Handgelenke und die Handrücken. Über meine weißen Haare zog ich eine enge schwarze Mütze. Dann ging ich wieder nach unten. Ich nahm das Glas und die Taschenlampe und trat in die Nacht hinaus.

Gesten habe ich schon immer genossen – zum Beispiel habe ich es nie versäumt, mich nach dem Tanzen vor meiner Partnerin zu verbeugen –, aber eine Eigenschaft, die ich erst mit den Jahren erworben habe, ist die Fähigkeit, im voraus zu ahnen, daß ich im Begriff bin, mich töricht zu benehmen. Als ich ruhig in die dunkle Höhle hinter dem Rhododendron glitt, der neben unserem Haus wächst, und dort verharrte, um zu Atem zu kommen, sagte ich mir, es wäre vielleicht besser, zurück ins Haus und zu Bett zu gehen. Doch dann beschloß ich, die Sache durchzustehen. Und während ich so im Schatten des sich im Wind wiegenden Rhododendrons stand und mich anschickte, in den Garten meines Nachbarn zu schleichen, dachte ich an Hannibal und Napoleon und MacArthur. Ich überprüfte meine Taschenlampe und schüttelte das Glas, das ein leises Geriesel hören ließ, als sei es mit Reiskörnern gefüllt. Im Wohnzimmer der Pikes brannte Licht, aber der Durchgang zwischen unseren Häusern war dunkel. Ich ging nach hinten.

Pikes Grundstück ist groß, größer als unseres, und hinten durchziehen es zwei Bodenwellen, so daß der Rasen in dieser Nacht wie eine dunkle, faltige Fahne wirkte, die bis zu den drei Ulmen reichte. Ich blieb am Rand der Garagenzufahrt vor dem Rasen stehen und sah zu den drei jungen Bäumen hinüber, deren Umrisse sich vor den Lichtern der Häuser hinter ihnen abzeichneten. In welch seltsamen Bahnen, dachte ich, verläuft doch unser Leben. Dann ließ ich mich auf Hände und Knie nieder. Ich hielt mich an den Zaun, der unsere Grundstücke trennt, und kroch über den Rasen nach hinten. Ich bin in mei-

nem Leben nicht viel gekrochen. Mit Vera war ich allerdings einmal in den Kalksteinhöhlen im Süden Minnesotas, und dort war das Kriechen eine absolute Notwendigkeit. Während wir uns in dem engen, nassen Kanal in das Herz des Felsens vorarbeiteten, spürte ich in meinen Knien und Ellbogen eine seltsame Leichtigkeit. Der Kanal war abscheulich eng, und mein Leben hing von der Zuverlässigkeit meiner Glieder ab. Jetzt, auf dem Rasen der Pikes, fühlten sich meine Knie arthritisch und kaputt an. Langsam arbeitete ich mich an der Garagenauffahrt entlang zu den jungen Ulmen vor, die ganz hinten am Zaun standen. Das Gras war voller Tau, und die Feuchtigkeit drang mir durch die Hose. Ich versuchte, möglichst schnell über die offene Rasenfläche zu kommen, das mit Insekten gefüllte Glas in der Hand, die Taschenlampe im Hosenbund. Plötzlich bekam meine Hand irgend etwas Betoniertes zu fassen. Ich verharrte, um nachzusehen, was es war. Im trüben Licht sah ich etwas, das dem Einstieg eines U-Boots glich. Rund, so groß wie ein Kanaldeckel, mit einem fluoreszierenden Kreuz markiert. Ach, Mr. Pike, ich hätte nicht gedacht, daß Sie's wirklich tun. Ich stellte das Glas ab, suchte im Dunkeln nach dem Griff, nahm, als ich ihn gefunden hatte, meine ganze Kraft zusammen und drehte daran. Bestimmt hatte ich nicht damit gerechnet, daß der Griff sich bewegen würde, aber er gab tatsächlich nach und ließ sich herumdrehen, einmal, zweimal, wie der Schraubverschluß einer Flasche. Ich zog an dem Deckel, und schon war er offen. Ich nahm die Insekten, tastete mit dem Fuß nach der Leiter im Inneren und stieg hinab.
Ich hatte zwar immer noch vor, die Insekten auf seine Bäume zu setzen, aber so ein Verbrechen bringt einen

irgendwie zu allem möglichen. Ich wußte, ich beging eine Dummheit, und erhöhte das Risiko, erwischt zu werden, um einiges, doch als ich die Leiter in Mr. Pikes Luftschutzbunker hinunterstieg, konnte ich Angst und Hochstimmung kaum auseinanderhalten. Unten angekommen, knipste ich die Taschenlampe an. Der Raum war rund, Decke und Boden aus Beton, und an der Wand stand ein stählernes Regal mit allerlei Dosen. In einem der Fächer lagen ein Wörterbuch und einige Zeitschriften. Ach, Mr. Pike. Ich dachte an seine jungen Ulmen, an die Wurzeln, die stetig und blind in die Erde vordrangen. Ich dachte an seine Häuser und wie das in zehn Jahren sein würde, wenn die Leitungsrohre rissen und das Wasser die Decken ruinierte. Wie trostlos er mir da vorkam, wie klein und furchtsam.
Als ich noch dastand und über ihn nachdachte, hörte ich oben eine Tür zuschlagen. Ich stieg die Leiter hoch und spähte unter dem Lukendeckel hindurch nach draußen. Drüben auf der Veranda standen Kurt und Mr. Pike. Sie kamen die Stufen herunter, gingen genau in meine Richtung und blieben nicht weit von mir im Gras stehen. Ich sah die Uhr an Mr. Pikes Handgelenk blinken und zog den Kopf ein. Sie schwiegen, und ich fragte mich, was Mr. Pike wohl tun würde, wenn er mich in seinem Luftschutzbunker entdeckte. Er war kräftig gebaut, wie gesagt, aber ich hielt ihn nicht für einen gewalttätigen Mann. Eines Nachmittags hatte ich beobachtet, wie Kurt die Haustür zuknallte und auf den Rasen gerannt kam, wo er stehenblieb und einen Gegenstand – ich glaube, es war ein Aschenbecher – in das Fenster neben dem Eingang schleuderte. Als das Glas zersplitterte, lief er weg, und kurz darauf erschien Mr. Pike auf den Stufen.

Wenn ich sage, daß er sicher kein gewalttätiger Mann ist, dann deshalb, weil die Art, wie er an diesem Nachmittag wieder ins Haus ging und sich anschickte, die Scherben mit einem Besen zusammenzufegen, etwas ausdrückte, was jenseits aller Wut lag, das Gefühl einer Unentrinnbarkeit vielleicht. Durch das zerbrochene Fenster ihres Hauses sah ich ihm zu.
Wie würde ich ihm aber das Gefäß mit den verrücktgewordenen Insekten erklären, das ich in der Hand hielt? Als die beiden mir den Rücken zukehrten, hätte ich wahrscheinlich fliehen können, die Leiter rauf und raus aus dem Bunker. Ich hätte schon die Auffahrt hinunter und auf der anderen Straßenseite sein können, ohne daß sie mich erkannt hätten. Aber da war natürlich mein Herz. Ich stieg die Leiter wieder hinunter. Während ich noch überlegte, wo ich die Insekten verstecken könnte, hörte ich Mr. Pike sprechen. Ich kletterte erneut nach oben, blickte unter dem Lukendeckel hervor und sah die beiden, immer noch mit dem Rücken zu mir, zum Himmel deuten. Mr. Pike visierte mit dem Finger etwas an, und Kurt folgte ihm. Dann begriff ich, daß er die Sternbilder meinte, daß er sie aber nicht kannte und sich beim Reden Namen für sie ausdachte. Seine Stimme klang nicht versponnen, sondern vielmehr direkt und wissenschaftlich, er log seinem Sohn etwas vor, tat so, als kenne er sich genau aus.
»Die dort«, sagte er, »die gehören zum Schwanz der Meerjungfrau, und südlich davon kannst du die drei Gipfel des Olymp erkennen und dann das Schwert, das dem Kaiser der Lüfte gehört.« Ich blickte in die Richtung, in die er zeigte. Es war Spätsommer, kurz vor Mitternacht, und was er beschrieben hatte, waren in Wirklichkeit der

helle Schwanz des Schwan und der ausgestreckte Hals des Pegasus.
Bald darauf hörte er auf zu reden, und dann gingen sie zurück über den Rasen und verschwanden im Haus. Das Licht in der Küche ging an, dann wieder aus. Ich verließ mein Versteck, wahrscheinlich hätte ich nun mein Vorhaben problemlos zu Ende bringen können, aber es lag eine ungeheure Ruhe in der Luft, es war eine vollkommene, stille Nacht, und ich hatte das Gefühl, daß mein Plan durchkreuzt worden war. Das Glas in meiner Hand fühlte sich groß und gefährlich an. Ich kroch zurück über den Rasen, im Schatten von Efeu und Rhododendron am Zaun entlang, bis ich an der Auffahrt zwischen unseren beiden Häusern war. Durch das Seitenfenster des Pikeschen Hauses fiel Licht. Von dort aus, wo ich stand, konnte ich durch das Fenster in den Gang und durch eine offene Tür bis ins Wohnzimmer blicken. Mr. Pike und Kurt saßen zusammen auf einer braunen Couch vor der hinteren Wand und sahen fern. Ich stellte mich dicht vor das Fenster und spähte hinein. Zwar war mir klar, daß ich mich ziemlich idiotisch benahm und daß mich jeder Nachbar, jeder, der gerade mit seinem Hund draußen war, in meiner schwarzen Kleidung für einen Einbrecher halten mußte. Trotzdem blieb ich, wo ich war. Drinnen war es hell, um mich her war es dunkel, und ich wußte, daß ich hineinblicken konnte, ohne von den beiden gesehen zu werden. Mr. Pike hatte seine Hand auf Kurts Schulter liegen. Von Zeit zu Zeit, wenn sie über etwas auf dem Bildschirm lachten, nahm er die Hand weiter hoch und zerzauste Kurts Haare, und bei diesem Anblick überkam mich plötzlich das Gefühl, das mich auch auf jener Brücke über den Mississippi packt. Als er

dann erneut die Hand hob, um Kurt durch die Haare zu fahren, verließ ich den Schatten und ging in mein eigenes Haus zurück.
Ich wollte rennen oder gegen einen Ball treten oder einen Monolog in die Nacht hinausschreien. Ich hätte in diesem Augenblick auf die Motorhaube eines Wagens steigen und die Pikes und den Zeitungsjungen und sämtliche Nachbarn in die Nacht herauslocken können. Ich hätte über das Labor eines Biologielehrers, über die Reihen der Mustergläser reden können. Wie konnte man da ohne Hoffnung sein? Nach drei Wochen hat der menschliche Embryo Kiemenbögen am Hals wie ein Fisch. Nach sechs Wochen verbinden immer noch Schwimmhäute seine stumpfen Finger. Wunder. Und so ist es überall in der Natur. Die Evolution von fünfhundert Millionen Jahren wird beim Heranreifen jedes Lebewesens nachgeahmt: Vögel, die im Ei wie Fische aussehen, Fische, die wie ihre wirbellosen, blattähnlichen Vorfahren erscheinen. Was für ein Erlebnis, das Leben zu studieren! Jeder Augenzeuge einer Zellteilung könnte die Religion erfunden haben.
Ich setzte mich auf die Verandastufen und sah zur Ulme hinüber. Nach einer Weile stand ich auf und ging ins Haus. Mit Terpentin entfernte ich die Schuhcreme aus meinem Gesicht und ging dann nach oben. Ich legte mich ins Bett. Ein, zwei Stunden lag ich schlaflos da, ich schwitzte, und die Gedanken in meinem Kopf überschlugen sich. Schließlich gab ich auf und ging zum Schlafzimmerfenster hinüber. Das Glas, das ich mit heraufgebracht hatte, stand auf dem Sims, und ich sah, daß die Insekten entweder schliefen oder tot waren. Schließlich machte ich das Fenster auf und schüttete sie hinunter auf

den Rasen, und in diesem Augenblick, da sie wie ein nächtlicher Regen in einer glitzernden Kaskade nach unten stürzten, überlegte ich mir, ob ich nicht Vera um ein Kind bitten sollte. Ich wußte, daß es nicht möglich war, aber ich erwog es trotzdem. Am Fenster stehend, dachte ich an Vera, sah sie vor mir, wie sie, ewig jung, in leichten Stiefeln und Shorts und in einer durchgeschwitzten Flanellbluse Trinkwasser aus einem Bach in den Appalachen schöpfte. Was hatten wir gemeinsam, sie und ich? Die Nacht war ruhig, dunkel. Über mir blinkte der Polarstern.

Wieder versuchte ich zu schlafen. Ich blieb eine ganze Zeit im Bett liegen, gab aber schließlich auf und ging nach unten. Ich aß ein paar Cracker und trank einen Bourbon. Und dann noch einen. Ich saß am Fenster und schaute in den Garten. Dann stand ich auf, ging hinaus und sah hoch zu den Sternen und versuchte, mich auf ihre Schönheit und ihre Rätsel zu konzentrieren. Ich dachte an Milliarden Tonnen explodierender Gase, Wasserstoff und Helium, Rote Riesen, Supernovas. Stellenweise waren sie so dicht zusammen, daß sie wie Wolken wirkten. Ich dachte an Magnesium und Silizium und Eisen. Ich versuchte, sie losgelöst von den Sternbildern zu sehen, aber ebensogut konnte man versuchen, ein Wort zu betrachten, ohne es zu lesen, und ich stand da, nicht imstande, die Bilder durcheinanderzubringen. Ein paar Wolken waren aufgezogen und schoben sich vor den Fuhrmann und den Stier. Und während ich noch beobachtete, wie sie sich ausbreiteten, hörte ich den Zeitungsjungen die Nationalhymne pfeifen. Als er heranfuhr, stand ich bei der Ulme, immer noch im Nachthemd, unrasiert, ein wenig betrunken.

»Ich möchte, daß du etwas für mich tust«, sagte ich.
»Was denn?«
»Ich bin ein alter Mann, und ich möchte, daß du etwas für mich tust. Leg dein Fahrrad hin«, sagte ich. »Leg dein Fahrrad hin und sieh hoch zu den Sternen.«

DAS JAHR, IN DEM WIR UNS KENNENLERNTEN

Ich sagte meinem Vater, er solle sich keine Gedanken machen, nur auf die Liebe komme es an, und wenn das Ende da sei und er von seinem Körper befreit werde, könne er zurückblicken und unangefochten sagen, er habe mit mir, seinem Sohn, immer alles richtig gemacht, und daß ich ihn liebe.
Und er sagte: »Red nicht über Dinge, von denen du nichts verstehst.«
Wir waren in San Francisco, in einem Krankenhauszimmer. Infusionsschläuche steckten in den Armen meines Vaters; kleine, runde Heftpflaster klebten auf seiner Brust. Neben seinem Bett stand ein Tisch mit einer Vase voll gelber Rosen und einer Karte, die meine Frau Anne ihm gebracht hatte. Es war eine Ansichtskarte von einem Golfplatz. An der Wand über dem Kopf meines Vaters war auf einem elektrischen Kontrollgerät sein Herzschlag zu verfolgen. Er sah sich die Nachrichten in einem Fernseher an, der in der Ecke neben seiner Freundin Lorraine stand. Lorraine las in einer Zeitschrift.
Ich beobachtete seinen Herzschlag. Er schien mir in Ordnung: Es waren gleichmäßige Berge und Täler, die rechts aus dem Schirm gingen und links wieder hereinkamen. Mehr konnte ein Herz wohl nicht tun. Ich bin allerdings Englischlehrer und verstehe nicht viel davon.

»Es sieht stark aus«, sagte ich an diesem Nachmittag zu meiner Mutter am Telefon. Sie war in Pasadena. »Es läuft schön gleichmäßig durch. Große Höcker. Stabil.«
»Ißt er auch ordentlich?«
»Ich glaube schon.«
»Ist *sie* da?«
»Du meinst Lorraine?«
Sie machte eine Pause. »Ja, Lorraine.«
»Nein«, sagte ich. »Sie ist nicht hier.«
»Dein armer Vater«, flüsterte sie.

Ich bin ein Einzelkind, und ich bin in einem großen Fachwerkhaus in der Huron Street in Pasadena, Kalifornien, aufgewachsen. Es gab in unserem Haus drei leerstehende Räume, und hinten im Garten war ein Stück Wiese abgestochen, planiert und dann neu eingesät worden und wurde so oft gemäht wie das Grün auf einem Golfplatz. Zweimal in der Woche kam ein mexikanischer Gärtner, um das Gras nachzuschneiden, und dabei trug er besondere Mokassins, die mein Vater ihm gekauft hatte. Sie hatten Sohlen aus weichgegerbtem Leder, die keine Abdrücke hinterließen.
Mein Vater war ein Golfnarr. Er spielte siebenmal in der Woche und redete davon wie von einer Wissenschaft, die er zunehmend in den Griff bekam. »Peil den hinteren Rand an und nimm ein Neuner Eisen«, konnte er beim Essen sagen und dabei aus dem Fenster auf sein Grün blicken, während meine Mutter ihm die geschnitzte hölzerne Salatschüssel reichte, oder: »Bei heißem Wetter mußt du einen härteren Ball nehmen.« In den Gesprächspausen deutete er mit den Händen Bewegungen an, als wollte er einen Ball einlochen. Er war als Amateur ein

Spitzenspieler und wäre unter anderen Umständen vielleicht Berufsgolfer geworden.
Als ich sechzehn war, im Jahr meiner Verhaftung, durfte ich zum erstenmal als sein Caddie mit auf den Platz. Bis dahin kannte ich von Golf nicht mehr als seine Schläger, die nach Maß angefertigten Holz- und Metallschläger von Spalding, den Sand-Wedge von Dynamiter und den Putter von St. Andrews, die er alle im Kofferraum seines Lincoln in einer Tasche von Abercrombie & Fitch aufbewahrte, und die weißen Lederschuhe mit den langen Zungen und den Schraubstollen, die er, mit den Sohlen nach oben, im Dielenschrank liegen hatte. Wenn er gerade nicht spielte, verhüllte er die Schlägerköpfe mit Söckchen, an denen kleine gelbe Pompons hingen.
Er versuchte nie, es mir beizubringen. Dabei war ich nicht unsportlich. Ich war ein guter Läufer und Fänger und beim Passen mit einem Football nahezu perfekt – trotzdem, er hatte mich vorher nie mit auf den Platz genommen. Im Sommer spielte er jeden Tag. Manchmal fragte ihn meine Mutter, ob er mich nicht mitnehmen wolle. »Warum sollte ich?« antwortete er. »Es würde uns beiden nicht gefallen.«
Jeden Nachmittag spielte er nach der Arbeit neun Löcher, samstags spielte er achtzehn und am Sonntagvormittag wieder neun. Sonntags nachmittags um vier setzte er sich in seinen weißen Lincoln Continental und machte eine kleine Tour, allein. Niemand durfte ihn auf diesen Ausfahrten begleiten. Zwei, drei Stunden war er gewöhnlich weg. »Heute bin ich ein wenig landeinwärts gefahren«, sagte er dann beim Abendessen, während er seine Zigarette ausdrückte, oder: »Heute nachmittag war ich am Meer«, und es blieb an uns, daraus zu folgern, daß

er auf der Küstenstraße Richtung Norden gefahren war. Mehr sagte er fast nie, und wenn ich ihn über unser blauweißes Tischtuch hinweg ansah, meinen stummen Vater, stellte ich mir in seinen Augen den klaren Blick vor, mit dem er die Wellen und Strömungen des Ozeans las. Als Geschäftsmann hatte er ein Vermögen gemacht, was er seiner Fähigkeit verdankte, in jeder Situation die Wahrheit zu sehen. Aus dem Grund, sagte er, habe er beim Autofahren auch gerne alle Fenster offen. Wenn er von seinen Ausflügen zurückkehrte, war sein Gesicht vom Wind gerötet und sein dünner werdendes Haar durcheinandergewirbelt. Meine Mutter nutzte seine Sonntagstouren zum Backen, und wenn sie in der Küche Nußkuchen oder Makronen herrichtete, konnte sie durchs Fenster auf sein Grün hinaussehen.

Ich bin heute Englischlehrer an einer High-School, und meine Frau Anne ist Journalistin. In zehn Jahren habe ich vielleicht ein halbes dutzendmal Golf gespielt und nicht mehr Spaß daran als die meisten Anfänger, obwohl ich bei den zwei, drei langen Bällen, die ich richtig getroffen habe, so daß sie lossegelten, als flögen sie aus eigener Kraft, etwas Einzigartiges empfunden habe, etwas, das es wohl nur beim Golf gibt. Genau diese Treibschläge beherrschte mein Vater so gut. Explosionen beim Abschlag vom Tee, Vogelflüge. Aber Golf ist nicht mein Sport, ist es nie gewesen, und ich würde überhaupt nicht daran denken, wenn mein Vater nicht wäre.
Anne und ich waren zu Besuch in Kalifornien, erst bei meiner Mutter in Los Angeles und dann bei meinem Vater und Lorraine oben in Sausalito, und Anne schlug vor, ich solle ihn doch bitten, morgens einmal ein paar Lö-

cher mit mir zu spielen. Sie wollte schon länger, daß ich mit ihm rede. Es gehört zu dem Projekt, das wir in Angriff genommen haben, und ist Teil ihrer Theorie von den Problemen zwischen ihm und mir – auch wenn ich solche Probleme kaum sehe. Sie hat mir gesagt, daß fünfundzwanzig Jahre eine ganze Menge verändern, warum also nicht nach Kalifornien rausfahren, da wir doch Zeit genug hatten.
Sie sagte: »Es ist immer noch nicht zu spät, mit ihm zu reden.«

Mein bester Freund an der High-School hieß Nickie Apple. Nickie hatte einen mächtigen Brustkasten und eine Stimme, die irgendwie Schaden genommen hatte und dauernd ein wenig heiser klang, so daß ihn die Leute manchmal für zwanzig hielten. Er wohnte in einem viergeschossigen Haus mit einer Etage nur für die Kinder. Es war das Obergeschoß, und sein Vater, ein geschiedener Rechtsanwalt, hatte eingewilligt, es niemals zu betreten. Nach der Schule saßen wir immer da herum. Gemäß der Abmachung kam Nickies Vater tatsächlich nie herauf, nur Kinder, neun oder zehn waren wir gewöhnlich. Einige davon hatten dort sogar schon übernachtet und auf den großen Kissen geschlafen, die überall an den Wänden lagen: Freunde seiner älteren Brüder, mit Cowboyhüten und Flanellhemden, Mädchen, die ich vorher noch nie gesehen hatte.
Nickie und ich gingen auf die Shrier Academy, wo alle Schüler graublaue Notizbücher mit sich herumtrugen, in die das Schulwappen geprägt war. SUMUS PRIMI sagte das Wappen. Unsere grauen wollenen Pullover sagten es, unsere grünen Klassenarbeitshefte und auch das Abzieh-

bild für die Autoheckscheibe, das meine Mutter mit nach Hause brachte.
Da mein Vater es nicht an seinem Lincoln haben wollte, machte sie es statt dessen ans Küchenfenster über dem Spülbecken. IMIRP SUMUS las ich immer beim Händewaschen. An der Shrier Academy fingen wir mit Latein in der achten und mit Kunstgeschichte in der neunten Klasse an, und in der zehnten hatte ich erstmals Scherereien. Lauter Kleinigkeiten: Zigaretten, Wandschmiereien. Mr. Goldman, unser Vertrauenslehrer, bestellte meine Mutter zu sich, um ihr seine ungöten Vorahnungen mitzuteilen. »Ich habe da so ein Gefühl wegen Leonard«, versicherte er ihr eines Nachmittags im Beratungszimmer; es war der warme Oktober des Jahres, in dem ich sechzehn wurde. Der Raum war voller Pflanzen und hatte fünf Fenster, die vom Boden bis zur Decke reichten und soviel Sonne hereinließen wie ein Treibhaus. Sie öffneten den Blick auf grasbedeckte kleine Hügel ohne jedes Strauchwerk. »Ich habe einfach ein ungutes Gefühl.«
Noch im selben Monat fing er an, auch mit mir darüber zu reden. Er rief mich zu sich und fragte, warum ich denn mit Nickie Apple befreundet sei, einem Jungen, der es im Leben zu nichts bringen werde. Ich schaute aus den großen Fenstern und ballte unter der Tischplatte die Fäuste. Er sagte: »Lenny, du bist ein aufgeweckter Junge. Was willst du uns mit deinem Verhalten sagen?« Und ich antwortete: »Nichts. Ich will Ihnen überhaupt nichts sagen.«
Dann begannen wir zu stehlen, Nickie und ich. Er machte den Anfang und klaute Dinge, mit denen ich nicht rechnete: Steaks und teure Fleischstücke, die wir

bei ihm zu Hause auf einem Grill am Fenster zubereiteten, Gartengeräte, Koffer und Taschen. Wir verkauften die Dinge nicht, und wir benutzten sie auch nicht, aber jeden Nachmittag gingen wir in ein anderes Geschäft. Im November lenkte er eine Verkäuferin ab, damit ich eine Halskette einstecken konnte, die, wie wir glaubten, mit Diamanten besetzt war. Im Dezember fuhren wir in einem Wagen spazieren, der nicht uns gehörte, und als in den Weihnachtsferien nur noch die Gärtner auf dem Schulgelände waren, warfen wir mit zehn Steinen nacheinander, als hätten wir an einem Jahrmarktstand dafür bezahlt, die fünf Fenster von Mr. Goldmans Beratungszimmer ein.

»Du siehst aus wie eine Feuerwehrwache«, sagte ich zu meinem Vater, der in seinem Krankenhausbett lag. »Überall diese Schläuche, kreuz und quer.«
Er sah mich an. Ich legte ein paar Mitbringsel vor ihn hin, bemüht, geschäftig zu wirken. Ich sah Anne auf dem Gang stehen, direkt vor dem Eingang.
»Liegst du bequem, Dad?«
»Was soll das denn heißen, ›bequem‹? Mein Herz ist voller Löcher, überall leckt es aus ihm heraus. Ob ich bequem liege? Nein, im Sterben.«
»Du liegst nicht im Sterben«, sagte ich und setzte mich zu ihm. »In zwei Wochen hältst du schon wieder ein Fünfer Eisen in der Hand.«
Ich berührte einen der Schläuche in seinem Arm. Wo er in die Vene eingeführt war, verschwand die Nadel unter einem Heftpflaster. Der Anblick war mir zuwider. Ich zog die Bettücher stramm und stopfte die Ränder unter die Matratze. Anne hatte gewollt, daß ich allein mit ihm re-

dete. Sie wartete auf dem Flur, um gegebenenfalls Lorraine abfangen zu können.
»Was ist denn mit ihr los?« fragte er und deutete auf Anne.
»Sie dachte, wir wollten uns vielleicht unterhalten.«
»Was ist denn so dringend?«
Anne und ich hatten es am Abend vorher besprochen. »Sag ihm, was du empfindest«, hatte sie gesagt. »Sag ihm, daß du ihn liebst.« Wir saßen in einem Fischrestaurant beim Essen. »Oder wenn du ihn nicht liebst, dann sag ihm eben, daß du ihn nicht liebst.«
»Sieh mal, Pop«, fing ich an.
Ich war zweiundvierzig Jahre alt. Wir waren in einem Krankenhaus, und er hatte Schläuche in den Armen. Alles mögliche: Nadeln, Luft, Heftpflaster. Ich probierte es noch einmal.
»Sieh mal, Pop.«

Anne und ich sind bei einem Eheberater gewesen, und der hat gesagt, ich müsse lernen, mir die Freundlichkeit anderer Menschen gefallen zu lassen. Er wollte zuerst Anne und mich zusammen sehen, dann Anne allein, dann mich. In seinem Büro lag Kinderspielzeug auf dem Boden verstreut. »Wenn man Sie hört, hat man den Eindruck, daß Sie andere Menschen nicht an sich heranlassen wollen«, sagte er. »Stimmt das?«
»Ich bin mit meinem Leben ganz zufrieden«, antwortete ich.
Ich hatte nicht zum Eheberater gehen wollen. Anne und ich sind seit sieben Jahren verheiratet, und manchmal denke ich, die Geschichte der Ehe läßt sich so zusammenfassen: *Jeder will zuviel*. Anne und ich hatten noch

nie eine Krise durchzustehen. Zweimal in der Woche bleiben wir morgens länger im Bett, wir lachen im wesentlichen über dieselben Dinge, wir haben ein anständiges Haus in einem Vorort von Boston, wo mit dem Abflauen des Pendelverkehrs Ruhe und Frieden einkehren. Sie schreibt für eine Zeitung, und ich unterrichte die Kinder von Anwälten und Versicherungsvertretern. Es gibt Zeiten, da bin ich allein, da brauche ich das einfach; und es gibt Zeiten, da geht es auch ihr so. Aber ich kann immer wieder mit einem Augenblick rechnen – an manchen Tagen einmal, an anderen öfter –, wo ich zufällig mitbekomme, wie sie die Bettdecke glattstreicht oder vorne am Fenster die Veilchen gießt, und mich das daran erinnert, daß ich in meinem Leben Glück gehabt habe.
Trotz allem sagt Anne jedoch, ich zeige zuwenig Gefühl.
Das kommt überall zur Sprache; beim Essen, im Garten, beim Warten auf dem Flughafen. »Du willst dich einfach nicht deinen Gefühlen überlassen«, sagt sie mir, und ich antworte ihr, daß das Verrücktheiten für mich sind, dieses ganze Gerede über Gefühle. Was sagen die afrikanischen Buschmänner? Sie sagen: Werden wir morgen zu essen haben? Wird es Regen geben?

Als ich mit sechzehn auf dem Rücksitz eines Streifenwagens saß, hielt der Polizist vor unserem Haus in der Huron Avenue, sah an der Kopfstütze vorbei nach hinten und fragte mich, ob ich da auch wirklich wohne.
»Ja«, sagte ich.
Er sprach durch Gitterstäbe. »Dieses Haus gehört deinem Daddy?«
»Ja.«

»Aber aus irgendeinem Grund hast du was gegen Fenster.« Er stieg aus und machte meine Tür auf, und wir gingen die Stufen zur Veranda hinauf. Das kreisende Licht auf dem Streifenwagen ließ irre Muster über die Erkerfenster im Wohnzimmer laufen. Er klopfte. »Was ist dein Daddy von Beruf?«
Ich hörte Lichtschalter, die betätigt wurden, und meine Mutter, die zur Haustür kam. »Er macht Geschäfte«, sagte ich. »Aber er ist jetzt nicht zu Hause.« Der Polizist schrieb etwas auf seinen Notizblock. Ich sah das Auge meiner Mutter im gläsernen Guckloch der Tür, und dann wurden nacheinander die Schlösser geöffnet, von oben nach unten.

Als Anne und ich zu Besuch in Kalifornien waren, blieben wir drei Tage bei meiner Mutter. An der Tür ihres Kühlschranks hing ein Kalender, in den Männernamen eingetragen waren – Verabredungen zum Essen, ins Theater –, und ich wußte, daß sie das unseretwegen getan hatte. Meine Mutter ist seit fünfzehn Jahren allein. Sie ist immer noch mager und hat immer noch verweinte Augen, und mir fiel auf, daß überall im Haus offene Bücher herumlagen. Dicke Taschenbücher, *Doktor Schiwago*, *Die Dornenvögel* – im Bad und im Atelier und im Schlafzimmer. Wir erwähnten meinen Vater mit keinem Wort, aber als die drei Tage um waren und wir den Wagen für die Fahrt nach Norden fertig gepackt hatten, als wir, nachdem sie uns beide umarmt hatte, im Auto saßen und vom Grundstück heruntergefahren waren, kam sie, die Arme vor der Brust verschränkt, über den Rasen zur Straße, beugte sich ans Fenster und sagte: »Vielleicht grüßt du deinen Vater von mir.«

Wir fuhren auf dem Highway 1 nach Norden, vorbei an Orten mit Missionskirchen, an Kopfsalatfeldern und an einer langen Reihe von Kürbisfarmen südlich von San Francisco. Es war das erste Mal, daß wir meinen Vater besuchten, seit er mit Lorraine zusammen war. Sie war Friseuse. Er hatte sie ein paar Jahre nach seinem Umzug in den Norden kennengelernt, und eine ihrer ersten gemeinsamen Unternehmungen war eine Reise um die Welt gewesen. Sie hatten uns Postkarten aus dem Nildelta und aus Bangkok geschrieben. In meiner Jugend waren wir mit meinem Vater nie aus Kalifornien herausgekommen.
Sein Haus in Sausalito erhob sich auf einem Felsen über einer der Landzungen der San Francisco Bay. Auf dem überdachten Einstellplatz stand ein neuer Lincoln. In seinem Schlafzimmer hatte er, in Teakholz eingefaßt, ein übergroßes Wasserbett, und an den Wänden hing allerlei afrikanisches Kunsthandwerk – Opiumpfeifen, Metallfigürchen. Lorraine sah aus, als sei sie in Annes Alter. Eine Wand im Wohnzimmer war völlig aus Glas, und als wir am ersten Abend nach dem Essen auf dem Ledersofa saßen und verfolgten, wie Tanker und Jachten unter der Golden Gate Bridge durchfuhren, setzte mein Vater sein Glas mit Scotch und Wasser ab, legte eine Hand ans Kinn und sagte: »Lenny, ruf Dr. Farmer an.«
Es war sein zweiter. Den ersten hatte er zwei Jahre vorher auf dem Golfplatz in Monterey gehabt, wo er sich plötzlich hinknien, dann setzen und schließlich auf dem Fairway hatte hinlegen müssen.

Am Tag, als ich verhaftet wurde, rückte meine Mutter abends beim Essen mit ihrem Vorschlag heraus. »Wir

werden etwas versuchen«, sagte sie. Sie hatte einen Auflauf mit Hühnerfleisch aus der Küche herübergebracht, und der stand nun dampfend vor ihr. »Und zwar machen wir folgendes – hörst du mir zu, Max? –, das kommende Jahr, von heute an gerechnet, wird das Jahr sein, in dem wir uns besser kennenlernen.« Dann sagte sie nichts mehr und servierte meinem Vater von dem Hühnerfleisch.
»Wie meinst du das?« fragte ich.
»Ich meine, das Jahr wird eine Art Thema haben. Nicht daß jeder Tag in unserem Leben anders werden soll, aber ich dachte, daß wir im kommenden Jahr alle den Versuch machen, uns gegenseitig besser kennenzulernen. Es geht vor allem um dich, Leonard. Dad und ich werden uns mehr Mühe geben, dich zu verstehen.«
»Ich weiß nicht recht, was das heißen soll«, sagte mein Vater.
»Das kann alles mögliche heißen, Max. Wir werden zusammen ins Kino gehen, und Lenny kann hier im Haus eine Party veranstalten. Und ich persönlich würde gern mal, ich meine, wir alle zusammen, eine Reise in den Südwesten der Staaten machen.«
»Hört sich gut an«, sagte ich.
»Und Max«, fuhr sie fort, »du könntest Lenny mal zum Golfspielen mitnehmen. Zum Beispiel.« Sie sah meinen Vater an.
»Es würde uns beiden nicht gefallen«, sagte er.
»Lenny bekommt dich nie zu sehen.«
Ich sah aus dem Fenster. Die Bäume verfärbten sich und ließen ihre Blätter auf das Grün fallen. Es war mir gleich, was er sagte, so oder so. Meine Mutter legte mir ein Hühnerbein auf den Teller und goß Sauce darüber. »Also

gut«, sagte mein Vater. »Ich nehme ihn als Caddie mit.«
»Und als Vorbereitung auf unsere Reise«, sagte meine Mutter, »kannst du ihn auf deine Sonntagsausfahrten mitnehmen.«
Mein Vater nahm die Brille ab. »Der Südwesten«, sagte er, während er die Brillengläser mit einer Serviette putzte, »ist genau wie jeder andere Teil des Landes.«

Anne hatte einmal eine Affäre mit einem Mann, den sie bei ihrer Arbeit kennengelernt hatte. Er war jung, viel jünger als sie und ich, Ende zwanzig, würde ich sagen, nachdem ich ihn schließlich selbst zu Gesicht bekommen habe. Dazu kam es nur, weil ich eines Tages auf dem Heimweg Annes Wagen vor einem Denny's-Restaurant stehen sah. Ich parkte um die Ecke und ging hinein, um sie zu überraschen. Ich nahm einen Tisch im hinteren Teil, aber ich brauchte auf meinem Platz dort in der Ecke einige Minuten, bis ich begriff, daß die ziemlich jung wirkende Frau, die sich da vorbeugte und mit dem bärtigen Mann tuschelte, Anne war.
Ich stand nicht auf und zog den Mann mit mir hinaus auf den Parkplatz oder setzte mich auch nur zu ihnen an den Tisch, was ich, wie ich mir heute noch manchmal sage, vielleicht hätte tun sollen. Statt dessen saß ich einfach da und beobachtete sie. Ich sah, daß sie sich unter dem Tisch bei den Händen hielten. Er wandte mir den Rücken zu, und ich bemerkte, daß er, im Gegensatz zu mir, breite Schultern hatte. Ich weiß noch, daß ich dachte, wahrscheinlich mag sie seine Muskeln. Darüber hinaus empfand ich jedoch nicht sehr viel. Ich bestellte noch eine Tasse Kaffee, einfach um mich reden zu hören, aber

meine Stimme zitterte nicht und hatte auch nichts Bedrohliches. Als die Bedienung weg war, schrieb ich auf eine Serviette: »Du bist ein vierzigjähriger Mann ohne Kinder, und deine Frau hat eine Affäre.« Dann legte ich etwas Geld auf den Tisch und ging.
»Ich glaube, wir sollten in eine Beratung gehen«, sagte Anne ein paar Wochen danach. Es war ein Sonntagmorgen, und wir saßen auf der Veranda beim Frühstück.
»Beratung wofür?« fragte ich.

Als ich sechzehn war, ging ich mit einem Plan, den meine Mutter sich ausgedacht hatte, eines Sonntagnachmittags hinaus in die Garage. Am Morgen hatte mein Vater den Lincoln gewaschen. Er hatte die Lackflächen mit einem speziellen Reiniger abgeschrubbt und dann in der Sonne auf der Huron Avenue trocknen lassen, und nun glänzte die ganze Karosse im Werkstattlicht der Garage. Die Einfassung der Windschutzscheibe, den Kühlergrill und die seitlichen Chromleisten hatte er, um Wasserflecken zu vermeiden, mit einem trockenen Tuch abgerieben. Die Schlüssel hingen an ihrer magnetischen Schlinge in der Nähe des Zugangs zur Küche. Ich holte sie und schloß den Kofferraum auf. Dann hängte ich sie wieder an ihren Platz und setzte mich hinten auf die Verkleidung, um zu überlegen, wie es weitergehen sollte. Es war fast vier Uhr. Der Kofferraum im Wagen meines Vaters faßte ein halbes Dutzend Koffer und war mit einem grauen, mittelschweren Teppich ausgelegt, der so geschnitten war, daß er sich um die Radkästen und um den Platz für das Reserverad schmiegte. In einer Ecke war sein Werkzeugkasten mit Gurten festgezurrt, und hinten an der Kofferraumkante lag die Golftasche. Im Halbdunkel sahen die gelben

Pompons an den über die Schlägerköpfe gestülpten Söckchen wie kleine Küken aus. In ein paar Minuten würde er aus dem Haus kommen. Ich zog vier Socken von den Schlägern und machte mir daraus ein Kopfkissen. Dann stieg ich in den Kofferraum. Die Stoßdämpfer machten nur eine einzige Schaukelbewegung. Ich legte mich hin, den Kopf an die seitliche Verkleidung gelehnt und die Füße in der Aussparung für das Rücklicht, dann griff ich nach oben, schlug den Kofferraumdeckel zu und war im Dunkeln.

Das machte mir keine angst. Als ich noch ganz klein war, hatte ich es am liebsten, wenn beim Schlafen der Rolladen heruntergelassen und die Tür geschlossen war, so daß kein Licht mehr in mein Zimmer drang. Ich hielt mir dann oft die Hand vor die Augen, um herauszufinden, ob ich mir ihre Gegenwart vorstellen konnte. Zu sehen war in der Dunkelheit nichts. Ich lag praktisch blind im Bett und lauschte auf jedes Geräusch. Dicht vor meinen Augen bewegte ich meine Hand hin und her, bis ich das Gefühl hatte, sie sei zwar da, aber in irgendeiner Weise amputiert worden. Ich hatte gehört, daß Soldaten, die Gliedmaßen verloren hatten, vom Gefühl her oft glaubten, sie seien noch dran. Ich hielt mir die offene Hand vor die Augen. Es war tiefschwarz im Kofferraum, nirgends Farben, nirgends Licht.

Als mein Vater den Motor anließ, waren das gewaltige Geräusche, so verstärkt, als kämen sie aus meinem eigenen Schädel. Beim Einsteigen hatte es ein metallisches Kratzen, Knarren und Krachen gegeben, der Zündstoß des Anlassers hatte den Wagen bis hin zum Kofferraum erschüttert. Das Motorengeräusch wuchs an und pendelte sich dann auf niedrigerem Niveau ein, eine Fahr-

stufe wurde eingelegt, und der Wagen machte einen Ruck. Ich hörte die Garagentür nach oben gleiten. Sie rollte sich in ihrem Gehäuse zusammen, es gab einen Rumpler, und schon kam sie wieder herunter. Die Umrisse des Kofferraumdeckels leuchteten in der Sonne. Wir waren jetzt auf der Straße. Ich legte mich zurück, spürte ihre Oberfläche und horchte auf die Steinchen, die in die Radkästen geschleudert wurden.
Ich fuhr die Strecke in Gedanken mit. Von der Huron links ab auf die Telscher, wo der Wagen in der Regenrinne kurz aufsetzte, als wir abbogen, um bergauf zur Santa Ana Street zu fahren. An der Ampel änderte der Motor seinen Ton, da er jetzt wieder im Leerlauf lief. Im Auspuffrohr unter meinem Kopf konnte ich die Kolbenexplosionen fast einzeln hören. Dann nach links in die Santa Ana Street, und ich zählte die flachen Straßenabschnitte, auf denen mein Vater immer spürbar die Bremse antippte, und hakte so in Gedanken die Kreuzungen ab, während wir nach Westen auf die Küste zufuhren. Ich hörte Autos heranfahren, beschleunigen, langsamer werden, abbiegen. Steinchen knallten gegen die Blechverkleidung. Ich zog noch ein paar Socken von den Schlägern und vergrößerte mein Kopfkissen. Wir wurden langsamer, blieben stehen und beschleunigten dann wieder, so daß die einzelnen Explosionen in ein gleichmäßiges Fauchen übergingen, denn nun waren wir auf der Pasadena-Schnellstraße.
»Dads Ausflüge«, hatte meine Mutter am Abend vorher zu mir gesagt, als ich bereits im Bett lag, »wären für ihn eine gute Gelegenheit, dir näherzukommen.« Es war die erste Woche des Jahres, in dem wir uns besser kennenlernen sollten. Sie saß an meinem Schreibtisch.

»Aber er nimmt mich ja nicht mit«, sagte ich.
»Du hast recht.« Sie rückte ein paar Dinge auf dem Regal zurecht. Es war nicht ganz dunkel im Zimmer, so daß ich die Umrisse ihrer weißen Bluse erkennen konnte. »Ich hatte ein Gespräch mit Mr. Goldman«, sagte sie.
»Mr. Goldman kennt mich nicht.«
»Seiner Meinung nach bist du wütend.« Meine Mutter stand auf, und ich beobachtete, wie sich ihre weiße Bluse zum Fenster hin bewegte. Sie zog den Rolladen etwas in die Höhe, bis das Licht der Straßenlaterne ein helles Band auf mein Bett warf. »Bist du wütend?«
»Ich weiß nicht«, sagte ich. »Ich glaube nicht.«
»Ich glaub's auch nicht.« Sie ließ den Rolladen wieder herunter, kam herüber, küßte mich auf die Stirn und ging dann hinaus auf den Gang. Im Dunkeln versuchte ich meine Hand zu sehen.
Ein paar Minuten später ging die Tür dann noch einmal auf, und sie steckte ihren Kopf herein. »Wenn er dich nicht dabeihaben will«, sagte sie, »dann fahr doch einfach heimlich mit.«
Die Wärmefugen der Schnellstraße flitzten unter mir durch, und ihr Takt klang mir in den Ohren. Die Fahrt war ruhiger geworden; die Stoßdämpfer paßten sich der hohen Geschwindigkeit an, gaben in Kurven kaum noch nach und dämpften alles, als bewegten wir uns unter Wasser. Soweit ich es ausmachen konnte, fuhren wir immer noch in westlicher Richtung zur Küste. Ich setzte mich halb auf und lehnte mich mit dem Rücken gegen die Golftasche. Ich konnte im Kofferraum nur einzelne Formen unterscheiden. Die Fahrt wurde langsamer, der Blinker ging an, und ich versuchte mich zu orientieren, aber das hereinfallende schwache Sonnenlicht blieb un-

verändert, und der Kofferraumdeckel warf keinerlei Schatten. Wir bremsten stark. Ich spürte, daß wir von der Schnellstraße herunterfuhren. Wir bogen mehrmals ab. Wir fuhren geradeaus. Dann erneut Kurven, und als wir langsamer wurden und ich mich streckte und mich in der Diagonalen lang machte, bogen wir scharf nach rechts ab, waren auf einer Kiesstraße, fuhren rechts ran und hielten.
Mein Vater machte die Tür auf. Der Wagen wippte und schaukelte. Ein Knacken im Motor. Dann ging auf der Beifahrerseite eine Tür auf. Ich wartete.
Wenn ich heute, sechsundzwanzig Jahre danach, ihre Stimme hörte, würde ich sie wiedererkennen.
»Mein Engel«, sagte sie.
Ich hörte, wie sich das Gewicht ihrer Körper über den Rücksitz schob, erst ihrer, dann seiner. Sie waren keinen Meter von mir entfernt. Ich rollte mich ein, duckte mich in die flache Mulde zwischen der Golftasche und der Trennwand nach vorne. Es gab zwei feste Stellen, wo das Polster zusammengedrückt wurde. Während ich so dalag, versuchte ich noch einmal, die Stimme zuzuordnen, aber es war niemand, den ich kannte. Ich hörte ein Lachen, das von ihr kam, und dann leise Worte von ihm. Ich spürte, wie sich die innere Wand des Kofferraums bewegte, und dann hörte ich, da ich direkt hinter ihnen lag, wie sie zusammenkamen, das Rascheln von Kleidung, klammernde Arme und die halb sanften, halb kraftvollen Laute. Es war, als spielte ein Fernseher im Zimmer nebenan. Noch einmal seine Stimme und dann das Anschwellen ihres Atems, langsam, eine Minute lang, vielleicht noch eine, dann wieder eine Gewichtsverlagerung, das Scheuern der Kleidung am ledernen Polster und das

sanfte Schaukeln des Wagens. »Dad«, flüsterte ich. Und dann wieder das Schaukeln, das plötzliche Keuchen meines Vaters, immer drängender, seine Halb-Worte. Der Wagen schwankte heftig. »Dad«, flüsterte ich. Und dann schrie ich: »Dad!«
Die Tür ging auf.
Seine Schritte wirbelten Kies auf. Ich hörte metallisches Klimpern, das Geräusch des Schlüssels im Kofferraumschloß. In einer Explosion aus Licht stand er über mir.
Er sagte: »Zieh die Socken wieder über die Schlägerköpfe.«
Ich gehorchte und stieg dann aus dem Wagen, um mich neben ihn zu stellen. Er fuhr sich mit den Händen vorne am Hemd herunter.
»Was, zum Teufel«, sagte er.
»Ich war im Kofferraum.«
»Na und?« sagte er. »Ach, hol's doch der Teufel.«

Noch im Jahr meines College-Abschlusses fand ich eine Stelle als Lehrer an der Junior-High-School in Boston. Die Schule war ein Betonklotz mit kleinen Fenstern ziemlich hoch über der Straße und dunklen Klassenzimmern, in denen ich viel Zeit damit verbrachte, die Disziplin aufrechtzuerhalten. Während des ersten Winters dort klopfte eines Nachmittags ein Junge an meine Tür, um zu melden, da sei ein Anruf für mich. Ich wußte gleich, wer es war.
»Dad ist weg«, sagte meine Mutter.
Wie sie mir erzählte, hatte er seine Sachen in den Lincoln gepackt und war an diesem Morgen noch vor Tagesanbruch weggefahren. Auf dem Küchentisch hatte er eine Nachricht und Bargeld hinterlassen. »Eine Menge Bar-

geld«, fügte meine Mutter hinzu und senkte ihre Stimme. »Zwanzigtausend Dollar.«
Ich stellte mir das Bündel Geldscheine auf unserem Frühstückstisch vor, beschwert mit der Butterdose aus Keramik; sie flatterten im Luftzug, der vom schräggestellten Fenster herüberkam – dem Fenster mit Blick auf sein kurzgeschorenes Grün. In seiner Nachricht hieß es, er sei in den Norden gefahren und werde sie anrufen, sobald er sich irgendwo niedergelassen habe. Wir hatten Dezember. Ich versprach ihr, sie in einer Woche, zu Beginn der Weihnachtsferien, zu besuchen. Ich sagte ihr, sie solle zu ihrer Schwester gehen und dort bleiben, und dann erklärte ich ihr noch, daß ich gerade arbeitete und in meine Klasse zurückmüsse. Sie schwieg am anderen Ende der Leitung, und in der Stille malte ich mir aus, wie mein Vater kreuz und quer durch Kalifornien fuhr und auf dem Weg nach Norden in Palm Springs und Carmel Station machte und wie der schwerbeladene Lincoln tief in den Federn hing.
»Leonard«, sagte meine Mutter, »hast du gewußt, daß es so kommen würde?«

Im Frühling des Jahres, in dem wir uns besser kennenlernten, nahm er mich ein paarmal als Caddie mit auf den Golfplatz. Samstags spielte er früh am Morgen, wenn der Platz noch ziemlich leer und das Gras vom nächtlichen Tau noch naß war. Ich lernte, daß ich ihm die Eisen mit der höheren Ordnungszahl reichen mußte, wenn die Sonne über der zweiten Hälfte der achtzehn Löcher höher stieg und der Ball auf dem abtrocknenden Boden schneller rollte. Er gab den hohen Annäherungsschlägen viel Backspin und schlug Chips, die auf dem Grün lande-

ten und sofort liegenblieben. Er spielte in einem Vierer mit drei anderen Männern, und wenn sie im Umkleideraum die Schuhe wechselten, erzählten sie Witze und knufften einander in den Bauch. Die Spinde waren aus glänzend grün lackiertem Blech, der Fußboden mit sauberen weißen Fliesen plattiert, die unter den genagelten Schuhen klickten. Unter den Spiegeln standen Gläser mit Kämmen in einem grünen Desinfektionsmittel, und wenn ich einen davon benutzte, bekam meine Frisur Halt und roch nach Limonen.
Bei Tagesanbruch waren wir auf dem Platz. Am ersten Fairway suchten die anderen Männer mit ihren Nagelschuhen einen festen Stand, verlagerten das Gewicht von einem Bein aufs andere und simulierten einige Abschläge an einem leeren Tee, während sich mein Vater eine Zigarette anzündete und zum Loch hinüberblickte. »Das schwere Kaliber«, sagte er zu mir oder, wenn es ein Par-3-Loch war: »Die kleine Dame.« Er trat seine Zigarette aus. Bevor ich ihm den Schläger gab, wischte ich die Schlagfläche mit der Socke ab. Er nahm den Schläger, balancierte ihn, nachdem er den Schwerpunkt gefunden hatte, auf einem Finger und legte dann in Zeitlupe die Hände um den Griff, erst die linke, dann die rechte, Finger um Finger. Schließlich beugte er sich über den Ball. Nach einem perfekten Drive flog das Tee senkrecht in die Höhe und landete vor seinen Füßen.

Über das Wochenende war sein Herzrhythmus einige Sekunden lang gestört. Es passierte am Samstag abend, als Anne und ich in seinem Haus in Sausalito waren, und wir erfuhren erst am Sonntag davon. »Herzkammerflimmern«, sagte der Assistenzarzt. »Die typischen Flimmer-

bewegungen.« So ein Zustand sei nach einem Infarkt immer gefährlich. Mit einem Elektroschock hätten sie seinen Herzschlag wieder normalisiert.
»Aber ich will ehrlich zu Ihnen sein«, sagte der Arzt. Wir standen im Flur. Er senkte den Blick, berührte sein Stethoskop. »Es ist kein gutes Zeichen.«
Wenn das Herz stirbt, wird es größer, sagte er mir. Bald breitet es sich auf dem Röntgenbild aus. Er nahm mich in einen Raum mit und zeigte mir Papierstreifen mit elektrischen Aufzeichnungen: irgendwelche Formationen. Wie er sagte, starb der Muskel stellenweise bereits ab. Vielleicht würde sich der Zustand verbessern, vielleicht auch nicht.
Meine Mutter rief an diesem Nachmittag an. »Sollte ich kommen?«
»Er hat sich dir gegenüber wie ein Schwein benommen«, sagte ich.
Während Lorraine und Anne beim Abendessen saßen, suchte ich noch einmal den Arzt auf. »Ich will es wissen«, sagte ich. »Sagen Sie mir die Wahrheit.« Der Assistenzarzt war groß und hager und sah selbst krank aus. Das galt auch für die anderen Ärzte, die ich im Krankenhaus gesehen hatte. Alles dort war blaß – die Wände, die Mäntel, die Haut der Leute.
Er sagte: »Welche Wahrheit?«
Ich erzählte ihm, daß ich mich über Herzkrankheiten informiert hätte. Ich hatte einiges über EKGs gelesen, wußte über die Arzneien Bescheid – Lidocain, Propranolol. Ich wußte, daß sich die Lungen mit Wasser füllten, daß Herzversagen einem Tod durch Ertrinken gleichkam. Ich sagte: »Die Wahrheit über meinen Vater.«

An dem Nachmittag, an dem ich mich im Kofferraum versteckt hatte, kamen wir nach Hause, als meine Mutter gerade das Abendessen zubereitete. Ich ging auf dem Weg von der Garage zum Haus hinter meinem Vater her und sah die Schweißperlen in seinem Nacken. Er pfiff eine Melodie. An der Tür küßte er meine Mutter auf die Wange. Er legte ihr flüchtig die Hand auf den Rücken. Sie kochte Gemüse, vom Dampf waren die Küchenfenster angelaufen, und ihr Haar war feucht. Mein Vater setzte sich auf den Stuhl beim Fenster und schlug die Zeitung auf. Ich dachte daran, wie der ganze Kofferraum geschaukelt hatte, als er und die Frau auf den Rücksitz des Lincoln gestiegen waren. Meine Mutter lächelte.
»Nun?« sagte sie.
»Was gibt's zum Essen?« fragte ich.
»Nun?« sagte sie noch einmal.
»Es gibt Huhn«, sagte ich. »Hab ich recht?«
»Max, willst du mir nicht sagen, ob heute etwas Ungewöhnliches vorgefallen ist?«
Mein Vater sah nicht von der Zeitung auf. »Ob heute etwas Ungewöhnliches vorgefallen ist?« sagte er. Er blätterte eine Seite um und faltete sie geschickt. »Frag doch mal Lenny.«
Sie lächelte mich an.
»Ich hab ihn überrascht«, sagte ich. Dann wandte ich mich ab und sah zum Fenster hinaus.

»Ich muß dir was sagen«, ließ Anne mich eines Sonntagmorgens im fünften Jahr unserer Ehe wissen. Wir lagen im Bett. Ich wußte, was kommen würde.
»Ich weiß es bereits«, sagte ich.
»Was weißt du bereits?«

»Das mit deinem Liebhaber.«
Sie blieb stumm.
»Das geht schon in Ordnung«, sagte ich.
Es war Winter. Der Himmel war grau, und obwohl die Sonne erst vor ein paar Stunden aufgegangen war, schien es später Nachmittag zu sein. Ich wartete darauf, daß Anne weiterredete. Wir waren minutenlang still. Dann sagte sie: »Ich wollte dir weh tun.« Sie verließ das Bett und fing an, die Kommode aufzuräumen. Sie zog meine Pullover aus der Schublade und faltete sie neu zusammen. Sie stellte alle unsere Schuhe in den Schrank. Dann kam sie zurück zum Bett, setzte sich und fing an zu weinen. Sie saß mit dem Rücken zu mir, und ihr ganzer Oberkörper bebte unter ihrem Schluchzen. Ich streckte die Hand aus und berührte sie. »Es ist schon in Ordnung«, sagte ich.
»Wir haben uns nur ein paarmal getroffen«, antwortete sie. »Ich würde es ungeschehen machen, wenn ich könnte. Ich würde es rückgängig machen.«
»Das weiß ich doch.«
»Irgendwie dachte ich, ich könnte dir gar nicht richtig weh tun.«
Sie weinte jetzt nicht mehr. Ich blickte aus dem Fenster auf die unter der Last des Schnees tief herabhängenden Äste. Anscheinend hatte ich nichts zu sagen.
»Ich weiß nicht, warum ich dachte, ich könnte dir nicht weh tun«, sagte sie. »Natürlich kann ich es.«
»Ich verzeihe dir.«
Sie saß immer noch mit dem Rücken zu mir. Draußen trieben ein paar Schneeflocken durch die Luft.
»*Hab* ich dir denn weh getan?«
»Ja. Ich habe euch im Restaurant gesehen.«

»Wo?«
»Bei Denny's.«
»Nein«, sagte sie. »Ich meine, wo hab ich dir weh getan?«

Die Nacht, nachdem er gestorben war, lag Anne wach neben mir im Bett. »Erzähl mir von ihm«, sagte sie.
»Was soll ich dir denn erzählen?«
»Geschichten. Wie du aufgewachsen bist, Dinge, die ihr zusammen unternommen habt.«
»Wir haben nicht viel unternommen. Ich hab den Caddie für ihn gemacht. Er hat mir einiges über Golf beigebracht.«
In dieser Nacht schlief ich keinen Augenblick. Lorraine übernachtete in der Wohnung einer Freundin, und wir hatten das leere Haus meines Vaters für uns. Trotzdem nahmen wir die Leintücher und die zwei Wolldecken und legten uns auf das ausziehbare Sofa im Arbeitszimmer. Ich erzählte Geschichten von meinem Vater, bis mir nichts mehr einfiel, und dann redete ich über meine Mutter, bis Anne eingeschlafen war.
Mitten in der Nacht stand ich auf und ging ins Wohnzimmer. Durch die Fenster sah ich Lichter über dem Wasser, die Brücken, Belvedere und San Francisco, Schiffe. Es war eine klare Nacht, und ich ging auf die betonierte Stellfläche hinaus. Der Himmel war voller Sterne. Die Brise kroch mir unter den Schlafanzug. Neben der Garage stand der Lincoln, zur Hälfte vom hellen Verandalicht angestrahlt. Ich öffnete die Tür und stieg ein. Die Sitze waren mit rotem Leder bezogen und rochen nach Limonen und Zigaretten. Ich kurbelte das Fenster herunter und holte die Schlüssel aus dem Handschuhfach.

Ich dachte daran, Anne eine Nachricht zu hinterlassen, tat es aber nicht. Statt dessen ließ ich den Wagen im Leerlauf den Weg hinunterrollen und wartete, bis ich ganz unten an der Straße war, ehe ich die Tür zumachte und die Scheinwerfer einschaltete. Den Motor startete ich erst, als ich um die Ecke gebogen und das Haus außer Sichtweite war und der Geruch des Salzwassers vom Bootshafen herauf durch die offenen Fenster des Autos drang. Die Kolben arbeiteten fast lautlos.
Ich fühlte mich in Eile, obwohl ich kein festes Ziel vor Augen hatte. Ich mißachtete ein Stoppschild, fuhr bei Rot über eine Kreuzung, und auf der Auffahrt zum Highway 101 trat ich das Gaspedal durch und spürte die Reaktion des elektronisch gezündeten V-8-Einspritzers. Die Instrumentenbeleuchtung glühte in der Nacht. Ich fuhr nach Süden, jagte mit siebzig Meilen die Stunde über die Golden Gate Bridge. Die Tragkabel schwankten im Wind, und die ganze Brücke schaukelte träge zwischen dem Meer und der Bucht. Die Fahrspuren waren schmal. Die Reflektoren surrten und dröhnten, wenn die Räder sie berührten. Anne würde, falls sie aufwachte, wahrscheinlich ins Wohnzimmer gehen und dann im Freien nach mir suchen. Es begann leicht zu regnen. Tropfen ließen meine Knie naß werden, klatschten mir ins Gesicht. Ich ließ das Fenster offen und schaltete das Radio ein. Der Wagen füllte sich mit Wind und Musik. Blechbläser. Trompeten. Klänge, die mir das Herz wärmten.
Der Lincoln ließ sich fahren wie ein Traum. Südlich von San Francisco öffnete sich die Straße, und in einer Senke, die tief in einen flachen Hügel eingebettet war, ging ich auf über hundert. Der Pfeil am Armaturenbrett schob sich zitternd nach rechts. Die Formen wurden

flach. »Dad«, sagte ich. Die Windgeräusche wechselten in immer höhere Tonlagen. Ich sagte: »Das Jahr, in dem wir uns kennenlernten.« Straßenschilder und Leitungsmasten flogen vorbei. Es waren nur wenige Wagen unterwegs, und die meisten machten Platz, noch bevor ich sie erreichte. Beim Überholen konnte ich im Rückspiegel ihre Gesichter sehen. Ich kam durch San Mateo, Pacifica, Redwood City, bis unter einer Betonbrücke plötzlich der Radioempfang gestört wurde. Ich begriff, daß ich bei diesem Tempo mein Leben riskierte. Ich verlangsamte die Fahrt. Bei hundertzehn kam der Nieselregen wieder durch die offenen Fenster. Bei neunzig hörte die Landschaft auf, an mir vorbeizurasen. In Menlo Park fuhr ich von der Schnellstraße herunter.

Es war immer noch dunkel, und kaum hatte ich den Highway verlassen, fand ich mich auf einer unbeleuchteten Straße wieder. Sie führte ins Zentrum des Ortes und dann wieder hinaus, um sich anschließend durch eine hügelige Landschaft zu winden. Die Häuser links und rechts der Straße waren groß. Sie standen weit auseinander, drei und vier Stockwerke hoch, mit weißen Fensterläden oder Verzierungen, die im Scheinwerferlicht des Lincoln leuchteten. Die Grundstücke waren groß und mit Eukalyptus und Rhododendron übersät. Hier und da brannte Licht. Gelegentlich sah ich Gesichter: jemanden auf einem Balkon im Obergeschoß, einen Mann im Frühstückszimmer, der aus dem Fenster spähte, neugierig, was für ein Wagen da vorbeifahren mochte. Ich fuhr langsam, und als ich zu einer High-School kam und die niedrigen Gebäude und den langen Sportplatz sah, fuhr ich hinüber und hielt an.

Aus dem Nieselregen war Nebel geworden. Ich ließ die

Scheinwerfer an, stieg aus und stand im Gras. Ich dachte: Das ist die Nacht, in der dein Vater gestorben ist. Ich blickte hinauf zum bereits heller werdenden Himmel. Ich sprach es aus: »Das ist die Nacht, in der dein Vater gestorben ist«, aber ich empfand nicht das, was ich erwartet hatte. Ich spürte nur den Wind an meinem Hals, die morgendliche Kühle. Ein kleiner Lastwagen fuhr vorüber und blinkte mich an. Dann ging ich – denn das hätte auch mein Vater getan – zum Kofferraum des Lincoln und holte die Golftasche heraus. Sie war schwerer, als ich sie in Erinnerung hatte, und das Leder war in der kühlen Luft ganz starr geworden. Auf dem feuchten Rasen bereitete ich alles vor: den mit Grübchen überzogenen weißen Ball, das gelbe Tee. Mein Vater hätte hier jetzt tatsächlich gespielt, hätte mit einem Drive die Länge des Footballfeldes geschafft und mit einem Eisen den Ball so hoch geschlagen, daß er im grauen Himmel verschwunden wäre. Ich aber stand nur da und nahm nicht einmal die Schläger aus der Tasche. Statt dessen stellte ich mir seine Körperhaltung vor. Ich malte mir aus, wie er den Schläger auf einem Finger balancierte, wie er die Hände sorgfältig um den Griff legte, und nachdem ich eine Weile so dagestanden hatte, hob ich den Ball und das Tee auf, steckte sie wieder in die Tasche und fuhr nach Hause zu meiner Frau.

Das Jahr, in dem ich sechzehn wurde, verstrich, ohne daß wir in den Südwesten gefahren wären. Trotzdem kaufte meine Mutter Landkarten und plante die Reise. Abends im Dunkeln erzählte sie mir davon, nahm mich im Geiste mit über den Colorado River und die kalifornische Grenze, wo das Wasser opalgrün war, hinein nach

Arizona und auf der Fernstraße durch die Wüste nach New Mexico. Die Canyons dort, sagte sie, seien anderthalb Kilometer tief. Die Straßen würden von Beifuß und einem Kaktus gesäumt, den man »springende Cholla« nenne und der mit seinen Stacheln schießen könne. Über der Wüste, wo man schon nach einem Nachmittag und einem Morgen austrocknen und sterben könne, verfärbten sich die eisbedeckten Gipfel der Rocky Mountains blau, wenn die Sonne auf sie scheine.
Wir fuhren niemals los. Jedes Wochenende spielte mein Vater Golf, und schließlich, im August, einigten sich meine Eltern auf einen Kompromiß. An einem Sonntagmorgen, bevor ich in die elfte Klasse kam, fuhren wir in dem Lincoln nach Norden in ein Naturschutzgebiet am Meer. Die Felsklippen über der Küste waren zum Schutz gegen die Erosion mit Eiskraut bepflanzt. Pelikane ließen sich von der Thermik in die Höhe tragen. Meine Mutter hatte mit Hühnerfleisch belegte Sandwiches eingepackt, die wir aßen, als wir am Strand angekommen waren, und nach dem Essen sah ich mir die Krabben und die schwankenden grünen Wedel in den Prielen an, während meine Eltern zum Fuß der Felsklippen hinübergingen. Ich beobachtete ihren Weg durch die flachen Dünen. Und als ich gerade mal wieder hinschaute, hielt mein Vater sie in den Armen, und sie küßten sich.
Von seinen Händen gehalten, beugte sie sich zurück. Ich blickte in den Priel, wo sich der blaue Himmel, die Wolken und die rötlichen Klippen spiegelten. Darunter huschten Felsenkrabben zwischen untergetauchten Steinen umher. An jenem Nachmittag, an dem mein Vater mich in seinem Kofferraum fand, stellte er mich der Frau auf dem Rücksitz vor. Sie hieß Christine. Sie roch

nach Parfüm. Der Kiesweg, auf dem er parkte, lag hinter einem Lagerhaus, und nachdem wir uns durch das offene Wagenfenster die Hand gegeben hatten, stieg sie aus und ging in das niedere, langgestreckte Gebäude, und die metallene Tür schlug hinter ihr zu. Auf dem Weg nach Hause wirbelte der Wind durchs Auto, und mein Vater und ich redeten nicht viel. Ich beobachtete seine Hände am Lenkrad. Sie waren groß, mit roten Knöcheln, die Hände eines Metzgers oder Zimmermanns, und ich versuchte, sie mir auf Christines schmalem Rücken vorzustellen.
Später an diesem Strandnachmittag ging meine Mutter am Ufer entlang. Mein Vater und ich kletterten auf einem steilen Weg die Felsklippen hinauf. Von oben, wo wir auf einem Teppich aus Eiskraut standen, sahen wir die Färbung des Pazifik in ein lichtdurchlässigeres Blau übergehen, sahen die Stelle, wo der Meeresgrund steil abfiel, die Umrisse der Sandbank, von der die Brecher heranrollten. Ich versuchte zu sehen, was mein Vater sah, als er über das Wasser hinausblickte. Er nahm einen Stein auf und schleuderte ihn über die Klippen. »Ich glaube«, sagte er, ohne mich anzusehen, »du könntest einen ganz guten Golfer abgeben.« Wir näherten uns dem Rand des Abgrunds, wo sich das Eiskraut lichtete und abgetragene sandige Stellen sehen ließ. »Du weißt ja«, sagte er, »wir machen diesen Ausflug, damit wir uns ein bißchen besser kennenlernen.« Hundert Meter unter uns brachen sich Wellen an den Felsen. Er senkte die Stimme. »Aber ich bin da nicht so sicher. So oder so, du *brauchst* mich gar nicht kennenzulernen. Und weißt du auch, warum?«
»Warum?« fragte ich.
»Du brauchst mich nicht kennenzulernen, weil du eines

Tages erwachsen sein wirst, und dann bist *du* der, der ich heute bin.« Er sah mich an und dann wieder hinaus aufs Wasser. »Deshalb werde ich dir beibringen, wie man einen Ball richtig trifft.« Er griff nach einem langen Stock und drückte ihn mir in die Hand. Dann erklärte er mir den Aufschwung. »Du mußt dir über eines im klaren sein, wenn du einen Ball richtig treffen willst«, sagte er mir, »nämlich daß der Schläger ein Teil von dir ist.« Er stellte sich hinter mich und zeigte mir, wie der linke Arm stillzuhalten sei. »Der Schläger ist deine Hand. Er ist dein Knochen. Er ist dein ganzer Arm und dein Skelett und dein Herz.« Unter uns am Strand sah ich meine Mutter am Wasser entlanggehen. Wir wiederholten die Bewegung immer wieder, und er erklärte mir, daß ich mir den Aufprall vergegenwärtigen, ihn spüren müsse. Er sagte, ich solle den Kraftaufwand herabsetzen und so den Ball zum Fliegen bringen. Als ich ausholte, hielt er meinen Kopf in Position. »Nicht nur zuschauen«, sagte er. »Versuche zu *sehen*.« Ich sah hin. Das Eiskraut schien naß und ölhaltig, und am Rand meines Blickfeldes konnte ich die Spitzen der Schuhe meines Vaters sehen. Ich war sechzehn Jahre alt und wartete auf seine nächste Anweisung.

LÜGEN

Was mein Vater sagte, war: »Wer anschafft, der bestimmt, wo's langgeht«, womit er mich, sollte das jemand nicht verstehen, eindeutig aufforderte zu verschwinden. Es war allerdings sein gutes Recht, mir das zu sagen. Ich wußte, daß es fällig war, und er gehört nicht zu denen, die lange drum herumreden und sich auch noch entschuldigen. Er sagt, was er denkt. Andere in meinem Alter sind noch Kinder, aber ich bin achtzehn und denke ans Heiraten, und das ist ein großer Unterschied. Sicher, es ist hart, aus dem eigenen Haus gedrängt zu werden, aber mein Vater hat es im Leben zu was gebracht, eben weil er hart ist. Er betreibt eine Dampfbügelmaschine in Roxbury. Wenn ein Sender Werbespots für Deodorants bringt, schaltet er den Fernseher aus. So ist er nun mal. Bei ihm gibt's keine zweite Chance. Aber ich schaffe es schon. Was soll's, von zu Hause wollte ich sowieso weg. Und nicht alles, was man will, bekommt man auch. Die zwei Dinge, die ich diesen Sommer wollte, waren, endlich von zu Hause wegzukommen und mit Katy zum Fountain Lake raufzufahren, und beides hab ich bekommen. So glatt geht es nicht oft, da kann ich doch zufrieden sein.

Wir haben Sommer, und ich bin mit der Schule fertig. Eine Wohltat, kann ich nur sagen. Manche stehen's nicht durch, aber das sind die, von denen ich gerade geredet habe – das sind alles noch Kinder. Daß ich's geschafft

habe, liegt zum Teil daran, daß mir meine Leute Dampf gemacht haben. Bis ich zu alt war, daran zu glauben, hat mir meine Mutter immer vorgelogen, daß jeder das werden kann, was er will. »Jeder kann aufsteigen und Präsident der Vereinigten Staaten werden«, sagte sie oft. Irgendwann kapierst du, daß das nicht stimmt und daß du festgelegt bist, entweder von Anfang an festgelegt oder durch etwas, das du einfach tust, ohne dir viel dabei zu denken. Bei mir ist es wahrscheinlich beides. Aber meine Mutter, die gibt nicht auf. Vier volle Jahre lang ist sie jeden Tag zwanzig Minuten früher aufgestanden, um mir meine Käsebrote zu machen, Provolone auf Roggenbrot, und als sie mir das Abschlußzeugnis in die Hand drückten, fing sie an zu heulen.
Danach dann, als ich mit der High-School fertig war, hab ich den Job bei Mr. Able bekommen. Mr. Able gehört das Kino. Es hat zweihundertfünfzig Plätze, einen Gang zwischen den Sitzreihen, und es liegt an der South Huntington. *Ables Kino, wo das Personal freundlich ist und das Popcorn frisch.* Auf den Toiletten gibt's allerdings nur kaltes Wasser, und Mr. Able verbringt den Montagvormittag immer damit, persönlich die aufgerissenen Sitzpolster zusammenzunähen, weil er sich weigert, ein paar Riesen lockerzumachen und die Logensitze neu polstern zu lassen, die aus irgendeinem Grund schneller kaputtgehen als die Sitze im Parkett. Ich weiß auch nicht, warum. Etwa ein Drittel der Eintrittskarten, die ich verkaufe, sind Logenplätze, und das ist keine Kundschaft, die mit Taschenmessern ins Kino geht, um die Polster zu bearbeiten. Messer findest du eher bei den Typen, die vor dem Kino rumlungern. Die stechen dich zwar nicht ab, aber sie finden nichts dabei, ein Stück aus deinem Auto-

reifen rauszuschneiden. Das sind die Typen, die nach dem zehnten Schuljahr aufhören, weil es dem Staat dann vom Gesetz her egal ist, was du tust. Sie hängen draußen rum, und meistens saufen sie, aber sie kommen praktisch nie rein, um sich den Film anzusehen.
Ich arbeite drinnen, die halbe Zeit als Kartenverkäufer, die andere Hälfte als Filmvorführer. Ist kein schlechter Job. Die meisten Filme lerne ich auswendig. Aber das Dumme an einem Kino ist, daß es drin immer dunkel ist, sogar im Foyer, wegen der getönten Glasscheiben. (Das hat doch jeder schon erlebt, wie das Licht reinplatzt, wenn jemand die Außentür aufmacht.) Und wenn du im Kassenhäuschen sitzen und arbeiten mußt und hinter deinen Gitterstäben hervor nach draußen blickst, wo es taghell ist, dann kann dich das schon nachdenklich machen. Wenn ich an einem heißen Tag die Hausfrauen zur Nachmittagsvorstellung reinkommen sehe, würde ich am liebsten ihr Geld gar nicht erst annehmen. Am liebsten würde ich sie fragen, was in aller Welt sie nur dazu veranlaßt, das Licht und die Weite draußen gegen einen Sitz da drinnen einzutauschen.
Der eigentliche Job des Filmvorführers ist gar nicht so übel, obwohl die meisten Leute nicht mal wissen, was das ist. Denen ist gar nicht klar, daß irgendein Clown da oben im Raum bei den Projektoren hockt und rechtzeitig die Filmrollen austauscht. Tatsächlich sitzt er die meiste Zeit nur rum und raucht, was er nicht dürfte, oder er hat ein Mädchen dabei, so, wie ich manchmal Katy mitgenommen habe. Man braucht nichts anderes zu tun, als auf den gelben Punkt zu achten, der in der Ecke der Leinwand erscheint, wenn es Zeit ist, auf die nächste Rolle zu gehen. Wenn ich diesen gelben Punkt sehe, bleiben mir

fünf Sekunden, den anderen Projektor in Gang zu setzen. Es ist nicht schwer, und wenn man das eine Weile gemacht hat, entwickelt man ein Gefühl dafür. Man wird so gut, daß man ins Foyer gehen kann, um sich vielleicht eine Tüte Popcorn oder eine Limonade zu genehmigen und sich auch noch 'ne Weile auf die Treppe zu setzen, ehe man genau in dem Moment in die Vorführkabine zurückkommt, wenn der gelbe Punkt erscheint: Zeit, auf die nächste Rolle zu gehen.

Jedenfalls ist es ziemlich leicht. Aber als ich wieder einmal Katy in der Kabine hatte, sagte sie mir etwas, das mich den Rollenwechsel komplett vergessen ließ. Der Film brach ab, und das Kino war dunkel – und dann kommen laute Buhrufe, und ich höre Mr. Ables Stimme direkt durch die Wand. »Reiß dich am Riemen, Jack«, sagt er, und ich hab den anderen Projektor am Laufen, bevor er die Zeit hat, die Tür aufzumachen. Wenn er gewußt hätte, daß Katy bei mir war, hätte er mich rausgeschmissen. Später sagte er mir dann, es wäre meine letzte Verwarnung.

Was Katy mir gesagt hat, war, daß sie mich liebt. Das hat mir noch niemand gesagt, außer meiner Mutter, das ist klar, und ich erinnere mich genau dran, denn plötzlich wußte ich, wie alt ich war und wie alt ich wurde. Nachdem sie es gesagt hatte, lag mir nicht mehr soviel am Älterwerden. So ähnlich fühlt man sich, wenn man seinen ersten Job bekommen hat. Ich weiß noch ganz genau, was sie sagte, nämlich: »Ich liebe dich, Jack. Ich hab drüber nachgedacht, und ich weiß, was ich meine. Ich hab mich in dich verliebt.«

In dem Moment war es das einzig Richtige, sie zu küssen, und das tat ich auch. Ich wollte ihr sagen, daß ich sie auch liebe, aber ich brachte es nicht heraus. Ich kann sonst ganz gut lügen, aber nicht bei so was. Jedenfalls sind wir zusammen in der Vorführkabine, und während jeder die Zunge im Mund des anderen hat, läuft die Filmrolle leer.

Das erste Mal ist mir Katy im Kino aufgefallen. Sie ist ein hübsches Mädchen, hat große Augen, Haare, die beinahe blond sind und in einer ganz bestimmten Weise auf die Schultern herabfallen. Das war das erste, was ich an ihr bemerkt hab, diese Art, wie ihr die Haare auf die Schultern fielen. Sie hatten etwas ganz Besonderes: Wie sanfte Hände legten sie sich ihr um den Blusenkragen und berührten ihren Nacken. Sie saß drei Reihen weiter vorn, und zu der Zeit arbeitete ich noch nicht im Kino. Es war gegen Ende meines letzten Jahres in der Schule, und ich hatte mich mit einer Schachtel Popcorn auf dem Schoß auf zwei Plätzen breitgemacht. Mein Freund LeFranc saß neben mir. Wir wurden beide auf Katy aufmerksam, als sie hereinkam. LeFranc zündete ein Streichholz an. »Lösch mich«, sagte er, »bevor wir alle verbrennen.« LeFranc spielt Trompete. Er weiß nicht, was man zu einem Mädchen sagt.
Während der helleren Szenen des Films blicke ich immer wieder auf ihren Nacken. Bei ihr sind drei andere Mädchen, die wir nicht kennen. Wie sich herausstellt, gehen sie auf die katholische Schule, und deshalb haben wir sie vorher noch nicht gesehen. Etwa in der Mitte des Films steht sie auf und geht durch die Reihen nach hinten. LeFranc atmet aus und zündet wieder ein Streichholz an. Ich grinse nur und überlege, ob ich ihr ins Foyer hinaus folgen soll, wo ich sie am Süßwarenstand ansprechen

könnte, aber es wäre auch möglich, daß sie zur Toilette gegangen ist, und wie würde ich dann dastehen? Die Zeit läuft für mich, also beschließe ich zu warten. *Der Stoff, aus dem die Helden sind*, heißt der Film, und in dem Moment steigen sie mit ihren Überschallflugzeugen auf. Sie reden von einem Fenster, und ich weiß nicht, was damit gemeint ist, und dann sitzt Katy plötzlich neben mir. Ich weiß nicht, wo sie hergekommen ist. »Kann ich etwas Popcorn haben?« fragt sie.

»Du kannst die ganze Schachtel haben«, antworte ich. Wo das herkommt, weiß ich auch nicht, aber es ist die perfekte Antwort, und ich spüre, daß sich in meinem Leben etwas tut. Auf der anderen Seite ist LeFranc still wie ein Indianer. Ich schiebe das Popcorn in Katys Richtung. Ihre Hände sind wie Milch.

Sie nimmt ein paar Stückchen heraus und legt sie sich auf die flache Hand. Schon mach ich mir Gedanken, daß mir so was nie einfallen würde – die kleinen aufgeplatzten Maiskörner so in der Hand zu halten. Dann kaut sie ganz langsam, eins nach dem anderen, während ich so tue, als konzentrierte ich mich auf den Film. Mir geht so manches durch den Kopf.

Nach dem Film rede ich noch ein bißchen mit ihr, und danach gehen wir dann ein paarmal miteinander aus. Zwischendurch krieg ich den Job im Kino, und im August lädt sie mich zur Hochzeit ihrer Schwester ein. Ihre Schwester heiratet einen Typ namens Hank, der zwanzig Jahre älter ist. Die Trauung ist in einer großen Kirche in Saugus. Bis dahin haben Katy und ich uns alles in allem vielleicht zwei Stunden geküßt. Wenn wir fertig sind, beißt sie immer ein Stück Juicy Fruit in der Mitte durch und gibt mir die Hälfte.

Zur Hochzeit trage ich Jackett und Krawatte und muß mich ihren Eltern vorstellen lassen. Bei ihrem Vater ist irgendwas mit dem einen Auge nicht in Ordnung, aber ich weiß nie, welches es ist, und habe Angst, er könnte mich für fahrig halten, weil ich nicht sicher bin, in welches Auge ich blicken soll. Wir geben uns die Hand, und er sagt kein Wort. Wir lassen wieder los, und er sagt immer noch kein Wort.

»Ich arbeite schon eine Weile«, sage ich. Den Satz habe ich mir vorher überlegt.

»Weiß der Teufel, was ihr jungen Leute eigentlich wollt«, sagt er daraufhin. Das genau sind seine Worte. Ich sehe ihn an, und mir wird klar, daß er betrunken ist oder jedenfalls nicht nüchtern, und im nächsten Augenblick ist auch schon Katys Mutter da und kümmert sich intensiv um ihn. Praktisch zur gleichen Zeit gibt sie mir einen Kuß auf die Wange und sagt mir, daß ich gut aussehe in meinem Anzug, und zieht Katy, die sich gleich nebenan mit ein paar Freundinnen unterhält, zu uns herüber.

Während der Trauung sitzen wir in den Kirchenbänken. Ich habe einen Platz am Gang, und ihre Mutter sitzt ein paar Plätze weiter in der Reihe vor mir, so daß ich all die Falten und Säume und Blümchenmuster sehen kann, die in ihr Kleid genäht sind. Ich kann sie atmen hören. Der Vater, der für die ganze Chose bezahlt hat, geht hinter dem Hauptportal auf und ab und wartet drauf, die Braut zum Altar zu führen. Katy ist auch dort hinten, zusammen mit den anderen Brautjungfern. Sie haben diese Kleider an, die ohne Träger halten. Die Trauung beginnt, und die Brautjungfern – und dahinter die Braut – kommen endlich den Gang entlang, in Kleidern, die einen dauernd an das eine denken lassen. Katy geht ganz vorn,

und als sie mit ihren langsamen Schritten auf meiner Höhe ist, beugt sie sich vor und gibt mir die Hälfte von einem Stück Juicy Fruit.
Wir sind also schon mal zusammen auf einer Hochzeit gewesen, und vielleicht hab ich deshalb keine besondere Angst vor unserer eigenen, die nicht mehr weit weg ist. Sie wird im November sein. Eine Hochzeit im Herbst. Das heißt, eigentlich ist es überhaupt keine Hochzeit, nur ein Termin beim Friedensrichter. Es ist einfach besser so. Ich hab noch genug vom erstenmal, als ich Katys Vater auf und ab gehen sah. Er hatte schwere Falten im Gesicht und sah müde aus, und das will ich bei unserer Hochzeit nicht haben.
Und außerdem ändern sich die Zeiten. Ich bin mir nicht sicher, wen ich bei einer großen Hochzeit dabeihaben will. In zwei Monaten bin ich achtzehn und Katy auch, und ich muß ehrlich sagen, ich hab meine Freunde allmählich satt. Wahrscheinlich beginnt gerade ein neuer Abschnitt für mich. Meine Freunde sind Hadley und Mike und LeFranc. LeFranc ist mein bester Freund. Katy mag weder Hadley noch Mike, und LeFranc findet sie vor allem deshalb okay, weil er dabei war, als wir uns kennenlernten. Aber LeFranc kann phantastisch Trompete spielen, und wenn es sich irgendwie machen läßt, daß er bei der Trauung spielt, dann will ich dafür sorgen, daß er's tut. Ich möchte, daß er spielt, weil ich manchmal darüber nachdenke, wie diese Geschichte mit Katy angefangen hat und wie schnell alles passiert ist, und es verblüfft mich irgendwie, daß es so gekommen ist, daß von all den möglichen Richtungen, in die ein Leben laufen kann, das nun die Richtung ist, die für mich gelten wird.

Die Fahrt zum Fountain Lake machten wir erst etwa zwei Monate nach der Hochzeit ihrer Schwester. Es ist Sonntag, und ich sitze mit einer mittelgroßen Schachtel Popcorn auf dem rotschwarz gemusterten Teppich auf den Stufen in Ables Foyer und warte, daß die nächste Filmrolle dran ist. Able selbst ist oben im Büro, und so sitze ich einfach da, sehe hinüber zum Kassenhäuschen, durch dessen Scheibe die Sonne scheint, und denke mir, an so einem Tag würde ich lieber was anderes tun. Die Clowns vor dem Eingang haben längst die Hemden ausgezogen. Sie hängen da draußen rum und ich im Foyer, und dann hupt plötzlich ein Auto und gleich noch mal. Ich blicke hinüber, und es ist eine solche Überraschung, daß ich glaube, die Sonne spielt meinen Augen einen Streich. Es ist Katy in einem roten Cadillac. Er hat Weißwandreifen und Chromleisten, und das Hupen gilt mir. Ich weiß nicht mal, wo sie fahren gelernt hat. Aber sie hupt noch mal, und die Typen draußen fangen an zu lachen und zeigen auf die Tür des Kinos. Das Komische ist, daß sie genau auf mich zeigen, obwohl sie wegen der getönten Scheiben nicht reinsehen können.

Es gibt Zeiten im Leben, wo du etwas tust, zu dem du dann später stehen mußt, und das tut keiner gern. Aber das war nun so ein Zeitpunkt, und wenn ich nichts unternahm, hupte Katy bestimmt gleich wieder. Mein Vater hat da einen Spruch; er sagt, das ist, wie wenn du zwischen zwei Felsen steckenbleibst, aber jeder, der weiß, wie Mr. Able ist und wie Katy ist, dem ist klar, daß das mit den zwei Felsen nicht stimmt. Es war eher wie ein Felsen und dann Katy in dem Cadillac. Ich steh also auf, stelle die Schachtel Popcorn auf die Theke, gehe hinüber zur Tür und sehe nach draußen. Ich bleibe vielleicht eine

halbe Minute lang stehen. In meinem Kopf läuft die Zeit weiter, die mir noch bleibt, ehe ich in die Kabine zurückmuß, um auf die andere Rolle zu gehen. Ich denke an meinen Vater. Er hat jeden einzelnen Tag in seinem Leben gearbeitet. Ich denke an Mr. Able, wie er die Polsterung der Logensitze mit Angelschnur repariert. Sie verlassen sich auf mich, und ich weiß es, und ich hab ein ungutes Gefühl, aber da draußen sitzt Katy in einem roten Fleetwood. »Der König der Cadillacs«, sage ich zu mir. Es ist ein glühendheißer Nachmittag, und in dem Moment, wo ich die Tür aufmache und ins Freie trete, weiß ich, ich komme nicht wieder.
Auf der Straße wütet die Sonne, sie prallt von den Kotflügeln und den weißen Hemden ab, und es ist, als liefe man gegen eine Wand. Aber ich überquere die Straße, ohne recht zu wissen, was ich tue, und steige auf der Fahrerseite in den Wagen. Während ich zu ihr rübergehe, ist mir in jedem Augenblick bewußt, daß mir alle zusehen, aber niemand sagt ein Wort. Dann sitz ich hinter dem Lenkrad und schiebe den Sitz ein wenig nach hinten.
»Wo hast du den her?«
»Er gehört Hank«, sagt sie. »Ganz neu. Wo fahren wir hin?«
Ich weiß nicht, was sie mit Hanks Wagen macht, aber mein Fuß tritt das Gaspedal ein paarmal durch, und die Clowns vorm Kinoeingang schauen herüber, und deshalb muß ich was tun, und ich sage: »Zum See, laß uns zum Fountain Lake rauffahren.« Ich leg einen Gang ein, die Reifen quietschen einen Moment lang, und weg sind wir.
Die Fenster sind zu, und ich schwöre, es ist so leise im Wagen, daß ich nicht sicher bin, ob er überhaupt einen

Motor hat. Ich drücke aufs Gas und höre nichts, spüre aber den Druck des Lederpolsters im Rücken. Das Leder ist kühl und hat dieses butterweiche Aussehen. Die Windschutzscheibe ist am oberen Rand getönt. Etwa nach der dritten Querstraße geht es mir zum erstenmal durch den Kopf: Ich bin aus allem raus, und ich lenke den Cadillac den Jamaicaway lang in Richtung Fluß. Ich weiß wirklich nicht, wie man zum Fountain Lake raufkommt; Katy allerdings auch nicht, und so frag ich sie gar nicht erst.
Bei der Universität fahren wir über den Fluß und dann den Memorial Drive rauf, vorbei an all den Studenten, die auf den Rasenflächen Frisbee und Football spielen. Drüben bei Harvard ziehen sie Ruderboote aus dem Wasser. Sie haben alle ihre roten Jacken an, und während sie arbeiten, trinken sie Bier aus großen Gläsern. Das Gras ist so grün, daß es meinen Augen weh tut.
Auf der langen Geraden bei Boylston laß ich das elektrische Fenster herunter und halte meinen Arm raus, wo ihn der Fahrtwind, sobald ich beschleunige, anhebt wie einen Flügel, und dann, kurz bevor wir die Schnellstraße erreichen, klickt etwas in meinem Kopf, und ich weiß, es ist Zeit für die nächste Filmrolle. Mein Fuß geht kurz zur Bremse. Ich zähle bis fünf und stelle mir vor, wie es im Kino dunkel wird und wie dann eine der Hausfrauen im Publikum laut zu meckern anfängt. Ich sehe Mr. Able die Tür zur Vorführkabine aufmachen, mit einem Gesichtsausdruck, den ich von meinem Vater her kenne. Es ist ein ganz bestimmter Ausdruck, halb, als habe er jemanden geschlagen, und halb, als sei er selber geschlagen worden. Doch als wir dann auf der Route 2 sind, wo ich richtig Gas geben kann, fällt mir einer der Sprüche meines Vaters ein, daß nämlich alles Wasser den Bach runter-

läuft, und ich habe das Gefühl, im Innern meines Kopfes ist plötzlich eine andere Filmrolle zu Ende. Von einem Augenblick zum anderen ist dieser Teil meines Lebens abgeschlossen.
Bald liegt auch Lincoln hinter uns, und ich denke eigentlich nichts anderes mehr als, wow, wir haben es geschafft, wir sind hier raus. Der Wagen ist eine Freude. Manchmal kriegst du bestimmte Gefühle, gleich nachdem du was Wichtiges getan hast. Neben mir sitzt Katy mit ihrem wirklich festen Körper und dem weichen Aussehen von jungen Mädchen, und ich bin kein Kind mehr. Ich stelle mir vor, wie schön es sein müßte, wenn man jederzeit den Wagen nehmen und zum See rauffahren könnte. Ich male mir das alles aus und ziehe den Cadillac durch lange, weite Kurven und sehe nun direkt vor uns in weiter Ferne die Berge liegen. Ich werfe einen Blick auf Katy und dann auf die lange gelbe Linie, die unter dem Wagen durchfliegt, und hab das Gefühl, daß ich etwas Großes tue. Katy sitzt immerzu nur da. Dann sagt sie: »Ich kann es nicht glauben.«
Sie hat recht. Ich bin unterwegs zum Fountain Lake, mit einem schnellen Wagen, der rote Pfeil auf der Skala bewegt sich zitternd um die Fünfundsiebzig, ein Mädchen sitzt neben mir, ein hübsches und gut duftendes Mädchen. Und ich wende mich ihr zu, und ich weiß nicht, warum, außer daß dich einfach dieses Gefühl packt, wenn du endgültig durchgerasselt bist, und in einem ganz bestimmten Tonfall sage ich: »Ich liebe dich, Katy«, während mein Fuß das Gaspedal durchdrückt und der Wagen über die schnurgerade Straße schießt, als wäre er eine Art von Rakete.

WO WIR JETZT SIND

Als ich Jodi kennenlernte, studierte sie Englisch am Simmons College in Boston, und im Anschluß daran versuchte sie sich eine Zeitlang als Bühnenschauspielerin. Dann wollte sie ein Theaterstück schreiben, und als daraus nichts wurde, dachte sie daran, eine Buchhandlung aufzumachen. Wir sind jetzt elf Jahre verheiratet, und heute leiht sie Bücher in der Stadtbibliothek aus. Damit meine ich nicht, daß sie die Bücher liest, vielmehr arbeitet sie dort am Ausgabeschalter.
Wir streiten uns in letzter Zeit öfter mal über unsere Wohnung. Sie liegt in einem Gebäude ohne jedes Grün, ohne Gras und ohne Büsche, lediglich mit einem Gemeinschaftsraum voller Plastikstühle und einem Teppich aus »Astroturf«, einer Art Kunstrasen. Es gibt kaum Leute, die sich für eine Party auf Kunstrasen erwärmen, sagt Jodi. Und noch einige andere Dinge gefallen ihr nicht. So bleibt der Aufzug immer ein paar Handbreit unter dem Fußboden stehen, und man muß eine Stufe überwinden, um aus ihm herauszukommen. Das kalte Wasser kommt morgens rostfarben aus den Hähnen, und vor drei Wochen wurde ein Mann auf dem Flur von einem Jungen mit einem Brotmesser bedroht und ausgeraubt. Am Sonntag abend danach wälzte sich Jodi im Bett herum, knipste das Licht an und sagte: »Charlie, wir sollten uns ein paar Häuser ansehen.«
Es war ein Uhr. Aus dem dritten Obergeschoß konnte ich

im nächtlichen Dunstschleier einen Teil von West-Hollywood sehen, einen schmalen Streifen der Sternwarte, Lichter aus den Villen im Canyon.
»Da«, sagte ich und zeigte aus dem Fenster. »Da drüben sind Häuser.«
»Nein, laß uns welche ansehen, die zu verkaufen sind.«
Ich legte mir einen Arm über die Augen. »Täubchen«, sagte ich, »wo sollen wir ein Haus finden, das wir uns leisten können?«
»Wir können schon am Wochenende damit anfangen.«
Abends nach dem Essen las sie laut aus den Immobilienanzeigen der Zeitung vor. »Santa Monica«, las sie. »Einfamilienhaus mit Garten, fünf Minuten zum Strand.«
»Wieviel?«
Sie sah genauer hin. »Wir können uns auch in anderen Orten umsehen.«
Eine Zeitlang las sie für sich. Dann sagte sie, in einigen Gegenden um den Flughafen von Los Angeles schienen die Preise niedriger.
»Wie niedrig?«
»Eins für hundertsechzigtausend.«
Ich warf ihr einen kurzen Blick zu.
»Wenn wir's uns ansehen, heißt das noch lange nicht, daß wir es auch kaufen müssen«, sagte sie.
»Das läuft über eine Maklerin.«
»Die wird nichts dagegen haben.«
»Es ist nicht ehrlich«, sagte ich.
Sie faltete die Zeitung zusammen und ging ans Fenster. Ich sah, wie sich ein Muskel in ihrem Nacken hin- und herbewegte. »Weißt du, wie ich mir vorkomme?« fragte sie und blickte auf die Straße hinunter.

»Ich will der Frau einfach nicht die Zeit stehlen«, antwortete ich.
»Ich komme mir vor, als wär ich mit einem Priester verheiratet.«
Ich wußte, warum sie das sagte. Ich bin alles andere als ein Priester, sondern arbeite als Sportlehrer an einer Schule in Hollywood, und außerdem bin ich Trainerassistent – Basketball und Baseball. Am Abend vorher waren ein paar andere Trainer bei uns gewesen. Wir haben nicht allzuviel gemeinsam – übers Wochenende lese ich schon mal eine Biographie und höre klassische Musik, so etwa ein Drittel meiner Freizeit –, aber trotzdem bin ich ganz gern mit ihnen zusammen.
Wir saßen also im Wohnzimmer, tranken Bier und unterhielten uns über die Zukunft. Einer der Trainer hat einen zweijährigen Sohn zu Hause. Er habe nicht viel Geld, sagte er, und deshalb scheine es ihm wichtig, seinem Kind moralische Grundsätze beizubringen. Ich war mir zwar nicht sicher, daß er es ernst meinte, aber ich erzählte dann trotzdem eine Geschichte, die ein paar Wochen vorher in der Schule passiert war. Ich hatte erfahren, daß ein Junge, ein ruhiger und ordentlicher Schüler aus einer der Klassen, die ich unterrichtete, in einem Bekleidungsgeschäft einen Hut gestohlen hatte. Ich verlangte von ihm, den Hut zurückzugeben und sich beim Ladenbesitzer schriftlich zu entschuldigen. Der Mann war von dem Brief so beeindruckt gewesen, daß er dem Jungen einen Job angeboten hatte. Als ich das erzählte, sagte Jodi, ich könne von Glück sagen, daß es nicht anders gelaufen sei.
»Wie meinst du das?« fragte ich.
»Er hätte auch die Polizei einschalten können«, sagte sie.

»Er hätte sich für deine Bemühungen bedanken und dann die Polizei holen können.«
»Das glaube ich einfach nicht.«
»Warum nicht? Der Junge hätte im Gefängnis landen können.«
»Das glaube ich einfach nicht«, wiederholte ich. »Ich glaube, die meisten Menschen haben für Ehrlichkeit etwas übrig. Ich finde, Leute wie wir müssen da mit gutem Beispiel vorangehen.«
Das sei ein wichtiger Gesichtspunkt, sagte ich noch und trank einen Schluck Bier, um meiner Bemerkung die Schärfe zu nehmen. Wenn man zuviel Geld hat, verliert man leicht aus den Augen, worauf es ankommt, machte ich ihnen klar. An der Stelle brach ich dann ab, aber ich hätte noch mehr sagen können. Man braucht sich ja nur umzusehen: In Beverly Hills gibt es ein Restaurant, wo ein Stück Kalbfleisch dreißig Dollar kostet. Es macht mir nichts aus, Trainerassistent an einer High-School zu sein, auch wenn jetzt soviel von dem Mann geredet wird, der mit seinem fahrbaren Fitneß-Studio, mit dem er die Kunden zu Hause aufsucht, hunderttausend Dollar verdient. In seinem Transporter hat er Nautilus-Geräte und eine Musikanlage, die man nicht unbedingt erwarten würde. Auf diese Weise hält er die Stars in Form – Kirk Douglas, die Spitzenleute aus dem Filmgeschäft. Der Mann mit dem Studio wohnt nicht in Hollywood. Wahrscheinlich wohnt er draußen am Meer, in Santa Monica oder Malibu.
Doch Hollywood ist in Ordnung, solange es die Leute nicht mit ihren Vorstellungen von Hollywood vergleichen. Hin und wieder kann es, beispielsweise auf einer Party, vorkommen, daß mich ein auswärtiger Besucher

fragt, ob ich irgendwelche Kinder von Filmstars in meinen Klassen habe. Manchmal sagt Jodi dann, das sei zwar so, aber wir dürften keine Namen nennen, da sonst das Vertrauensverhältnis zerstört werde. Bei anderen Gelegenheiten erkläre ich, daß Filmstars heutzutage nicht mehr in Hollywood leben, daß die meisten von ihnen nicht mal mehr hier arbeiten, daß Hollywood nur aus Autowaschanlagen und Schnellrestaurants besteht und daß auch das Kino mit den Fußabdrücken vor dem Eingang kein bedeutendes Kino mehr ist. Die jungen Leute rasen Donnerstag abends mit ihren aufgemotzten Wagen daran vorbei.
Und doch ist Hollywood ganz in Ordnung, sage ich mir. Es bietet viel Sonne und breite Straßen, und man hat alles in der Nähe.
Aber Jodi will sich trotzdem umsehen.

Sonntags drauf sitz ich am Steuer, und Jodi gibt ihre Anweisungen nach dem Stadtplan. Das Haus liegt in El Segundo. Während ich noch einparke, höre ich einen gewaltigen Lärm, und eine 747 fliegt direkt über unsere Köpfe hinweg. Ich sehe ihr hinterher, wie sie über der breiten Straße herunterkommt.
»Ist nicht eins von diesen Dingern mal auf einer Straße gelandet?« frage ich.
»Daran kann ich mich nicht erinnern«, sagt Jodi. Sie studiert den Stadtplan. »Das Haus müßte irgendwo hier in diesem Block sein.«
»Ich glaube, es war in Dallas. Ist direkt auf einem Auto gelandet.«
Ich denke einen Augenblick darüber nach. Es bringt mich aus der Fassung, ein riesiges Flugzeug so niedrig

fliegen zu sehen. Ich muß an die Leute denken, die damals die Landung auf der Straße mitgemacht haben – wie sie beim Tiefergehen die Landeklappen und Querruder gesehen haben und dann die Häuser und Autos, die immer näher kamen.
»Laut Inserat stehen hübsche Bäume dahinter«, sagt Jodi.
Sie führt uns zu dem Haus. Es ist zweigeschossig und hat einen gelben Außenputz, der Platz davor ist betoniert, und am Gehweg entlang verläuft ein niedriger Drahtzaun. Das Dach ist mit Teerpappe gedeckt. Unter den Fallrohren der Dachrinne laufen zwei lange grüne Flecken die Fassade herunter.
»Keine Angst«, sagt sie. »Daß wir es uns ansehen, hat überhaupt noch nichts zu bedeuten.« Sie klopft an die Tür und hakt sich bei mir ein. »Vielleicht sieht man vom Schlafzimmer aus das Meer.«
Sie klopft noch einmal. Dann gibt sie der Tür einen leichten Schubs, und wir treten ins Wohnzimmer. Wir hören rasche Schritte, und vom Flur herein kommt eine Frau.
»Guten Tag«, sagt sie. »Würden Sie sich bitte eintragen?«
Sie zeigt auf ein Buch mit einer Kunststoffhülle, das auf dem Couchtisch liegt, und Jodi geht hinüber und schreibt etwas hinein. Dann gibt mir die Maklerin ein Blatt Papier mit kleingedrucktem Text und einem schlecht kopierten Bild. Ich habe noch nie ein Haus gekauft. Ich sehe zwei Spalten mit Abkürzungen, einige Zahlen. Es ist schwer zu sagen, was das Bild darstellen soll, aber dann erkenne ich die langgestreckten Flecken unter der Dachrinne. Ich falte das Blatt zusammen und stecke es in die Hosentasche. Dann setze ich mich auf die

Couch und sehe mich um. Die Wände sind hellgelb, und an einer von ihnen hängt ein riesiger Spiegel, der mit goldenen Punkten gesprenkelt ist. Auf dem Boden liegt ein cremefarbener Plüschteppich mit einer großen plattgedrückten Stelle nahe beim Eingang, wo einmal eine Couch oder vielleicht eine Truhe gestanden haben muß. Über dem Kaminsims hängt ein Gemälde, das einen Blauwal darstellt.
»Funktionieren die elektrischen Geräte und die anderen Installationen?« fragt Jodi.
»Alles funktioniert«, sagt die Maklerin.
Jodi macht die Deckenlampe an und aus. An einem Einbauschrank in der Ecke öffnet und schließt sie eine Tür, und ich bekomme flüchtig ein Dreirad und eine Tüte voll leerer Flaschen zu sehen. Ich frage mich, was die Familie wohl an einem Sonntagnachmittag tut, wenn Käufer ihr Haus ansehen.
»Die Zimmer haben irgendwie Atmosphäre«, sagt die Maklerin. »Verstehen Sie, was ich damit sagen will?«
»Nein, eigentlich nicht«, antworte ich.
»Es ist schwer zu erklären«, meint sie, »aber Sie werden schon noch sehen.«
»Wir verstehen«, sagt Jodi.
Zwischen den Sprenkeln sehe ich Jodis Spiegelbild. Drei Fenster gehen nach vorne, und sie öffnet sie alle und schiebt sie in die Höhe.
»Ich schätze gewissenhafte Käufer«, sagt die Maklerin.
»Man kann nie zu gründlich sein«, antwortet Jodi und fügt dann hinzu: »Wir wollen das alles nur mal ansehen.«
Die Maklerin lächelt und trommelt mit den Fingern gegen ihr Handgelenk. Ich weiß, daß sie jetzt versucht, sich

eine Taktik zurechtzulegen. Ich habe eine Zeitlang Geld damit verdient, telefonisch Zeitschriften zu verkaufen: Red mit dem Mann, wenn du glaubst, die wollen ein Abo, red mit der Frau, wenn du das Gefühl hast, sie wollen es nicht. Ich dachte damals daran, ins Baseballgeschäft einzusteigen, als Lizenzspieler, und das mit der Zeitschriftenwerbung machte ich abends. Ich war dreiundzwanzig. Ich dachte mir, ich arbeite nebenher, bis ich entdeckt werde.
»Zeigen Sie meiner Frau ruhig den Rest des Hauses«, fordere ich jetzt die Maklerin auf. »Ich bleibe solange hier.«
»Bestens«, sagt sie.
Sie geht mit Jodi in den angrenzenden Raum. Ich höre eine Tür auf- und zugehen, und dann reden sie auch schon über die Böden, die Wände, die Decken. Wir werden das Haus nicht kaufen, und daß ich hier bin, gefällt mir nicht. Als ich die beiden durch die Hintertür in den Hof gehen höre, stehe ich von der Couch auf, um mir das Gemälde über dem Kaminsims anzusehen. Es ist die Unterwasseransicht eines Wals, der zur Oberfläche schwimmt. Darüber sieht man einen sonnigen Himmel, in dem sich kleine Wellen kräuseln. Auf dem Sims liegt ein Häufchen Gips, und wie ich so dastehe, wird mir klar, daß das Bild erst vor kurzem aufgehängt worden ist. Ich gehe zurück zur Couch. Auf einer Fahrt die Küste entlang habe ich einmal einen Wal gesehen, der nach der Ebbe in einer Lagune festsaß. Es war an der Küstenstraße nördlich von Los Angeles, in einer kleinen Bucht, die von zwei künstlich angelegten Molen aus aufeinandergeschichteten Steinen geschützt wurde. Am Straßenrand parkten überall Autos. Die Leute bauten ihre Kame-

ras auf, während sich der Wal in der Lagune hin und her bewegte und den Grund aufwühlte. Ich mag aber nicht an gefangene Tiere denken, und so setze ich mich wieder hin und überlege mir, was ich morgen im Training machen soll. Die Saison hat noch nicht begonnen, und wir sind immer noch bei der reinen Laufarbeit – ich bringe den Läufern bei, zwei Bases auf einmal zu schaffen und sich von innen her einen kleinen Vorsprung zu ergattern. Baseball ist allerdings nichts, was über den Kopf läuft, Baseball *passiert* ganz einfach. Ich bin Trainerassistent und hätte vielleicht als Werfer in einer der zweiten Ligen spielen können, aber wenn ich's mir recht überlege, muß ich zugeben, daß ich vom ganzen Spiel nur sieben oder acht Dinge wirklich weiß. Wir lernen so langsam, denk ich bei mir.

Ich stehe auf und gehe wieder zu dem Bild hinüber. Ich werfe einen kurzen Blick über die Schulter. Dann drücke ich mein Gesicht an die Wand, hebe den Rahmen ein klein wenig an, und als ich hinter das Bild sehe, entdecke ich dort einen braunen Fleck auf dem Gips, wahrscheinlich von einer undichten Leitung in der Wand. Ich atme tief durch und rücke den Rahmen wieder zurecht. Draußen im Hof höre ich die Frauen über Abstellmöglichkeiten im Untergeschoß reden, und statt ihnen zuzuhören, gehe ich quer durch das Zimmer und hinaus in den Flur. Es riecht nach Fett. An der Wand sind in Hüfthöhe, über den ganzen Gang verteilt, die Abdrücke von Kinderhänden zu sehen. Ganz hinten ist eine Tür, die in die Küche führt. In ihr steht ein Tisch mit einer Resopalplatte und vier Plastikstühlen; die niedrige Decke läßt alles groß erscheinen. In der Ecke ist eine weitere Tür, und als ich hinübergehe, um sie aufzumachen, finde ich zu meiner

Überraschung eine Treppe mit einem Geländer, über dem verschiedene Besen hängen. Ich gehe die steilen Stufen hoch und befinde mich im hinteren Teil eines Wandschranks. Unten höre ich Jodi und die Maklerin immer noch reden. Ich schiebe mich durch die vor mir hängenden Kleider und mache die Tür auf.
Ich bin im Schlafzimmer der Eltern. Vor mir steht ein großes Doppelbett, aber irgend etwas kommt mir daran merkwürdig vor, und als ich näher hinschaue, habe ich den Eindruck, es könnten zwei nebeneinanderstehende Einzelbetten sein. Über das Ganze ist eine Tagesdecke gebreitet. Ich bleibe einen Moment stehen, um nachzudenken. Ich glaube nicht, daß ich etwas Unrechtes tue. Wir sind hergekommen, um uns alles anzusehen, und wenn Leute ihr Haus vorzeigen, entfernen sie vorher alles, was wertvoll ist, damit sie sich keine Sorgen zu machen brauchen. Ich trete ans Fenster, das von einem neu aussehenden Spitzenvorhang eingerahmt wird, den zu beiden Seiten ein Raffband zusammenhält. Draußen sehe ich einen Holzapfelbaum und einige Telefonleitungen und überlege mir, wo der Ozean sein könnte. Die Schatten weisen nach Westen, aber die Küstenlinie verläuft in dieser Gegend unregelmäßig, und in verschiedene Richtungen erstrecken sich Landzungen. Der Anblick des Holzapfelbaumes ist hübsch, ein Spiel von Licht und Schatten, doch dann sehe ich, daß in der Ecke hinter dem Vorhang das Glas zersplittert ist und von einem Klebeband zusammengehalten wird. Ich hebe den Vorhang etwas an und betrachte die Scheibe. Der Sprung überzieht das Glas wie ein Spinngewebe. Schließlich gehe ich wieder hinüber zum Bett und schiebe meine Hände in den Spalt zwischen den zwei Matratzen. Als ich die Arme

ausbreite, gleiten die Betten auseinander. Ich schiebe sie wieder zusammen und setze mich. Dann schaue ich hinüber in die Ecke, und mein Herzschlag setzt kurz aus, denn an der gegenüberliegenden Wand sehe ich, halb von der offenen Tür verdeckt, eine alte Frau in einem Sessel.
»Entschuldigen Sie«, sage ich.
»Ist schon in Ordnung.« Sie faltet die Hände. »Das Fenster ist vor zehn Jahren kaputtgegangen.«
»Meine Frau und ich sehen uns das Haus an.«
»Ich weiß.«
Ich gehe ans Fenster. »Eine hübsche Aussicht«, sage ich und tue so, als blickte ich in den Hof. Die Frau schweigt. Ich höre Wasser in den Leitungen rauschen, draußen ein paar Kinder. Winzige blasse Äpfel hängen zwischen den Blättern des Baumes.
»Wissen Sie«, sage ich, »eigentlich sehen wir uns das Haus nicht an, weil wir es kaufen wollen.«
Ich gehe wieder zum Bett hinüber. Die Haut auf den Armen der Frau ist gefleckt und hängt in Falten herunter.
»Wir können es uns nicht leisten«, sage ich. »Ich verdiene nicht so viel, daß wir uns ein Haus kaufen könnten, und ... Ich weiß auch nicht, warum, aber meine Frau will sich trotzdem umsehen. Sie möchte, daß die Leute glauben, wir hätten genug Geld, um uns ein Haus zu kaufen.«
Die Frau sieht mich an.
»Wirklich verrückt«, sage ich, »aber was will man in so einer Situation machen?«
Sie räuspert sich. »Mein Schwiegersohn«, beginnt sie, »will das Haus verkaufen, damit er das Geld rauswerfen kann.« Ihre Stimme kommt langsam, und ich glaube, sie

hat keinen Speichel im Mund. »Er hat einen Freund, der geht nach Südamerika und verschluckt alles, und wenn er dann zurückkommt und durch den Zoll geht, hat er einen Plastikbeutel im Darm.«
Sie ist wieder still. Ich schaue sie an. »Er verkauft das Haus, um das Geld in Drogen zu investieren?«
»Ich bin froh, daß Sie's nicht kaufen wollen«, sagt sie.

Ich hätte eine bescheidene Baseballkarriere machen können, aber ich habe in den vergangenen elf Jahren gelernt, über andere Dinge zu reden. Als ich meinen letzten Ball geworfen habe, war ich dreiundzwanzig. Die Saison war vorüber, und Jodi saß in einem wollenen Mantel auf der Tribüne. Ich war im Begriff, das College als fertig ausgebildeter Sportlehrer zu verlassen. Ich hatte gelernt, wie man einen Knochenbruch schient und wie man das Gras auf dem Grün eines Golfplatzes mäht, doch dann kam ich zu dem Schluß, daß ich, wenn ich meinem Leben eine Wende geben wollte, mit meinem Innern anfangen mußte. Einer der Trainer am College sagte uns, er versuche nicht, Baseballprofis aus uns zu machen, sondern anständige Menschen.
Als wir heirateten, sagte ich Jodi, was auch geschehen und wie es auch für uns laufen werde, sie könne mir immer vertrauen. Wir waren seit einem Jahr miteinander befreundet, und während dieser Zeit hatte ich viel gelesen. Keine Bücher über Baseball. Biographien: Martin Luther King, Gandhi. Um richtig Baseball spielen zu können, mußt du vergessen, daß du ein Mensch bist; du bestehst aus Muskeln und Knochen und dem Bedürfnis, zu schlafen und zu essen. Wenn du aussteigst, brauchst du die Ideen anderer Leute, um dich zu retten. Das gilt

nicht nur für Baseballspieler. Es gilt für jeden, der bei der Tätigkeit, die er liebt, Schiffbruch erleidet.
Ein Freund besorgte mir dann die Trainerstelle in Kalifornien, und gleich nach unserer Heirat zogen wir in den Westen. Jodi wollte immer noch Schauspielerin werden. Wir mieteten ein Zimmer in einem Haus mit sechs anderen Leuten, und sie ging vormittags zum Tanzunterricht und nachmittags in einen Sprechkurs. Los Angeles ist voller Schauspieler. Auf Partys zählten wir sie manchmal. Schließlich begann sie ein Theaterstück zu schreiben, und bevor wir in unsere jetzige Wohnung gezogen sind, haben wir unseren sechs Mitbewohnern oft daraus vorgelesen.
Inzwischen hatte ich mich mit den Leuten in der Schule schon ein wenig angefreundet, aber selbst nach zwei Jahren Los Angeles fühlte ich mich außerhalb des Hauses immer noch allein. Die Leute hier hatten alle genug mit ihrem eigenen Leben zu tun. Am College hatte ich fast meine ganze Zeit mit Mitchell Lighty verbracht, einem anderen Baseballspieler, und ich war es nicht gewohnt, neue Leute um mich zu haben. Ein paar Jahre nach dem College wanderte Mitchell aus, um als Profi in Panama City zu spielen, und auf dem Weg dorthin besuchte er mich in Los Angeles. Am Abend vor seinem Abflug fuhren er und ich in eine Bar im Dachgeschoß eines großen Hotels mitten in der Stadt. Wir setzten uns ans Fenster, und nach ein paar Drinks gingen wir hinaus auf den Balkon. Die Luft war kühl. An der Brüstung wuchsen Pflanzen, Efeu rankte sich um das Geländer, und im Laub saßen Vögel. Es verblüffte mich, die Vögel dort draußen auf der Mauer so unbekümmert sitzen zu sehen, dreißig Stockwerke über dem Boden. Ich streifte die Pflanzen, und die

Vögel erhoben sich in die Luft, und als ich mich über das Geländer beugte, um sie zu beobachten, und den Gehweg und die kleinen rechtwinkligen Formen der Autos so weit unter mir sah, wurde mir schwindlig. Die Vögel segelten in großen Kreisen über der Straße und kehrten zum Balkon zurück. Dann stellte Mitchell sein Glas auf einen Stuhl, faßte mich bei beiden Händen und stieg auf das Geländer. Er stand oben auf der Metallstange, meine Handgelenke fest umgriffen, und lehnte sich hinaus.
»Um Himmels willen«, flüsterte ich. Er lehnte sich noch weiter hinaus und zog mich näher ans Geländer heran. Ein Kellner erschien in der Glastür. »Laß es gut sein«, sagte ich. »Komm runter.« Mitchell ließ eine meiner Hände los und schwang ein Bein weit über die Straße. Sein eleganter schwarzer Schuh drehte sich auf dem Geländer. Die Vögel waren auseinandergestoben, und nun kreisten sie über uns und krächzten böse, während er da herumtanzte. Ich hielt ihn mit der ganzen Kraft meines Wurfarmes. Meine Beine wurden gegen die Gitterstäbe gedrückt, und genau in dem Augenblick, da ich das erste Nachlassen spürte, da die Muskeln zu zittern begannen, sprang Mitchell auf den Balkon zurück. Der Kellner war sofort da, und in späteren Jahren – nach Mitchells Heirat und seiner Entscheidung, in Panama City zu bleiben – betrachtete ich diesen Vorfall als den entscheidenden Punkt in meinem Leben.
Ich weiß nicht, warum. Mehr als einmal habe ich mit meinen Würfen alle neun Schläger des Gegners nacheinander ausgeschaltet, darunter ein halbes Dutzend Leute, die heute in der höchsten Liga spielen, aber wenn ich auf mein Leben und meine Leistungen zurückblicke, ragt kaum etwas heraus, was dem gleichkäme.

An diesem Abend liest Jodi im Bett wieder aus dem Immobilienmarkt in der Zeitung vor. Sie verwendet Abkürzungen: EFH, UG, ZH. Während sie die Seite durchgeht – San Marino, Santa Ana, Santa Monica –, nicke ich gelegentlich oder mache eine Bemerkung.
Als ich später aufwache, ist es früher Morgen, und die Zeitung liegt immer noch neben ihr auf dem Bett. Im Mondlicht sehe ich ihren blassen Umriß. Es kommt öfter vor, daß ich so aufwache, vielleicht durch irgendein nächtliches Geräusch, und es gefällt mir, mit geschlossenen Augen dazuliegen und den Unterschied zwischen Bett und Nachtluft zu empfinden. Ich verschaffe mir gerne Klarheit über meine Umgebung. Das sind die Augenblicke, in denen ich meine Frau am innigsten liebe. Sie liegt neben mir, und ihr Gesicht ist im Schlaf so friedlich. Die Frauen sagen ja heutzutage, daß sie nicht mehr beschützt werden wollen, aber beim Anblick ihres gleichmäßigen Atems und ihrer leicht geöffneten Lippen geht mir durch den Kopf, wie zart doch so ein Menschenleben ist. Ich beuge mich über sie und berühre ihre Lippen.
Auf dem College bin ich mit verschiedenen Mädchen gegangen, doch seit meiner Heirat mit Jodi bin ich treu. Von einem Fall vor ein paar Jahren abgesehen, habe ich eigentlich nie an eine andere gedacht. In der Schule habe ich einen Freund, einen Geschichtslehrer namens Ed Ryan, der mir erzählt hat, daß er einmal eine Affäre hatte und daß gleich danach seine Ehe in die Brüche gegangen ist. Es war eine unglückliche Angelegenheit. Sie habe nur wenige Straßen von der Schule entfernt als Bardame in einem Lokal gearbeitet, sagte er. Ed erzählte mir die ganze lange Geschichte, wie er und die Bardame sich so plötzlich ineinander verliebten, daß er gar keine andere

Wahl hatte, als seine Frau zu verlassen. Nachdem die Ehe jedoch geschieden war, hat Ed acht oder zehn Kilo zugenommen. Eines Abends fuhr er auf dem Heimweg von der Schule gegen einen Baum, und sein Wagen war nur noch Schrott. Ein paar Tage danach kam er morgens etwas früher als sonst zur Arbeit und mußte feststellen, daß alle Fensterscheiben in seinem Klassenzimmer eingeschlagen waren. Anfangs glaubte ich ihm, als er mir erzählte, er nehme an, seine Frau habe es getan, doch nachmittags unterhielten wir uns, und ich begriff, was tatsächlich geschehen war.

Wir saßen in einer Imbißbude. »Weißt du«, sagte Ed, »manchmal glaubst du, du kennst einen Menschen.« Er starrte in sein Glas. »Du schläfst neben einer Frau, du kennst ihre Art zu lächeln, wenn sie high ist, du siehst ihren Händen an, wenn sie über etwas reden will. Doch eines Tages wachst du auf, und irgendwas stimmt nicht mehr – du weißt zwar nicht, was, aber zum erstenmal denkst du: *Vielleicht kenne ich sie ja doch nicht*. Da ist irgendwas, aber du weißt nicht, was es ist und was es bedeutet.« Ich sah ihn an und begriff auf einmal, daß es diese Bardame gar nicht gab und daß Ed die Fenster selber eingeschlagen hatte.

Ich drehe mich um und sehe Jodi an, wie sie neben mir im Bett liegt. Dann stoße ich die Zeitung von der Bettdecke. Wir kennen einander, denke ich. Ein paar Jahre ist es her, daß ich fast eine Affäre angefangen hätte, mit einer Sekretärin in der Schule, einer Hilfskraft, die nur nachmittags arbeitete. Es war ein dunkelhaariges Mädchen, ziemlich schweigsam, und sie trug an beiden Handgelenken Armbänder aus Türkis. Sie fand immer wieder einen Grund, in mein Büro zu kommen, das ich

mit den zwei anderen Trainern teile. Es besteht aus drei Schreibtischen, einem Fenster und einer Wandtafel. Eines Abends war ich noch sehr spät dort, als die anderen längst gegangen waren, und wieder kam sie unter einem Vorwand herein. Es war schon dunkel. Wir unterhielten uns eine Weile, und dann nahm sie eins der Armbänder ab, um es mir zu zeigen. Sie sagte, ich müsse unbedingt sehen, wie schön es sei, wie der Türkis bei schwachem Licht seine Farbe verändere. Sie legte es mir in die Hand, und da wußte ich endgültig, was los war. Ich sah mir das Armband lange an und horchte auf die kleinen Geräusche im Haus, ehe ich den Blick hob.
»Charlie?« sagt Jodi nun im Dunkeln.
»Ja?«
»Würdest du alles tun, worum ich dich bitte?«
»Was meinst du denn?«
»Ich meine, würdest du alles auf der Welt tun, wenn ich dich darum bitten würde?«
»Das kommt drauf an«, sage ich.
»Worauf denn?«
»Auf die Art deiner Bitte. Wenn du mich bitten würdest, jemanden auszurauben, dann würde ich es vielleicht nicht tun.«
Ich höre, wie sie sich umdreht, und weiß, daß sie mich ansieht. »Aber meinst du nicht, daß ich dann einen guten Grund hätte, wenn ich dich um so etwas bitten würde?«
»Doch, wahrscheinlich.«
»Und würdest du's nicht tun, nur weil ich darum bitte?«
Sie wendet sich wieder ab, und ich versuche eine Antwort zu finden. Wir haben uns heute schon einmal gestritten,

als sie das Abendessen machte, aber ich will sie nicht anlügen. Genau darüber haben wir uns gestritten. Sie hat mich gefragt, wie mir das Haus gefallen habe, das wir uns angesehen hatten, und ich hab die Wahrheit gesagt, daß mir ein Haus einfach nicht wichtig ist.

»Was ist dann für dich wichtig?«

Ich hatte gerade die Gabeln und Messer auf den Tisch gelegt. »Zu anderen Menschen ehrlich zu sein, das ist mir wichtig«, hab ich ihr geantwortet. »Und du bist mir wichtig.« Und dann habe ich noch hinzugefügt: »Und Wale.«

»Wie bitte?«

»Wale sind mir wichtig.«

Damit hat es angefangen. Allerdings haben wir danach nicht mehr viel gesagt, so daß es eigentlich kein richtiger Streit wurde. Ich weiß nicht, warum ich die Wale ins Spiel gebracht habe. Es sind großartige Tiere, die größten überhaupt, aber sie sind mir nicht wichtig.

»Und wenn es etwas wäre, was nicht sehr schlimm ist«, sagt sie jetzt, »aber doch etwas, das du ungern tun würdest?«

»Was denn?«

Der Mond scheint in ihre Haare. »Wenn ich dich bitten würde, etwas zu tun, was du von selbst normalerweise nicht tun würdest, was wäre dann? Würdest du's tun, wenn ich dich darum bitte?«

»Nichts, was sehr schlimm wäre?«

»Genau.«

»Ja«, sage ich. »Dann würde ich es tun.«

»Worum ich dich bitte«, sagt sie am Mittwoch, »ist nur, daß wir uns noch ein Haus ansehen.« Wir sitzen beim

Essen. »Aber ich möchte, daß uns die Leute ernst nehmen«, fährt sie fort. »Ich möchte so tun, als dächten wir wirklich ans Kaufen, als stände unsere Entscheidung auf der Kippe. Du weißt schon – vielleicht wollen wir's, vielleicht wollen wir's nicht.«
Ich trinke einen Schluck Wasser, blicke aus dem Fenster. »Das ist doch lächerlich«, sage ich. »Kein Mensch spaziert von der Straße herein und entscheidet an einem Nachmittag, ob er ein Haus kauft.«
»Vielleicht haben wir es ja schon oft von außen gesehen«, sagt sie, »haben uns in Gedanken schon lange damit beschäftigt.« Sie hat ihr Essen noch nicht angerührt. Ich habe gekocht, Hühnerfleisch, und es dampft auf ihrem Teller. »Vielleicht haben wir nur auf eine günstigere Marktsituation gewartet.«
»Warum ist es so wichtig für dich?«
»Es ist nun mal so. Und du hast gesagt, du würdest es tun, wenn es wichtig für mich wäre. Hast du das nicht gesagt?«
»Ich habe mich mit der alten Frau in dem gelben Haus unterhalten.«
»Du hast was?«
»Als wir in dem anderen Haus waren«, sage ich, »da habe ich mich ein bißchen selbständig gemacht. Ich habe mit der alten Frau geredet, die oben im Schlafzimmer saß.«
»Was hast du gesagt?«
»Kannst du dich an sie erinnern?«
»Ja.«
»Sie hat mir erzählt, daß der Eigentümer das Haus verkauft, weil er das Geld zum Drogenschmuggeln braucht.«

»Und das heißt?«
»Das heißt«, sage ich, »daß man vorsichtig sein muß.«

Diesen Sonntag fährt Jodi. Es ist ein strahlend schöner Tag, vom Meer her weht eine Brise, und am Santa Monica Boulevard rauschen die Palmwedel. Ich habe meinen Anzug an. Wenn Jodi mit der Maklerin über Angebote spricht, werde ich bewußt im Hintergrund bleiben und auf irgendwelche Fragen hin nur nicken oder mit den Schultern zucken. Sie parkt den Wagen in einer Seitenstraße, und wir gehen zu Fuß zurück und betreten die Lobby eines der Hotels. In der Nähe des Eingangs nehmen wir in Leinensesseln Platz. Ein Page bringt einen Stehaschenbecher herüber und stellt ihn zwischen uns. Jodi gibt ihm einen Geldschein aus ihrer Handtasche. Ich schaue sie an. Der Page ist so alt wie mein Vater. Er entfernt sich rasch, und ich beuge mich vor, um meiner Schulter im Anzug Platz zu schaffen. Ich weiß nicht genau, ob die Sessel in der Lobby nur für Gäste sind, und ich richte mich darauf ein, sofort aufzustehen, wenn jemand fragt. Dann kommt eine Frau herein, und Jodi erhebt sich und stellt uns vor. »Charlie Gordon«, sage ich, als mir die Frau die Hand hinhält. Sie trägt einen grauen Nadelstreifenrock und ein Jackett mit einer weißen Blume am Revers. Sie sagt etwas zu Jodi und geht dann vor uns her zur halbkreisförmigen Auffahrt, wo der Hausdiener mit einem Wagen auftaucht, einem französischen Wagen. Jodi und ich steigen hinten ein. Die Sitze sind aus Leder.
»Ist das Wetter hier immer so schön?« fragt Jodi. Wir fahren hinaus auf den Wilshire Boulevard.

»Fast immer«, sagt die Frau. »Das ist auch etwas, was ich an Los Angeles liebe – das Wetter. Nirgends auf der Welt ist das Wetter so perfekt wie hier.«
Wir fahren hinaus zum Meer, und während die Frau immer wieder die Spur wechselt, sehe ich mich im Wagen um. Er wirkt sehr gepflegt, möglicherweise ist er geleast. Keine leeren Kaugummipäckchen oder alte Kaffeebecher unter den Sitzen.
»Sie suchen also eine Zweitwohnung?« sagt die Frau.
»Die Geschäfte meines Mannes bringen es mit sich, daß wir ein Haus in Los Angeles brauchen.«
Ich sehe Jodi an. Zurückgelehnt sitzt sie da, ihre Hand liegt auf der Armstütze.
»Den größten Teil des Jahres sind wir natürlich auch weiterhin in Dallas.«
Die Straße ist kurvenreich und lang, mit einem Grünstreifen in der Mitte und einer langen Reihe von Eukalyptusbäumen, und immer wenn es in eine Kurve geht, zieht sich mir der Magen zusammen. Ich sehe Jodi an, ihre Stirn, die Art, wie ihr die Haare in den Nacken und auf die Brüste fallen, und hier, in dem schaukelnden Wagen, wird mir auf einmal klar, daß ich ihr nicht traue.
Wir biegen ab und fahren einen Berg hoch. Die Straße windet sich, und wir tauchen immer wieder in den Schatten von Ulmen, die sich wie Brücken über die Straße wölben. Ich kann hinter den Hecken nichts erkennen.
»Es ist eine wunderschöne Wohngegend«, sagt die Frau. »Wir haben einen Streifendienst, der rund um die Uhr im Einsatz ist, und die Büsche bieten Sichtschutz zur Straße hin. Es gibt hier keine Gehwege.«
»Keine Gehwege?« sage ich.
»Das hält Neugierige fern«, belehrt mich Jodi.

Wir biegen in eine Einfahrt. Sie führt zwischen zwei Hecken hindurch nach hinten, wo um den Stamm eines niedrigen, ausladenden Feigenbaumes ein kreisförmiger Kiesweg angelegt ist. Wir halten an, die Maklerin öffnet Jodis Tür, und wir steigen aus und stehen da und betrachten das Haus. Es ist eine Villa.
Die Mauern sind weiß. Das Dach ist mit Tonziegeln gedeckt, die Traufe verläuft schräg, und überall hängen Reben. Ein schmales Fenster reicht vom Erdboden bis ganz nach oben. Dahinter sehe ich eine Treppe und einen Kronleuchter. Auf dem College waren wir einmal mit dem Baseballteam zum Abschluß der Saison auf einer Party in einer solchen Villa. Die hatte überall Fenster, Glasscheiben so hoch wie Fahnenstangen. Der Eigentümer der Villa hatte als junger Mann eine Zeitlang Baseball gespielt, ehe er ausstieg, um das große Geld zu machen. Sein Geschäft hatte was mit Haarpflege oder Kämmen zu tun, und am Eingang erhielt jeder von uns einen ledernen Kulturbeutel, in den unser Name geprägt war und der einige seiner Produkte enthielt. Zum kalten Büfett gehörten Orangen, die so geschnitten waren, daß man beim Schälen glaubte, die Lederhaut von einem kaputten Baseball abzuziehen. Er führte uns erst durch das Haus und dann hinaus in den Hof. Er erzählte uns, nach all den Jahren stecke das Baseballspielen immer noch in ihm. Wir standen auf dem Rasen. Er war zwar mit Sträuchern und Weiden bewachsen, aber der Mann sagte, er habe das Anwesen nur gekauft, weil ein ganzes Baseballstadion von stattlichen hundertzwanzig Metern darauf Platz habe.
Die Maklerin führt uns die Verandastufen hinauf. Sie läutet und öffnet die Tür. Im Innern ist überall Licht. Es

strömt durch die Fenster, glänzt auf Holzflächen, fällt aus allen Höhen schräg herein. Perserteppiche liegen auf den Böden, Pflanzen stehen da, ein Klavier. Die Maklerin macht ihre Mappe auf und gibt jedem von uns ein beigefarbenes Blatt Papier. Es fühlt sich an wie die Einladung zu einer Hochzeit, und oben, über den Zahlen, ist eine Tuschzeichnung von dem Haus zu sehen. Die Zweige des Feigenbaums sind als Rahmen seitlich heruntergezogen. Ich sehe auf das Blatt Papier herab, so, wie ich früher immer auf einen Baseball in meiner Hand herabgesehen habe.
Die Maklerin bittet uns ins Wohnzimmer. Von dort führt sie uns durch ein Arbeitszimmer mit gläsernen Wänden, wo Glyzinien und eine Bougainvillea von der Decke hängen, und über einen Gang nach hinten in die Küche. Vor den Fenstern breiten sich die Parkanlagen des Anwesens aus. Dies ist der Augenblick, denke ich bei mir, in dem ich alles erklären sollte.
»Ich glaube, ich gehe einmal hinters Haus«, sagt Jodi. »Ihr beide könnt euch ja hier drinnen umsehen.«
»Gewiß«, sagt die Maklerin.
Als sie draußen ist, tu ich so, als interessiere mich die Küche. Ich öffne Schranktüren, lasse das Wasser laufen. Der Hahn hat einen Kohlefilter. Die Maklerin sagt einiges über die Rohrleitungen und das Fundament, und ich nicke und gehe dann zurück in das Arbeitszimmer. Sie folgt mir.
»Ich bin sicher, die Konditionen werden Ihnen zusagen«, sagt sie.
»Die Konditionen.«
»Das Haus ist nicht zu übertreffen, wie man sieht.«
»Da draußen könnte man richtig spielen.«

Ihr Mund verzieht sich zu einem Lächeln.
»Baseball, meine ich.« Ich beuge mich vor, um die Fensterscheiben sorgfältig zu untersuchen. Sie sind frisch geputzt, vollkommen klar. Zwischen den Fenstern hängen einige Ranken der Bougainvillea herunter. »Aber manche Leute schauen sich Häuser aus anderen Gründen an.«
»Natürlich.«
»Ich weiß von einem Typ, der sein Haus verkauft, um in Südamerika Drogen einzukaufen.«
Sie senkt den Blick, berührt die Blume an ihrem Jakkett.
»Mit ehrlicher Arbeit will sich heute keiner mehr sein Geld verdienen«, sage ich.
Sie lächelt und blickt mich an. »Stimmt. Sie haben absolut recht. Man kann das jetzt überall beobachten. In welcher Branche sind sie tätig, Mr. Gordon?«
Ich lehne mich an die Glaswand. Unter den Jakarandabäumen draußen trudeln violette Blüten zur Erde. »Wir kommen eigentlich gar nicht aus Dallas«, sage ich.
»Ach ja?«
Vor dem Fenster sehe ich Jodi um die Ecke des Hauses kommen und auf den Rasen treten. Das Gras ist herrlich, grüne und lange Halme wie im Außenfeld eines Baseballplatzes. Jodi steht jetzt mitten auf dem Rasen, sie hebt die Hände über den Kopf und drückt den Rücken durch wie eine Tänzerin. Genauso hat sie sich gestreckt, als ich sie das erste Mal sah. Sie spielte damals in einem Stück, das sie im Theaterraum des College aufführten. Ich saß im Publikum und hatte ein Baseballhemd an. In der Pause ging ich nach Hause und zog mich um, damit ich mich ihr vorstellen konnte. Das war vor zwölf Jahren.

»Nein«, sage ich zu der Maklerin. »Wir kommen eigentlich nicht aus Dallas. Wir sind schon vor einiger Zeit aus der Stadt gezogen. Heute wohnen wir etwas außerhalb in Highland Park.«
Sie nickt.
»Ich bin im Kapitalgeschäft«, sage ich.

WIR SIND NÄCHTLICHE WANDERER

Wohin gehen wir? Was könnte ich schreiben, wohin uns dieser Weg führt? Francine schläft, und ich stehe unten in der Küche. Die Tür ist geschlossen, das Licht brennt, und vor mir auf dem Küchentisch stapelt sich weißes Papier. Mein Gebiß liegt in einem Glas neben dem Ausguß. Ich reinige es immer mit einer Tablette, die im Wasser Blasen aufsteigen läßt, und obwohl es eigentlich bereits sauber war, habe ich eben eine zweite Reinigung vorgenommen, weil die Blasen so angenehm sind und weil ich annahm, mit ihrem Sprudeln könnten sie mich zum Handeln anregen. Mit Handeln meine ich, daß ich glaubte, sie könnten mich zum Schreiben bringen. Aber mir fehlen die Worte.

Das hier ist eine Liebesgeschichte. Doch ihre Wurzeln sind verzwickt und haben eine ganze Menge mit meinem eigenen Leben zu tun, das mir die Stimmung verdüstert, sobald ich es vor meinen Augen Revue passieren lasse. Es erinnert mich daran, daß kein Mensch von seiner Zeit wirklich angemessen Gebrauch macht. Wir sind blind und engstirnig. Wir sind so dumm wie die Schnecken und ebenso ängstlich, voller Eitelkeit und falschen Vorstellungen von der Wichtigkeit der Dinge. Ich bin ein Durchschnittsmensch, der keine großen Taten vollbracht hat, außer vielleicht einer, und die besteht darin, daß ich meine Frau wirklich geliebt habe.

Ich bin Francine während unserer gesamten Ehe immer mehr oder weniger treu gewesen. Es hat einen einzelnen Ausrutscher gegeben, gegen eine Schrankwand gelehnt, mit einer rothaarigen Einkäuferin, vor zwanzig Jahren auf einer Messe in Minneapolis. Sie suchte Bezugsstoffe für Autositze, und genau die wollte ich verkaufen, und in Justitias Augen mag mich das entscheidend entlasten. Seitdem blieb ich auf diesem schmalen Pfad des Lebens nur an eine Frau gebunden. Dies bedeutet Triumph und Jammer zugleich. In unserer augenblicklichen Lage ist es ein Jammer, weil ein Mann im Leben entweder bergauf oder bergab geht, und wenn er sich nicht fortpflanzt, geht er bergab. Es ist in der Tat ein steiler Abstieg, und in diesen Tagen stolpere ich nur noch, stürze kopfüber zwischen Schwarzeichen und Felsbrocken und schlage mir die Knie auf und schürfe mir an allen knochigen Körperteilen die Haut ab. Ich habe mich der Schwerkraft ausgeliefert.

Francine und ich sind jetzt sechsundvierzig Jahre verheiratet, und ich wäre ein Schwindler, würde ich sagen, ich hätte sie auch nur mehr als die Hälfte dieser Zeit geliebt. Sagen wir, daß ich sie seit einem Jahr nun wirklich nicht mehr liebe. Oder sagen wir meinetwegen auch, seit zehn Jahren. Die Zeit hat unsere kleinen Differenzen zu Qualen werden lassen und unsere Leidenschaft in Duldsamkeit verwandelt. Das ist also unsere Situation. Ich stehe mitten in der Nacht allein in unserer Küche, und ich führe ein heimliches Leben. Wir sind oft zu verschiedenen Stunden wach, und jeder liegt auf seiner Seite des Bettes. Wir haben einen unterschiedlichen Geschmack, was Essen und Musik angeht, haben unsere Wäsche in getrennten Schubladen, und sollte man tatsächlich sa-

gen können, daß wir beide unsere Sehnsüchte haben, dann glaube ich, daß sie mit ganz unterschiedlichen Vorstellungen vom Glück zu tun haben. Außerdem ist sie gesund, und ich bin krank. Und was Gespräche angeht – diese Feste der Vernunft voll vom Überschwang der Seele –, in unserem Haus ist es so still wie auf einem Friedhof.
Letzte Woche haben wir allerdings miteinander geredet.
»Frank«, begann sie eines Abends bei Tisch, »ich muß dir etwas sagen.« Im Radio brachten sie das Spiel in New York, draußen schneite es, und die Kanne Tee, die sie gekocht hatte, dampfte zwischen uns auf dem Tisch. Ihre Medikamente und meine Medikamente lagen in kleinen Pappbechern neben unseren Plätzen.
»Frank«, begann sie noch einmal und schüttelte ihren Becher, »was ich dir sagen muß, ist, daß gestern abend jemand bei uns ums Haus geschlichen ist.«
Ich ließ die Pillen in meine offene Hand rollen. »Ums Haus herumgeschlichen?«
»Jemand war am Fenster.«
Die Pillen auf meiner Handfläche waren weiß, blau, beige, rosarot: Lasix, Diabinese, Slow-K, Lopresor. »Was willst du damit sagen?«
Sie ließ ihre Pillen aufs Tischtuch kullern und fingerte an ihnen herum, legte sie in eine Reihe, dann in einen Kreis, dann wieder in eine Reihe. Ich kenne mich mit ihren Medikamenten nicht so gut aus. Bis auf ein paar Kleinigkeiten ist sie gesund. »Ich will damit sagen«, antwortete sie, »daß gestern abend jemand bei uns im Garten war.«
»Woher willst du das wissen?«
»Frank, bitte, was soll das?«
»Ich frage dich, woher du das weißt.«

»Ich habe ihn gehört«, sagte sie und senkte den Blick. »Ich saß im Zimmer vorne, und ich habe ihn gehört, draußen am Fenster.«
»Du hast ihn gehört?«
»Ja.«
»Am vorderen Fenster?«
Sie stand auf und ging zum Ausguß. Das ist einer ihrer Tricks. Auf die Entfernung kann ich ihr Gesicht nicht sehen.
»Das vordere Fenster ist drei Meter hoch«, sagte ich.
»Ich weiß nur, daß gestern abend ein Mann da draußen war, direkt hinter der Scheibe.« Sie ging aus der Küche.
»Laß uns nachsehen«, rief ich ihr hinterher. Ich folgte ihr ins Wohnzimmer, wo sie bereits am Fenster stand.
»Siehst du was?«
Sie spähte in einem ganz bestimmten Winkel hinaus. Ich sah überall nur Schnee, blau und weiß.
»Fußabdrücke«, sagte sie.

Ich habe das Haus, in dem wir wohnen, mit meinen eigenen Händen gebaut. Das war vor neunundvierzig Jahren, als mir in meiner Torheit und barbarischen Unwissenheit alles, was ich nicht kannte, verheißungsvoll erschien. Ich lernte, wie man ein Haus baut, und also baute ich eines. Die Wasserhähne und alle übrigen Armaturen sind aus Kupfer, Holzrahmen und Verstrebungen haben abgerundete Kanten. Noch heute, nach einem halben Jahrhundert, sind die Fußböden so eben wie ein Billardtisch, aber der Mann, der sie verlegt hat, braucht beide Hände, um eine Holzschraube aufzuheben. Das macht der Zukker. Meine Füße sind ebenfalls hinüber. Ich blicke beim

Gehen auf sie hinunter und sehe zwei dunkle Umrisse, die ich nicht mehr spüre. Schwarze Klumpen. Keine Verbindungen mit dem Boden. Wenn ich nicht nachsähe, könnte es passieren, daß ich mit den Schuhen ins Bett ginge.

Das Leben fordert seinen Tribut, und schon bald gibt der Leib vollständig auf. Aber zunächst einmal fängt er mit einzelnen Teilen an. Dieser Zucker im Blut: Gott sagt zu mir: »Frank Manlius, alter Kauz, Mann der Winkelzüge und Halbwahrheiten, ich werde dir, wie allen Menschen, das Leben nehmen. Aber zunächst ..« Aber zunächst! Trübungen im Augapfel, ein Herz, das Geräusche macht, Füße, so kalt wie roher Braten. Und Francine, die Schönheit, die sie war – heute sehe ich nicht viel mehr als die dunkle Linie ihrer Stirn und die Fixpunkte ihres Körpers: Mund und Nase, Hals und Schultern. Nach all den Jahren riecht sie auch anders, so daß ich nicht mal mehr weiß, was ist sie und was ihre Schminke.

Wir haben zwei Kinder, aber die sind längst fort, haben selber Kinder. Wir haben das Haus, verschiedene Möbel und kleine Ersparnisse. Wie Francine ihren Tag verbringt, weiß ich nicht. Das ist die traurige Wahrheit, ich gebe es zu. Ich bin bis nach Einbruch der Dunkelheit außer Haus. Sie wacht in der Frühe mit mir auf und ist wach, wenn ich nach Hause komme, aber darüber hinaus weiß ich fast nichts von ihrem Leben.

Ich selbst verbringe meine Tage vor den großen Scheiben des Meerwasseraquariums. Francine habe ich natürlich etwas anderes erzählt: daß ich einer Gruppe von Pensionären angehöre, die ehrenamtliche Aufgaben übernimmt, und daß wir unsere Tage hauptsächlich damit verbringen, jungen Leuten beim Einstieg ins Geschäfts-

leben zu helfen. »Lauter Einwanderer«, habe ich gesagt, »Leute, die noch nicht lange im Land sind.« Und daß es eine schwierige Aufgabe ist. Ich könnte abends mit irgendwelchen erfundenen Geschichten aufwarten, aber ich tu's nicht, und Francine stellt keine Fragen.
Ich bin um neun oder zehn zu Hause. Abgerissene Eintrittskarten vom Aquarium füllen meine Jackentaschen. Den größten Teil des Tages beobachte ich, wie die großen Meerestiere – Tümmler, Haie und ein Lamantin – im Salzwasser ihre Kreise ziehen. Ich komme am späten Vormittag und rücke einen Stuhl heran. Um die Zeit warten sie auf die Fütterung. Ihre Leiber gleiten am kühlen Glas entlang, das sie auf seltsame Art vergrößert. Ich glaube, daß sie mich, falls das möglich ist, allmählich kennen: diesen Mann mit dem krummen Rücken, das Auge vom grauen Star getrübt, auch er durch Wasser atmend, diesen Mann, der nur dasitzt und zuschaut. Ich bedaure sie nicht. Zu Mittag setze ich mich mit einem Kaffee in eine der Hotelhallen oder in die Cafeteria nebenan, und dann lese ich Gedichte. Browning, Whitman, Eliot. Das ist mein Geheimnis. Es ist dunkel, wenn ich nach Hause komme. Francine sitzt am Tisch gut einen Meter von mir entfernt, die beiden Seitenteile sind heruntergeklappt. Unsere Medikamente warten in ihren Pappbechern. Drei Präsidenten sind gekommen und gegangen, seit ich sie das letzte Mal im Arm gehalten habe.

In der Cafeteria versuchen sie die Männer, die alten wie die jungen, die dort hinkommen, um der Kälte zu entgehen, möglichst schnell wieder loszuwerden. Eine halbe Stunde lassen sie mich bei einer Tasse Kaffee sitzen.

Dann steht der Geschäftsführer an meinem Tisch. Er ist ausgesprochen höflich, und ich bestelle ein Stück Kuchen, irgend etwas Kleines. Er kennt mich – ich sehe ihn seit Monaten fast täglich –, und sein leichtes Hinken sagt mir, daß er ein barmherziger Mann ist. Aber Geschäft ist Geschäft.
»Was lesen Sie da?« fragt er mich, während er mit einem feuchten Tuch den Tisch abwischt. Er berührt kurz den Salzstreuer und rückt den Serviettenhalter zurecht. Ich weiß, was das bedeutet.
»Ich nehme eine Preiselbeerschnitte«, sage ich. Er schlägt kurz den feuchten Lappen aus und geht zurück zur Theke.
Was ich lese?

> *Sag ich nun, ich ging zur Dämmerung durch*
> *die Gassen*
> *und sah den Rauch aufsteigen aus den Pfeifen*
> *einsamer Männer, hemdsärmlig aus den*
> *Fenstern lehnend?* . . .

Durch die Lupe kommen die Worte auf mich zu, riesig, immer zwei zusammen. Schon die Brille macht alles doppelt so groß. Trotzdem komme ich mit dem Lesen nur langsam voran. In einer halben Stunde bin ich fertig, könnte gar nicht weiterlesen, selbst wenn ich noch ein Gebäck bestellen würde. Der Junge an der Kasse begrüßt mich mit einem Lächeln. »Was lesen Sie denn heute?« fragt er und zählt das Wechselgeld ab.
Die Bücher selbst sind klein und passen in die Innentaschen meiner Jacke. Ich stecke eines in die linke und eines in die rechte Brusttasche und gehe zurück zu den Fischen. Ich kenne die Fische: den Gemeinen Pampano,

den Grauhai und die Sternflunder mit ihren nach oben gerichteten Augen, die aussehen, als hätten sie eine sonderbare Wanderung hinter sich. Die Flunder liegt, meist halb im Sand vergraben, vollkommen ruhig da. Ihre Schuppen sind kleine glanzlose Plättchen. Alles, was über ihr ist, behält sie argwöhnisch im Auge, den silbernen Sägebarsch und den Gewöhnlichen Thunfisch, die in den Regionen des Lichts und des offenen Wassers umherschwimmen. Ein Leben lang liegt sie am Boden des großen Beckens. Ich beobachte sie. Ihre Augen sind stumpf. Sie sind häßlich, eine Verirrung. Über uns kreisen die Knochenfische in den Ecken des Beckens. Ich beuge mich zur Glaswand vor. »Platichthys stellatus«, sage ich zu ihr. Die Schwanzflosse schlägt plötzlich aufgeregt. Sand wird aufgewirbelt und sinkt wieder zu Boden, und ich sehe die schwarzen und gelben Streifen. »Plattfisch«, flüstere ich, »wir beide, du und ich, sind Beobachter dieses Lebens.«

»Ein Mann auf unserem Rasen«, sage ich ein paar Abende später, als wir im Bett liegen.
»Nicht nur das.«
Ich atme ein, atme aus, richte den Blick hoch an die Decke. »Was noch?«
»Gestern abend, als du noch weg warst, ist er wiedergekommen.«
»Er ist wiedergekommen?«
»Ja.«
»Was hat er getan?«
»Mich durchs Fenster beobachtet.«
Später – es ist noch früh in der Nacht, immer wieder fällt das Licht vorbeifahrender Autos durchs Fenster, und

man hört die Hunde, die draußen spazierengeführt werden, mit ihren Halsbändern klirren – steige ich aus dem Bett und gehe hinaus auf den Gang. Ich bewege mich schnell, was für kurze, konzentrierte Momente immer noch möglich ist. Das Bett gibt nach und federt gleich wieder zurück. Ich stehe auf dem Treppenabsatz und gehe hinunter, ohne daß Francine aufwacht. Ich halte mich dicht an die Balken, die das Treppenhaus tragen.
In der Küche hole ich meine noch fast leeren Blätter hervor und lege sie vor mich hin. Ich arbeite im Stehen, weil ich keine gewöhnliche kreatürliche Haltung einnehmen möchte. Auch wenn es mir nicht weiterhilft, so bleibe ich trotzdem stehen. Die Seite wird auch noch leer sein, wenn ich wieder nach oben gehe. Das weiß ich. Die Träume, die ich entwerfe, sind die Träume anderer, Verse, an die ich mich erinnere. Lieder von anderen, größeren Männern. Über Monate hinweg habe ich kaum mehr als hundert Worte geschrieben. Das Papier stapelt sich vor mir, Blätter unterschiedlicher Größe. *Wenn ich könnte,* sagt mir eines. *Ich hatte nie den Eindruck,* ein anderes. Ich stehe da und blättere und sortiere. Fast nichts als weißes Papier, und doch ist es das Ergebnis von Monaten, von Nächten über Nächten. Aber das stört mich nicht. Wenn ich eines habe, dann Geduld.

Francine weiß nichts von den Gedichten. Sie ist ein einfaches Mädchen, Toast mit Butter. Und auch ich bin kaum der richtige Mann dafür: Vierzig Jahre lang habe ich alle möglichen Dinge an den Mann gebracht – Stahlrohre, Heizkörper, getrocknete Bananen –, habe nie ein Buch gelesen, bis auf eins, das sich mit Verkaufstechniken beschäftigte. Denke immer an den Erfolg, sagte das

Buch. Denke ans Verkaufen. Doch das ist was für junge Leute, junge Männer in Hosen, die in der Hüfte kneifen. Vor zehn Jahren habe ich den Buick auf dem Firmenparkplatz stehenlassen und bin nach Hause gegangen, die Haare gefärbt und mit Baumwollpolstern in den Schultern meines Jacketts. Francine war auch damals schon nachmittags zu Hause, nicht anders als heute. Nachdem ich mich zur Ruhe gesetzt hatte, kauften wir ein Wohnmobil und machten eine Reise. Ein Handlungsreisender setzt sich zur Ruhe, also macht er eine Reise. Als wir sechzig Kilometer gefahren waren, ging mir die Verrücktheit der Sache plötzlich auf wie ein riesiger Ballon. Francine ging es genauso. »Frank«, sagte sie mitten in einer Kurve, wie ein Prophet, der zu mir sprach, während das Wohnmobil mit sechzig Sachen im Wind schwankte, eingekeilt zwischen Lastwagen, die so groß waren wie Eisenbahnwaggons. »Frank«, sagte sie, »diese Straßen kennst du bestimmt in- und auswendig.«

Und so verkauften wir das Wohnmobil, mit Verlust, und ein Mann, der vierzig Jahre lang im Highway-Tempo gelebt hatte, überlegte sich, was er tun konnte, bevor er starb. Das erste Gedicht las ich in einem Buch, das in einem Wartezimmer auf dem Tisch lag. Meine Brille ließ mich die Worte erahnen.

> *DIES*
> *sind die trostlosen, düsteren Wochen,*

las ich,

> *in denen die Natur in ihrer Unfruchtbarkeit*
> *der Dummheit des Menschen gleichkommt.*

Trübsinn, dachte ich, und sonst nichts, doch dann las ich die Worte noch einmal, und plötzlich geschah es: Zusammengekrümmt und mit pfeifendem Atem, schutzlos wie eine an Land gespülte Forelle, saß ich da und hatte Tränen in den Augen. Ich weiß nicht, woher sie kamen.

Am Morgen kommt ein Polizeibeamter vorbei. Er hat Muskeln, einen Schnurrbart, die Haut von der Kälte gerötet. »Können Sie ihn beschreiben?« fragt er.
»Es ist immer dunkel«, sagt Francine.
»Irgendein Detail?«
»Ich bin eine alte Frau. Ich seh nur, daß er eine Brille trägt.«
»Wie sieht die Brille aus?«
»Schwarz.«
»Eine Sonnenbrille?«
»Eine schwarze Brille.«
»Zu einer bestimmten Zeit?«
»Immer wenn Frank weg ist.«
»Ihr Mann war nie hier, wenn er aufgetaucht ist?«
»Noch nie.«
»Aha.« Er sieht mich an. Mit einem Blick, der verschiedene Dinge bedeuten kann. Möglicherweise glaubt er, Francine bilde sich alles nur ein. »Aber nie zu einer ganz bestimmten Zeit?«
»Nein.«
»Schön«, sagt er. Draußen auf der Veranda tritt sein Kollege von einem Fuß auf den anderen. »Schön«, sagt er noch einmal. »Wir sehen uns das alles mal an.« Er dreht sich um, setzt die Mütze wieder auf und geht die schneebedeckten Stufen hinunter. Die Tür schließt sich. Ich höre, wie er draußen etwas sagt.

»Gestern abend...« Francine redet im Dunkeln. »Gestern abend hab ich ihn seitlich am Haus gehört.«
Wir liegen im Bett. Draußen auf dem Fenstersims hat sich seit dem Morgen immer mehr Schnee angesammelt.
»Du hast den Wind gehört.«
»Frank«. Sie setzt sich auf, knipst die Lampe an, neigt den Kopf zum Fenster hin. Durch den Fußboden und zwei Wände höre ich das Ticken unserer Küchenuhr.
»Ich habe ihn klettern hören«, sagt sie. Sie hat sich die Arme um den Leib geschlungen. »Er war auf dem Haus. Ich hab ihn gehört. Er ist an der Dachrinne hochgeklettert.« Als sie das sagt, zittert sie. »Es war nicht windig. Er ist nach oben geklettert, und dann hab ich ihn auf dem Verandadach gehört.«
»In Häusern gibt es immer Geräusche.«
»Ich habe ihn gehört. Auf dem Dach liegt Kies.«
Ich stelle mir die Geräusche vor, verstärkt durch hohle Wände, Gummiabsätze auf Holz. Ich sage nichts. Sie ist eine Armlänge von mir entfernt, zwischen uns das kalte Bettuch; soweit meine Erinnerung zurückreicht, ist dieser Raum nicht mehr durchquert worden.
»Ich habe in meinem Leben den Fehler gemacht, mich zuwenig für die Menschen zu interessieren«, sagt sie nun. »Hätte ich mich mehr um sie gekümmert, wäre ich jetzt nicht allein.«
»Niemand ist allein«, sage ich.
»Ich meine, ich hätte mir mehr Mühe mit anderen Menschen geben sollen, dann hätte ich jetzt Freunde. Ich würde den Postboten kennen und die Giffords und die Kohlers, und wir würden diese Dinge zusammen durchleben, wir alle. Wir würden an Regentagen beim einen

oder anderen im Wohnzimmer sitzen und über die Kinder reden. Statt dessen sind wir für uns geblieben. Und jetzt bin ich allein.«
»Du bist nicht allein«, sage ich.
»Doch, das bin ich.« Sie knipst das Licht aus, und wir liegen wieder im Dunkeln. »Und du bist auch allein.«

Mein Gesundheitszustand hat sich weiter verschlechtert. In meinem Alter geht es allmählich los. Es ist nicht gleich der heftig rüttelnde Griff des Todes, nein, ein feines Leck, mehr nicht. Ein Fahrradreifen mit kaputten Felgen, faserig und bereits profillos, und nun geht auch noch die Füllung verloren. Ein Abnutzungskrieg. Die hochgewachsenen Kamele des Geistes nehmen Kurs auf die Wüste. Eines Morgens wurde mir bewußt, daß mir ein ganzes Jahr nicht mehr warm gewesen war.
Und es gibt noch andere Dinge, die nachlassen. Zum Beispiel erinnere ich mich mit absoluter Gewißheit daran, daß der 23. April 1945 der Tag war, an dem Eisenhowers Männer die Elbe erreichten; trotz deutscher Gegenoffensiven in den Ardennen. Aber ich kann mich nicht erinnern, ob ich diese Woche schon auf der Bank gewesen bin. Ich bin auch nicht in der Lage, mit dem Namen meines Nachbarn aufzuwarten, obwohl ich ihn erst gestern auf der Straße gegrüßt habe. Und noch ein Beispiel: Über ganze Jahrzehnte meines Lebens weiß ich nichts mehr zu sagen. Wir haben Kinder und Fotografien, und zwischen Francine und mir herrscht ein Einvernehmen, an dem das Gewicht eines halben Jahrhunderts hängt, aber wenn ich meine Erinnerungen zusammentrage, scheinen sie nicht mehr als eine Stunde auszufüllen. Wo ist mein Leben geblieben?

In meiner Brieftasche habe ich Kreditkarten, eine vor zehn Jahren abgelaufene Fahrerlaubnis und dreiundzwanzig Dollar in bar. Dann ist da ein Foto, aber es deprimiert mich nur, und ein halb abgeschriebenes und zusammengefaltetes Gedicht. Das Leder ist fleckig und hat die Krümmung meines Schenkels angenommen. Das Gedicht ist von Walt Whitman. Ich schreibe nur ab, was ich brauche.
Doch wenn bei der Suche nach einer letzten Beschäftigung die Wahl ausgerechnet auf die Poesie fällt, dann ist das eine armselige Entscheidung, denn das heißt, daß man sich den Rätseln einzelner Männer widmet, während die Welt von Zeugung und Krieg beherrscht wird. Ein Mann sollte mit der Axt in der Hand aus dem Leben scheiden. Ich werde in einem Café sitzen.
Aber wie kann überhaupt noch jemand ehrenvoll aus dieser Welt gehen? Sie verfault um ihn her, ganz gleich, was er tut. Sie füllt sich mit immer neuen Sicherungen und Sirenen. Wenn einer heutzutage einen Laden betritt, melden Mikrowellen seine Ankunft, wenn er das Geschäft wieder verläßt, zielen sie mit elektronischen Piepsern auf seine Manteltaschen und seine Hosen. Wer kommt sich da nicht wie ein Dieb vor? Wenn ich einen Polizisten sehe, irgendeinen Polizisten, dann beschleicht mich ein Gefühl der Angst. Und was ich in meinem Leben an Unrechtem getan habe, das waren keine Verbrechen. Verbrechen des Herzens vielleicht, aber nichts gegen den Staat. Meine Seele mag schwarz werden, aber ich kann mich überall, wo Menschen zusammenkommen, mit weißen Hosen sehen lassen. Habe ich meine Frau geliebt? Einstmals ja – rasend und ungestüm. Ich habe den Rausch der Ekstase erlebt und im Schlamm der Verzweif-

lung gewühlt, und dann habe ich über Monate hinweg, inzwischen sind es ganze Jahre, so wenig an Francine gedacht wie ein Baum an seine Flechten.
Und diese Gleichgültigkeit ist genau das, was uns umbringt. Wir sitzen uns gegenüber, zwischen uns das Tischtuch mit unseren Medikamenten, kleinen Kügelchen und länglichen Kapseln. Wir sitzen und sitzen. Nur so sehen wir uns noch, durch eine Tischplatte voneinander getrennt. So sitzen wir da.

»Schon wieder?«
»Gestern abend.«
Wir sitzen am Tisch. Francine verkrallt die Finger ineinander. Sie hustet, fährt sich mit dem Unterarm über die Wange und steht so plötzlich auf, daß der Tisch einen Stoß erhält und meine Medikamente aus dem Becher zu hüpfen drohen.
»Francine«, sage ich. Das Dämmerlicht des frühen Morgens läßt mich Dinge vor dem Fenster erkennen: Umrisse, unseren Ahorn, den Stützpfeiler an der Garage unseres Nachbarn. Francine stellt sich vor die Fensterscheibe, die Arme hoch über der Brust verschränkt. »Da ist etwas, was du mir nicht erzählen willst«, sage ich.
Sie setzt sich wieder, legt ihre Pillen in einen Kreis, dann in eine gerade Linie. Schließlich weint sie.
Ich gehe um den Tisch herum, aber sie steht auf, bevor ich bei ihr bin, und verläßt die Küche. Ich bleibe stehen. Einen Augenblick später höre ich, wie sie im Wohnzimmer eine Schublade öffnet. Sie verrückt ein paar Dinge, macht die Schublade wieder zu. Als sie zurückkommt, nimmt sie wieder auf ihrem Stuhl Platz.
»Setz dich hin«, sagt sie. Sie legt zwei zusammengefal-

tete Zettel auf den Tisch. »Ich wollte sie nicht vor dir verstecken«, sagt sie.
»Was wolltest du nicht vor mir verstecken?«
»Diese Zettel. Er läßt sie zurück.«
»Er läßt sie zurück?«
»Darauf steht, daß er mich liebt.«
»Francine.«
»Sie liegen morgens auf dem Fensterbrett.« Sie nimmt einen in die Hand, faltet ihn auseinander und liest:

> *Ja, ich erinnere mich gut (und wie könnte*
> *ich anders,*
> *als ewig mich gut zu erinnern) an das erste ...*

Sie bricht ab, kneift die Augen zusammen, bewegt die Lippen. Die Pause drückt ein vages Verstehen aus. Dann liest sie weiter:

> *Flackern des Feuers, als kaum wir noch wußten,*
> *warum*
> *dieses Feuer im Herzen uns brannte.*

Als sie zu Ende gelesen hat, faltet sie das Papier sorgfältig wieder zusammen. »Das ist alles«, sagt sie. »Das ist eines von ihnen.«

Ich sitze im Aquarium, ringsum Glas und dahinter die gefühllosen Augen der Fische. Ich habe nie eigene Lyrik geschrieben, aber ich kann die Verse anderer zitieren. Das ist der Höhepunkt eines Lebens. »Coryphaena hippurus« steht auf der Tafel am Delphinbecken, Worte, die schöner sind als meine. Der Delphin kreist, kreist, nähert sich mit beängstigender Geschwindigkeit, nimmt aber keine Notiz von meinen Händen, falls er sie überhaupt sieht. Ich schwenke sie vor der Glaswand hin und her. Was, muß er denken, ist nur aus dem Meer geworden? Er dreht ab, und seine schlüpfrige Nase streift das Glas. Ich bin vom Leben überall wund.

Oh, Silberschrein, hier will ich endlich ruhn,
das mühsam' Streben ist zu Ende nun,
ein armer Pilger – gerettet durch ein Wunder.

Es gibt für uns beide nichts Erhabenes hier, zwischen uns, nichts Wundersames. Ich gehe besser einen Kaffee trinken. Jede Flüssigkeit frischt das Blut auf. Der Junge an der Theke kennt mich, und später am Tisch füllt er meine Tasse noch mal nach, Kaffee für fast einen Dollar. Die zweite Tasse gibt's umsonst, aber mir tut das Herz weh, wenn ich mehr als eine trinke. Es tut nicht anders weh als ein geprellter oder gebrochener Knochen. Das verblüfft mich.
Francine verblüffen andere Dinge. Sie ist verwirrt, durch die Liebeserklärungen völlig aus der Fassung geraten. Sie liest mir die Gedichte jetzt beim Frühstück vor, eins nach dem anderen. Ich sitze da und lasse meine Pillen über den Tisch kullern. »Gestern abend ist wieder eins gekommen«, sagt sie, und ich sehe, wie sie die Stirn runzelt. »Heute morgen das nächste.« Sie liest sie, als sei jedes Wort eine Überraschung. Ihre Zunge stößt an die Zähne, erscheint zwischen den Lippen. Ihre Lippen sind trocken. Sie liest:

Küß mich, als wolltest du mich glauben machen,
du wüßtest einfach nicht, heut abend,
wie wohl mein Antlitz, deine Blüte, sein Strahlen
mag verloren haben.

Am Abend zeigt sie mir den Fenstersims im ersten Stock, vom Schnee eingerahmt, wo sie die Gedichte immer findet. Wir machen das Fenster auf. Wir beugen uns hinaus. Unter uns ist alles eisbedeckt, Eisplatten auf der Pergola, Eiszapfen an der Dachrinne.
»Wo findest du sie?«
»Da draußen«, sagt sie. »Zusammengefaltet, auf dem Sims.«
»Morgens?«
»Immer morgens.«
»Wir sollten es der Polizei melden.«
»Was können die schon tun?«
Ich trete vom Fenster zurück. Sie lehnt sich noch einmal hinaus und inspiziert ihr Reich, den Streifen aus verharschtem Eis, der die ganze Breite unseres Hofes einnimmt und der bis an den Maschendrahtzaun des Nachbarn grenzt, und die drei Ahornbäume ganz vorn, die im Moment ohne Laub dastehen. Sie späht hinaus, als erwarte sie, daß dieser Mann auftaucht. Ein eisiger Wind bläst herein. »Denk nur«, sagt sie. »Denk doch bloß. Er könnte von überallher kommen.«

An einem Abend im Februar, einen Monat nachdem das alles begonnen hat, bittet sie mich, wach zu bleiben und bis zum Morgen aufzupassen. Wir haben fast schon Frühjahr. An manchen Stellen kommt die Erde wieder durch. Am Rande von Gärten und Garageneinfahrten sehe ich tagsüber ein bräunliches Schimmern – auch wenn ich weiß, ich könnte mich täuschen. Ich komme an diesem Abend früh nach Hause, noch bei Tageslicht, und als die Dunkelheit hereinbricht, rücke ich im Erdgeschoß einen Stuhl ans Fenster. Ich mache den Vorhang auf und ziehe

den Rolladen hoch. Francine bringt mir eine Kanne Tee. Sie macht das Licht aus und bleibt kurz neben mir stehen, eine Hand auf der Rückenlehne des Stuhls, und ich bin von der Nähe der Dinge – der Nacht, der Hitze der Teekanne, der Geräusche des Wassers draußen – so sehr beeindruckt, daß ich überlege, ob ich sprechen soll. Ich will sie fragen, was aus uns geworden ist, warum das, was aus uns kommt, so erbärmlich geworden ist, so lieblos. Doch ich lasse mir zuviel Zeit, und schon macht sie kehrt und geht die Treppe hinauf. Ich blicke in die Nacht hinaus. Später höre ich oben die Schranktür, dann das Knarren unseres Bettes.
Es gibt draußen nichts zu sehen und nichts zu hören. Das weiß ich. Ich lasse Stunden verstreichen. Ich stelle mir vor, wie vor dem Fenster Fische heranschwimmen, um mich zu begrüßen: Zackenbarsche, Sägebarsche, Störe mit ihren prähistorischen Reihen von Knochenplatten. Es gelingt mir fast, sie zu sehen. Die Nacht ist voll von irgendwelchen Formen und kleinen Lichtquellen. Der Mond büßt beim Aufgehen die Farben des Horizonts ein, so daß er bald hoch und blaß am Himmel steht. Die Kälte hat einen Ring um ihn gelegt.
Diesen Mond über mir, gehen meine Gedanken zurück. Was habe ich in meinem Leben bereut? Eine ganze Menge, genügend Fehler, um damit den Ausstellungsraum eines Autohändlers zu füllen und einen Teil seines Parkplatzes noch dazu. Ich bin immer ein Mann der Gewinne und Verluste gewesen. Was für Gewinne? Meine Ehe, sicherlich, auch wenn sie kein umwerfender Glücksfall gewesen ist, sondern am Ende gerade ein hauchdünner Punktsieg, eine Aktie, die so eben noch in der Gewinnzone liegt. Gewiß, ich habe auch andere

Dinge genossen, die die Welt zu bieten hat. Dinge, die von Schriftstellern immer und immer wieder geschildert worden sind und die wahrscheinlich jeder Mensch genossen hat, der je gelebt hat. Die meisten haben mit Luft zu tun. Frühe Morgenluft, die Luft nach einem heftigen Regen, die Luft am offenen Autofenster. Manchmal denke ich, das Großhirn ist eine Verschwendung, und im Grunde bräuchten wir nur das Stammhirn, das, soviel ich weiß, die Lungen atmen und das Herz schlagen und uns angenehme Dinge riechen läßt. Und was ist mit der Dichtung? Auch das ist eine hauchdünne Entscheidung, vielleicht mit umgekehrtem Ergebnis, würde ich die Punkte tatsächlich zusammenzählen. Sie hat mich auf meine alten Tage melancholisch gestimmt, traurig, denn wenn ich bei Wohnmobilen und Baseballstatistiken geblieben wäre, dann würde ich mich jetzt wohl nicht in Reue und Zweifel vergraben. Gegen Traurigkeit ist nichts einzuwenden, aber das hier ist etwas anderes – es geht nicht um den Tod eines Kindes, sondern gleicht eher den Gefühlen eines Studenten, der an einem warmen Nachmittag *Don Quixote* liest, bevor er zum See hinausfährt.

Nun warte ich, während Francine oben ist, auf einen nächtlichen Herumtreiber. Er wird nicht auftauchen. Das weiß ich, doch das Fensterglas ist von schlechter Qualität und erzeugt Schatteneffekte, Formen, die sich im Rattern des Windes verändern. Ich spähe hinaus und kann mir nicht helfen: Ich habe Angst.

Vor mir entfaltet sich die Nacht. Im Mondlicht färbt sich das Laub der Bäume gelb. Um zwei oder drei schläft Francine, aber ich stehe trotzdem auf und hole Hut und Mantel. Die Bücher drücken mir gegen die Brust. Ich ziehe

Handschuhe, Schal und Galoschen an. Dann gehe ich die Treppe hinauf und in unser Schlafzimmer. Auf der anderen Seite des Bettes sehe ich ihre weißen Haare und das ungleiche sich Heben und Senken ihrer Brust. Ich beobachte das Auf und Ab der Decke. Wahrscheinlich träumt sie gerade. Obwohl wir dieses Bett fast ein Leben lang geteilt haben, habe ich keine Ahnung, wovon ihre Träume handeln mögen. Ich gehe zu ihr hinüber und berühre das Laken über ihrem Hals.
»Wach auf«, flüstere ich. Ich berühre sie an der Wange, und ihre Augen öffnen sich. Ich weiß es, auch wenn ich sie nicht richtig sehen und nur das Dunkel ihrer Augenhöhlen ausmachen kann.
»Ist er da?«
»Nein.«
»Was gibt es dann?«
»Nichts«, sage ich. »Aber ich würde gern einen Spaziergang machen.«
»Du warst draußen«, sagt sie. »Du hast ihn gesehen, nicht wahr?«
»Ich war am Fenster.«
»Hast du ihn gesehen?«
»Nein, es ist niemand da.«
»Warum willst du dann spazierengehen?«
Im nächsten Augenblick sitzt sie auf der Bettkante, die Füße in ihren Pantoffeln. »Wir gehen nie spazieren«, sagt sie.
Mir ist warm in meiner Kleidung. »Ich weiß«, antworte ich. Ich breite meine Arme aus und halte ihr die offenen Handflächen hin. »Aber jetzt würde ich es gerne tun. Ich würde gerne in dieser Luft spazierengehen, die so frisch und kalt ist.«

Sie blickt prüfend zu mir herauf.
»Ich habe nichts getrunken«, sage ich. Ich lehne mich mit dem Oberkörper nach vorn und gehe, obwohl sich mir alles dreht, so weit nach unten, daß es wie eine Verbeugung aussieht. »Willst du nicht mit mir kommen?« flüstere ich. »Willst du nicht die Königin dieser kristallklaren Nacht sein?«
Ich erhole mich nach meiner Verbeugung, und als ich aufblicke, ist sie vom Bett aufgestanden, und einen Moment später hat sie ihren Wollmantel angezogen und geht vor mir her zur Treppe.
Das Eis draußen ist tückisch. Es hat angefangen zu schneien, und unsere Galoschen quietschen und rutschen, aber wir bleiben so lange auf dem geräumten Gehweg, bis wir unsere Straße hinter uns gelassen haben und in eine Gegend kommen, in der ich noch nie gewesen bin. Eiszapfen hängen an den Straßenlaternen. Wir kommen an fremden Häusern und fremden Bäumen vorbei, an Straßenschildern, die ich niemals zuvor gesehen habe, und während wir so durch die Nacht wandern, fängt sie an, sich zu verändern. Sie zerfließt. Zu beiden Seiten des Gehwegs hat man den Schnee aufgehäuft und an den Straßenecken zu kleinen Hügeln zusammengeschoben.
Die Anstrengung läßt meine Hände warm werden. Es sind jetzt die Hände eines jüngeren Mannes, die Finger eines anderen in meinen Handschuhen. Sie kribbeln. Wir brauchen zehn Minuten bis zur nächsten Querstraße, doch die fremde Umgebung schürt das Feuer in mir. Ein Wagen kommt näher, und ich winke, entbiete ihm einen Seemannsgruß, begegnen wir uns doch auf dieser außergewöhnlichen, menschenleeren See. Wir sind nächtliche

Wanderer. Er blendet im Vorbeifahren kurz die Scheinwerfer auf, und ich zerberste fast vor Hochstimmung und Unternehmungslust.
Die Nacht singt für uns. Ich bin Blaubart, bin Lindbergh, Dschingis Khan.
Nein, das stimmt nicht.
Ich bin ein alter Mann. Mein Blut ist von der Hypoxie dunkel geworden, und ich habe den pfeifenden Atem eines Kranken. Großartig ist nur die frostige Nacht. Und in ihr bewegen wir uns, langsam, vornübergebeugt. Unsere Schritte haben die Länge ganz gewöhnlicher Gabeln. Francine hält mich am Ellbogen.
Ich habe schäbige Geheimnisse und kleine Träume, und meine Pläne reichen nicht weiter als bis zu der Frage, wo ich beim nächstenmal die Lebensmittel einkaufen und welche Gedichte ich als nächstes lesen soll, und als wir wieder vor unserer Haustür stehen, hat sich mein Übermut gelegt. Meine Knie und Ellbogen schmerzen. Es ist ein todbringender Schmerz, das Fleisch ist müde, und die Knorpel sind über die Jahre körnig geworden. Ich habe nicht das Herz, noch weiterzuträumen. Im Flur ziehen wir uns aus, Eis in den Haaren, die Mäntel ganz starr von der Kälte. Francine dreht den Thermostat herunter.
Dann gehen wir nach oben, sie steigt auf ihrer Seite ins Bett und ich auf meiner.
Es ist dunkel. Wir liegen einige Zeit da, und dann, noch vorm Morgengrauen, weiß ich, daß sie schläft. Es ist kalt in unserem Schlafzimmer. Ich horche auf ihren Atem und weiß, daß es mit meinem Leben zu Ende geht. Ich kann mich nicht mehr wärmen. Was ich meiner Frau gerne sagen würde, ist dies:

*Was die
Vorstellungskraft
als Schönheit begreift,
muß die Wahrheit sein. Was dich
an deinem Bild von mir festhalten läßt, ist allein
dieses Zupacken und Begreifen.*

Aber ich sage gar nichts. Statt dessen drehe ich mich im Bett herum, strecke die Hand aus und berühre sie, und weil sie davon überrascht wird, dreht sie sich in meine Richtung.
Als ich sie küsse, fühlen sich ihre Lippen trocken und rissig an, so fremd wie der Meeresboden. Doch dann werden sie weich. Sie öffnen sich. Ich bin in ihrem Mund, und dort, vor der Welt verborgen, als habe der Verfall einen Teil vergessen, ist es immer noch feucht – Herrgott, es kommt mir vor wie ein Wunder! Ihre Zunge kommt mir entgegen. Da kenne ich mich selbst nicht mehr, weiß nicht, was für ein Mann ich bin, wen ich da in meinen Armen halte. Ich kann mich kaum noch an ihre Schönheit erinnern. Sie berührt mich an der Brust, und ich beiße sie behutsam in die Lippe, befeuchte ihre Wange und küsse sie dann dort. Sie macht einen Laut, der wie ein Seufzer klingt. »Frank«, sagt sie. »Frank.« Wir sind nun in Ozeanen und Wüsten verloren. Meine Hand findet ihre Finger und umfaßt sie, Knochen und Sehnen, zart und zerbrechlich.

TONGEDÄCHTNIS

Am Tag nach Thanksgiving wurde meine Mutter direkt vor J. C. Penney's in Los Angeles festgenommen, und als ich mich auf den Weg machte, um sie auszulösen, spielte ich mit dem Gedanken, sie der Sicherheitsabteilung zu überlassen. Das Gefängnis, dachte ich, würde ihr vielleicht guttun.
Ich war nicht überrascht – ich wußte schon lange, daß sie Dinge stahl. Kleinigkeiten: ein Badetuch, wenn sie in einem Hotel übernachtete, ein paar rote Delicious in ihrer Handtasche, wenn sie aus dem Supermarkt kam. »Warum auch nicht?« sagt sie. »Wer sorgt denn sonst für uns?« Seit mein Vater vor elf Jahren in einem Liegestuhl gestorben ist, sagt sie uns das. Seitdem gibt es bei uns auf der Toilette Tampons von allen möglichen Fluggesellschaften und im Bad Hotelseifen. »Du hast auch keinen, der für dich sorgt«, sagt sie jetzt zu mir.
Es ist mein erster Tag zu Hause, noch zwei Tage vor Thanksgiving, und schon kommt sie mit ihren Ermahnungen. »Es geht häßlich zu auf der Welt«, sagt sie beim Frühstück. »Du mußt deine Köder schon selbst auslegen.« Inzwischen ist es Nachmittag. »Susan B. Anthony«, ruft sie mir aus dem Küchenfenster zu, während ich den Weg hinter dem Haus fege. »Jane Austen.«
»Was sagst du, Mutter?«
»Ich lese dir meine Liste großer Frauen vor«, ruft sie. »Emily Brontë. Maria Callas.«

»Was ist mit *Charlotte* Brontë?« fragt meine Schwester Tessa.
Meine Mutter macht das Fenster ein Stück weiter auf.
»Charlotte war nicht ganz so begabt, mein Schatz.« Sie lächelt Tessa zu. Tessa ist Herzchirurgin. »Marie Curie«, sagt meine Mutter.
»Vergiß Lizzie Borden nicht«, sage ich. Ich bin Kellnerin.
Tessa und ich sind zu Hause, weil meine Mutter meinte, es wäre eine gute Idee, wenn wir Thanksgiving alle zusammen bei ihr in Pasadena verbrächten. Tessa arbeitet in Houston, und um herkommen zu können, hat sie es so eingerichtet, daß sie gleich auch noch ein paar Kongresse und Fachkonferenzen hier an der Westküste besuchen muß. Ich bin Graphikerin und Kellnerin in Burlington in Vermont und bin nach Kalifornien gekommen, weil ein Flugticket und vierzig Dollar fürs Taxi in dem Umschlag waren, den meine Mutter mir geschickt hat.
Ich bin zwei Jahre nicht mehr zu Hause gewesen. Meine Mutter hat mich fast wöchentlich angerufen, hat mir Postkarten geschickt und hat mich immer wieder gefragt, wann ich denn beabsichtigen würde, mit meinem Leben etwas anzufangen.
»Die Welt wird nicht auf dich warten«, hat sie gesagt. »Ich kann dir genügend Beispiele nennen. Amelia Earhart, Beverly Sills – die Welt mußte nicht auf sie warten.«
Und dann hat sie mir am Telefon ihre Listen vorgelesen: Tugenden, Gefährliche Fallen, Beherzte Entscheidungen. Sie hat mir Briefe geschrieben mit den Adressen der alten Freunde meines Vaters – Anwälte und Versicherungsmakler –, und hin und wieder haben sich diese

Männer auf ihren Geschäftsreisen die Zeit genommen, mich aus irgendeinem Holiday Inn in Vermont anzurufen.
»Ihre Mutter«, sagte einer, »fragt sich besorgt, was Sie wohl mit Ihrem Leben anfangen werden.«

Als ich am ersten Abend nach meiner Ankunft in mein altes Zimmer kam, wußte ich sofort, daß sie wieder stahl. Die Packung Kosmetiktücher auf meinem Tisch trug den Aufdruck »American Airlines«, in der Vase auf meiner Kommode steckte eine Seidenrose. Ich stellte meine Tasche hin, ging ins Bad und schloß die Tür hinter mir ab. Im Schränkchen unter dem Waschbecken lagen Stapel von Papierhandtüchern, alles Industriepackungen, und Dutzende von Seifen, unverkäufliche Muster. Ich betätigte die Wasserspülung, drehte kurz den Wasserhahn auf und öffnete die Tür. Meine Mutter stand vor mir.
»Willkommen zu Hause«, sagte sie.
»Danke«, antwortete ich. »Wie es aussieht, sind genügend Vorräte im Haus.«
Das Stehlen begann nach dem Tod meines Vaters, obwohl er rechtzeitig eine hohe Lebensversicherung abgeschlossen und auch die letzte Hypothekenrate zurückgezahlt hatte, ehe sich an einem Freitagabend nach der Arbeit seine Koronargefäße schlossen. Für meine Mutter wurde dieser Tag zum Wendepunkt ihres Lebens. Ein Jahr lang weinte sie, sobald eine Ampel Rot zeigte oder eine Schublade klemmte. Sie begann, meine Schwester und mich auf die Gemeinheit der Welt vorzubereiten, und stellte uns gleichzeitig auf eine neuartige Diät um. Sie füllte eine Büchse mit Vitaminpillen und verteilte sie jeden Morgen – einen Blütenkranz aus Farben, einen

Glorienschein aus Pillen, die sie uns neben den Frühstücksteller legte. Ein ganz neuer Wissensbereich erschloß sich uns. Vitamin C, so lernten wir, half gegen Erkältungen – und sogar Krebs, nach Meinung der Wissenschaftler, denen sie zu vertrauen schien. E stand für die Elastizität der Haut und D für den Aufbau unserer Knochen. B, das wußten wir, war gut für die Stimmung – als ob da eine Pille helfen könnte – und für den Schlaf, weshalb meine Mutter stets eine doppelte Dosis davon nahm. Trotzdem hatte sie mit dem Schlafen ihre Probleme. Jahrelang hörte ich sie mitten in der Nacht die Treppe hinuntergehen. Morgens war sie dann wachsgelb im Gesicht, und ihre Finger trommelten auf der Tischplatte herum. Dafür döste sie nachmittags, im Kino oder auf dem Sofa im vorderen Zimmer, wo ihr das Sonnenlicht böse Träume bescherte, und sie fing an zu stehlen.

Mein Vater war in seiner Militärzeit Hornist, und die Fotos auf der Kommode zeigen ihn mit Trompeten, Signalhörnern, ja sogar mit einer Bachtrompete. Da ist er also, auf diesen Fotografien, ein junger Mann in Uniform, und unten im Keller hängen die Instrumente – vielleicht sind es dieselben – nebeneinander an Nägeln vor einer Korkplatte. Meine Schwester und ich spielten darauf, als wir in die Grundschule gingen. Während unserer Kindheit waren aus unserem Haus ständig irgendwelche Instrumente zu hören. Meine Mutter war ebenfalls Musikerin, Pianistin, und sie brachte meiner Schwester und mir das Klavierspielen bei. Tessa konnte ganze Stücke vom Radio weg nachspielen, Tanzmelodien, zu denen die Jungs und später dann Männer mit den Füßen den Takt schlugen.

Wenn ein neuer Song im Radio zu hören war, legte sie ein Ohr ganz dicht an das Gitter vor dem Lautsprecher, und sobald das Stück zu Ende war, ging sie ans Klavier und spielte es von Anfang bis Ende, mit beiden Händen. Ich weiß nicht, auf was sie hörte, wenn sie ihr Ohr so dicht ans Radio hielt. Ich versuchte es auch, versuchte sogar wie sie anschließend sofort ans Klavier zu gehen und meine Finger, ohne nachzudenken, über die Tasten laufen zu lassen, denn so stellte ich mir das bei Tessa vor. Doch wie immer sie es machte, bei mir klappte es nicht. Dafür übte ich dann intensiver als meine Schwester – Dur-Tonleitern, Moll-Tonleitern, Arpeggios, Blues-Tonleitern, chromatische Tonleitern. Ich konnte Triller spielen, wo ihr die Zeit kaum für einen einfachen Ton reichte, aber was immer sie hörte, wenn sie ihr Ohr gegen den Lautsprecher drückte, war für mich so unhörbar wie der Pfiff aus einer Hundepfeife.

Dafür fing ich an zu zeichnen. In meinem zweiten Jahr an der High-School zeichnete ich ein Bild von unserem Klavier, auf dem ein paar der alten Blasinstrumente meines Vaters lagen. Und dieses Bild wurde für das Jahrbuch der Schule ausgewählt. Ich zeichnete es im Oktober, und im Dezember starb mein Vater. Ein paar Abende davor war ein Junge namens Billy Emond auf den Baum vor meinem Fenster geklettert und in mein Zimmer eingestiegen, während meine Eltern unten vor dem Fernseher saßen. Ich war fünfzehn, und wir hatten das vorher ausgemacht. Er kroch durch das Fenster, zog im dunklen Zimmer sein Hemd aus und setzte sich auf das Fußende meines Bettes. Er hatte eine Hand in der Hosentasche und die andere auf der Bettdecke, die ich mir um die Füße gewickelt hatte, als wir meinen Vater auf der

Treppe hörten. Vater war ein begeisterter Tennisspieler und nahm immer zwei, drei Stufen auf einmal. Billy hatte nur noch Zeit, mich anzusehen, aufzustehen und sich in der hinteren Ecke meines Zimmers zu verstecken. Mein Vater kam herein. Er sagte, das Fernsehbild unten sei unscharf geworden und der Wind hätte möglicherweise die Antenne, die vor meinem Fenster hing, losgerissen. Ich solle die Augen zumachen, er mache jetzt das Licht an. Ich schloß die Augen und hörte das Klicken des Lichtschalters.
»Tag, Billy«, sagte mein Vater.
Am nächsten Tag erwähnte er es mit keinem Wort. Damals sah ich in ihm einen Menschen, den ich eines Tages wahrscheinlich wirklich verstehen würde. Ich kann mich noch erinnern, wie ich am Abend nach seinem Tod in die Küche kam. Meine Zeichnung aus dem Schuljahrbuch hing mit kleinen Magneten, die wie Bananen aussahen, am Kühlschrank.
Nun sind wir also alle wieder zusammen, und gleich am ersten Abend singen wir. Das ist bei uns so Tradition – nur Singstimmen, keine Instrumente. Meine Mutter summt einen Ton, meine Schwester legt eine Terz darüber, und dann warten sie darauf, daß auch ich meinen Ton finde, der offenbar irgendwo zwischen denen liegt, die ich tatsächlich herausbringe. Dieses Problem hatten wir schon immer.
»Höher«, sagt meine Mutter.
Ich gehe höher, und dann fallen die beiden ein, und plötzlich bilden wir einen Dreiklang, so exakt wie ein Klavier. »Jetzt stimmt's«, sagt Tessa.
Meine Mutter und Tessa improvisieren abwechselnd die zweite Stimme, und ich singe dann mit der jeweils ande-

ren die Melodie. Sie haben beide das absolute Gehör. Wie mein Vater. Nur ich habe es nicht. Als Vater noch lebte, spielten wir manchmal alle zusammen ein Spiel, bei dem wir Autos durch die Tonhöhe ihrer Hupen bestimmten. Wenn wir am Wochenende in die Berge fuhren und unter dem Blätterdach von Pappeln und Ulmen zu einer der steilen und unübersichtlichen Kurven kamen, drückte mein Vater auf die Hupe unseres Cutlass Supreme. Es war ein B, das wußte ich. Wenn uns nun aus der Gegenrichtung ein Auto entgegenkam, hupte es ebenfalls, und meine Mutter, meine Schwester und mein Vater wetteiferten darum, möglichst schnell zu sagen, was für eins es war. Ich wußte zwar, welche Töne von welchen Autos kamen – daß das A zu bestimmten Pontiacs gehörte, unser eigenes ein B produzierte und das Cis fast immer von einem Cadillac stammte –, aber ich erkannte die Töne nicht, wenn ich sie hörte.
»Pontiac«, sagte ich.
»Auf keinen Fall«, sagte meine Mutter.
»Voll daneben«, sagte Tessa.
Meine Schwester versuchte mir zu helfen. Sie sagte, ich solle mir den Ton unserer Cutlass-Hupe in Erinnerung rufen. »Von da gehst du dann die Tonleiter rauf oder runter, bis du zu dem Ton kommst, den du gehört hast.« Ich riet einfach, und manchmal stimmte es auch, aber ich konnte nicht einmal unser eigenes B wiederholen.
»Statt ans absolute Gehör zu denken«, sagte sie eines Tages, »solltest du dir vielleicht etwas anderes darunter vorstellen. Nenn es Tongedächtnis. Du hast all die Töne doch schon oft gehört. Versuche nur, dich an sie zu erinnern.« Manchmal gab sie mir morgens einen Ton.
»Summ ihn«, sagte sie. »Summ ihn für mich.«

Ich summte.
»So, und genau diesen Ton behältst du jetzt den ganzen Tag im Kopf.«
Ich vergeudete einen ziemlichen Teil meiner Jugend mit dem Bemühen, Töne im Kopf zu behalten. Wenn die Tonhöhe in meine Stimmlage paßte, versuchte ich, sie beim Sprechen den Tag über beizubehalten. Ich hatte sie auch sonst ständig im Kopf.
»Also gut«, sagte Tessa dann beim Abendessen. »Laß hören.«
Ich summte.
»Das ist ein Cis, mein Schatz«, bemerkte meine Mutter. »Deine Schwester hat dir ein E gegeben.«
Das ist neunzehn Jahre her, und wir sind den ersten Abend wieder zusammen im Wohnzimmer meiner Mutter, und wir singen. Wir haben Mutter in die Mitte genommen und stehen mit dem Gesicht zum großen Fenster, das den Blick auf die Bougainvilleabüsche und den Gehweg freigibt. Es ist früher Abend, und während wir singen, wird es draußen dunkler, so daß sich das Fenster allmählich in einen Spiegel verwandelt. Meine Mutter bemerkt das und legt uns die Arme um die Schultern.

Am nächsten Morgen sitze ich mit Mutter beim Tee in der Küche. Morgen will sie mit mir Kleider einkaufen gehen, und auf dem Tisch hat sie verschiedene Seiten aus Modezeitschriften ausgebreitet. Dieses Jahr haben die Mannequins kurze Haare, und im Hintergrund der Fotos sieht man meist Springbrunnen auf öffentlichen Plätzen oder die marmornen Eingangshallen großer Banken.
»Such dir einfach aus, was dir gefällt«, sagt meine Mutter. »Es spielt überhaupt keine Rolle.«

Der Einkaufstrip ist ihre Idee. Als ich gestern meine Bettdecke zurückschlug, fand ich einen Umschlag, in dem eine Hundertdollarnote lag, einmal gefaltet.
»Mutter«, rief ich, »ich hab einen Job.«
»Was sagst du, mein Schatz?«
»Ich sagte, ich hab einen Job. Ich arbeite. Ich verdiene Geld.«
»Ich dachte nur, du würdest dir gerne ein paar Kleider kaufen. Man weiß ja nie.«
»Was weiß man nie?«
»Ach, du *weißt* doch.«
Abends legte ich den Hundertdollarschein auf den Küchentisch. Meine Mutter legte ihn zurück auf mein Bett. Ich steckte ihn unter die Bananenmagneten am Kühlschrank. Sie legte ihn auf meine Kommode. »Bitte«, sagte sie, als ich ihn an der Pinnwand in der Küche befestigte, »es ist doch nur, damit du dich ein bißchen herausputzen kannst.« Am nächsten Morgen fand ich den Schein, als ich mich gerade mit Tessa unterhielt, in meiner Handtasche.
»Mama möchte, daß ich mir was zum Anziehen kaufe«, sagte ich zu Tessa.
»Vielleicht solltest du's tun.«
»Ich brauche aber keine neuen Kleider. Ich *habe* welche. Ich habe zweihundert Röcke, vielleicht dreihundert Blusen.«
»Im Ernst. Sie macht sich Gedanken.«
»Sie will mir dauernd einen Hundertdollarschein zustecken.«
»Nimm ihn doch.«
»Das werde ich nicht tun.«
»Nun laß sie dir doch wenigstens ein paar Kleider kaufen.

Du brauchst sie ja später nicht zu tragen. Zieh sie einmal an, laß dich fotografieren und schick ihr die Bilder. Und dann verkaufst du sie.«
»Sie stiehlt wieder«, sagte ich.
»Wie bitte?«
»Mama stiehlt wieder.«
»Woher willst du das wissen?«
»Du brauchst dich doch nur umzusehen. Der Toilettenschrank ist das reinste Warenlager.«
»Sie macht sich einfach Sorgen, daß von irgend etwas nicht genug im Haus sein könnte.«
»Und warum gibt sie mir Hundertdollarscheine?«
»Sie macht sich auch deinetwegen Sorgen.«
Am Nachmittag stutze ich das Gras hinterm Haus. Meine Mutter schaut mir von der Küche aus zu. Es ist hell hier draußen, und ich sehe nicht mehr als ihren dunklen Schatten, der sich hinter der Scheibe bewegt. Als ich fertig bin, reche ich das abgeschnittene Gras zusammen und kippe es in den Plastikmülleimer in der Garage. Es stehen immer noch zwei Wagen da, der kleine Toyota meiner Mutter und der große Cutlass, mittlerweile zwanzig Jahre alt, aber noch fahrbereit, weil meine Mutter für den Fall, daß ihre Töchter kommen, ein zweites Auto haben will. Ich schneide die Ränder des Weges mit der Handschere nach und stelle mir einen Sessel in die Nordostecke des Gartens, denn ich weiß, daß sich die Sonne in diesem Winkel bis zum Abend behauptet.
Als ich mich setze, schiebt sie das Küchenfenster hoch und liest mir ihre Tugendliste vor. »Hingabe«, sagt sie, »Disziplin, Seelenstärke, Ehrfurcht.« Mittlerweile ist es schon recht spät, und die herannahenden Schatten erreichen bereits meine Waden.

Gewalt gab es in unserer Familie immer nur knapp dosiert und wohlüberlegt. Als mein Vater noch lebte, ließ er einmal an Thanksgiving auf dem Weg ins Eßzimmer die Servierplatte fallen, und der Truthahn, den meine Mutter den ganzen Nachmittag immer wieder mit Fett begossen hatte, rollte auf den Teppich und unter den Tisch. »Ebensogut hättest du *mich* fallen lassen können«, sagte meine Mutter, und tags darauf fuhr sie mit zuwenig Seitenabstand aus der Garage und riß dabei am Cutlass meines Vaters den Seitenspiegel ab.
Nun ist wieder Thanksgiving, und meine Mutter weiß von einem Geschäft, das selbst heute geöffnet ist. Es gehört Einwanderern, erzählt sie mir, die die Bedeutung des Feiertages nicht kennen. Wir sitzen im Wagen und sind unterwegs in die Stadt, um mir ein paar neue Kleider zu kaufen. Der Hundertdollarschein liegt vorn auf dem Armaturenbrett, wo ich ihn hingelegt habe. Meine Mutter ist nicht bereit, die elektrisch betriebenen Fenster zu öffnen.
»Ich habe auch eine Liste für dich«, sage ich zu ihr.
»Catherine Ablett, Melanie Green.«
»Wer ist das?«
»Mit denen bin ich mal zur High-School gegangen. Heute gehen sie auf den Strich.«
Im Laden läuft sie, eine Hand auf die Brust gelegt, wortlos umher, und versöhnlich befingere ich den Stoff einiger Blusen, probiere einen Rock an. »Versteh doch«, sage ich zu ihr, als wir wieder draußen sind, »ich brauche einfach keine neuen Kleider. Ich bin glücklich, Mutter. Ich will keinen anderen Job. Ich brauche keinen Ehemann. Ich bin glücklich.«
»Nichts ist so sicher, wie du denkst«, sagt sie. Dann

nimmt sie den Hundertdollarschein aus ihrer Handtasche. »Bitte«, flüstert sie, »nimm das Geld. Du brauchst es nicht auszugeben, wenn ich dabei bin. Aber bitte, willst du's nicht annehmen?«
Eine Gruppe von Männern beobachtet uns. Sie hält mir den Schein hin. »Willst du's nicht annehmen?«
Ich gebe nach. Ich nehme den Geldschein, falte ihn zusammen und stecke ihn in meine Handtasche.

Zum Dinner gehen wir in ein Restaurant, wo der Truthahn in ovalen Scheiben serviert wird. Wir trinken Wein. Meine Mutter fragt den Kellner, ob es ihm etwas ausmache, an Thanksgiving zu arbeiten, und er antwortet ihr, jeder müsse sich seinen Lebensunterhalt verdienen.
»Stimmt«, sagt sie, als sich der Kellner entfernt.
»Mama, ich *verdiene* mir meinen Lebensunterhalt.«
»Willst du für den Rest deines Lebens Pfannkuchen servieren?«
»Ich glaube, ja«, antworte ich, und das bringt sie zum Weinen. Tessa steht auf, geht zu ihr hinüber, hilft ihr hoch und bringt sie zur Toilette. Es sind noch ein paar andere Familien im Restaurant, und ich bin sicher, daß sie mich beobachten. Ich sitze allein am Tisch und trinke mein Glas Wein. Ich frage mich, was meine Schwester und meine Mutter in der Toilette bereden. Ich male mir aus, wie die anderen Gäste im Restaurant nacheinander aufstehen und sich, von mir unbemerkt, zur Damentoilette schleichen, wo meine Mutter sie ins Bild setzt. *Ja*, sagt sie und macht eine Pause, *die Jüngere – eine Künstlerin. Nein*, widerspricht der Mann im karierten Blazer, *das ist keine Künstlerin. Oh, doch, es stimmt*, sagt meine Mutter, *und immer noch nicht verheiratet.*

»Es scheint dir nicht sehr leid zu tun«, sagt Tessa hinter mir. Sie ist allein.
»Nicht sehr, nein.«
Als meine Mutter an den Tisch zurückkommt, füllt Tessa unsere Gläser und bringt einen Trinkspruch aus, der irgendwie mit Thanksgiving zu tun hat. Wir essen. Wir reden über den Smog in Pasadena und wie angenehm es doch ist, in einem Restaurant frisch gebackene Brötchen zu bekommen. Meine Mutter geht noch dreimal an die Salattheke: Ihr Teller gleicht einer Ruine aus Kopfsalat und Zwiebeln.

Am Nachmittag des nächsten Tages ist Tessa auf einer Konferenz, auf der über Herzklappen aus Kunststoff diskutiert wird, und ich bin allein im Haus. Das Telefon klingelt, und ein Mann sagt mir, meine Mutter sei vor der Filiale von J. C. Penney's in Los Angeles wegen Ladendiebstahls festgenommen worden. Am besten wäre es, wenn ich mich gleich auf den Weg machte.
Ich hole also den alten Cutlass aus der Garage und fahre zu dem Kaufhaus. Der Parkplatz ist voll, und ich muß den Wagen an der Straße abstellen, und als ich dann drin bin, weiß ich nicht recht, wie ich nach einer Frau mittleren Alters fragen soll, deren Givenchy-Handtasche bis zum Rand mit Diebesgut gefüllt ist. Ich stehe in einer Schlange in der Parfümerieabteilung, und als sich hinter mir weitere Kunden anstellen, tu ich so, als hätte ich etwas vergessen, und fummle in meiner Handtasche, um ihnen den Vortritt zu lassen. Ich trete noch ein Stück weiter zurück. Ein Mann fragt, ob er mir helfen könne, und ich verneine. Eine Gruppe Pfadfinderinnen, die auf häßliche Weise lachen, umringt mich und entfernt sich

wieder, und ich gehe unschlüssig auf die Rolltreppe zu, ehe mir die Idee kommt, einen Blick auf die Stockwerkübersicht zu werfen.
Ich finde heraus, daß sich die Sicherheitsabteilung im Untergeschoß befindet, und nehme die Rolltreppe nach unten. Ein Mann in einer Art Polizeiuniform fordert mich auf, ihm zu folgen. Seine Brillengläser sind wie schwarze Spiegel. Wir gehen durch eine Tür und über einen Flur und kommen schließlich in einen quadratischen, gelben Raum, wo meine Mutter an einem Tisch sitzt. Sie wirkt klein.
Der Wachmann schließt die Tür ab und bietet mir einen Stuhl an. Ich nehme Platz.
»Also«, sagt er.
Auf dem Tisch zwischen meiner Mutter und mir liegt eine Bluse.
»Also«, beginnt er noch einmal.
»Eine Bluse«, sage ich.
»Nein, wirklich«, meldet sich meine Mutter, »das ist doch lächerlich.«
»Also, lächerlich ist es ganz bestimmt nicht.« Er wendet sich mir zu. »Dieser Artikel befand sich in ihrer Handtasche«, sagt er, »und sie war draußen auf dem Parkplatz, unterwegs zu ihrem Wagen, würde ich sagen.«
»Das wissen Sie doch gar nicht«, sagt meine Mutter.
Er geht in eine Ecke des Zimmers, lehnt sich an die Wand und zündet sich eine Zigarette an. Er blickt zu uns herüber und steckt dann die Daumen unter seinen Gürtel.
»Und wie soll die Sache jetzt weitergehen?« fragt er.
»Das ist doch lächerlich«, sagt meine Mutter, »einen Menschen festzuhalten, nur weil er vergessen hat, eine billige Bluse zu bezahlen. Meine Tochter hat zu Hause

einen Schrank voller Blusen, die doppelt so teuer sind.«
»Die Bluse war aber in Ihrer Handtasche.«
»Ich wollte sie bezahlen, das ist doch klar. Klar wollte ich sie bezahlen. Fragen Sie doch meine Tochter hier. Vergeß ich nicht öfter mal was? Fragen Sie ruhig. Vergeß ich nicht öfter mal was, mein Schatz?«
Der Wachmann sieht mich an.
»Du warst damit schon draußen vor dem Laden«, sage ich.
Meine Mutter mag mich nicht ansehen, und ich mag sie nicht ansehen. In der schwarzen Sonnenbrille des Wachmanns spiegelt sich der Raum. Dann stelle ich mir meine Mutter in ihrem adretten Rock vor einem Richter vor. Ich stelle mir ihre Vernehmung vor, eine Art von Verhandlung oder vielleicht nur das Urteil des Richters, eines Mannes in ihrem Alter. Er wird sie – für einen Tag oder zwei, vielleicht eine Woche oder einen Monat – in eine der offenen Haftanstalten schicken, die im Tal nördlich von hier liegen. Ich habe so ein Gefängnis einmal von der Straße aus gesehen: Niedrig, sandfarben, mit einem Drahtzaun umgeben, lag es hinter einer Reihe Zypressen und einem rechteckigen Schild an der Straße.
»Dann rufe ich also die Polizei«, sagt der Wachmann und greift nach dem Telefonhörer – und erst jetzt, erst als ich es tue, scheint es mir das Nächstliegende. Der Wachmann hält den Hörer von sich weg und blickt hinunter auf meine Hand, die halb von meinem Geldbeutel verdeckt wird. Er sieht auf den Boden, dann wieder auf meine Hand.
»Wer weiß sonst noch davon?« frage ich.
»Nur ich«, sagt er. Er hält den Blick gesenkt, fährt sich

übers Kinn. Dann bewegt sich sein Arm auf mich zu, und der Geldschein wandert aus meinen Fingern in die Brusttasche seines Hemdes.
Auf dem Weg nach Hause fährt meine Mutter ihren eigenen Wagen und ich den alten Cutlass. Vor roten Ampeln sehen wir einander durch die Autofenster an. Der Tag ist irgendwie vorübergegangen und fängt schon an, sich zu verfinstern, und bei unserer Ankunft ist das Haus leer. Meine Mutter geht in die Küche und ich ins Fernsehzimmer. Ich suche mir einen Film aus und setze mich auf die Couch. Es ist schon zu spät, um der Handlung noch folgen zu können. Soldaten sind irgendwo angekommen, um irgendwas zu retten, aber sie sehen gar nicht aus wie Soldaten, und ich weiß nicht, wer auf wessen Seite kämpft. Die Musik ist voller Uhrwerksrhythmen. Nach einer Weile kommt meine Mutter herein. Sie könnte sich auf den hölzernen Schreibtischstuhl oder in den alten Polstersessel meines Vaters setzen, aber sie läßt sich neben mir auf der Couch nieder und lehnt sich an meine Schulter. An meinem Arm spüre ich die Stelle, an der ihre Bluse vom Schweiß ganz naß ist.
Eine Zeitlang sehen wir uns den Film an, bis ich schließlich begreife, daß sie eingeschlafen ist. Ihr Atem wird ruhiger. Sie lehnt schwer gegen meine Schulter, den Kopf im Nacken, und wegen des Gewichts fängt mein Arm an zu kribbeln. Tessa hat mir dieses Kribbeln einmal erklärt: Es liegt nicht daran, daß die Blutzufuhr abgeschnitten ist, sondern es ist eine Störung der Nerven. Das komische Pochen breitet sich bis zum Ellbogen aus, und meine Mutter macht – offenbar im Schlaf – den Mund auf und fängt an, leise zu summen. Ich bleibe still sitzen.
Bald darauf höre ich Tessa ins Haus kommen. Die Tür

fällt dumpf ins Schloß, die Kleiderstange klimpert. Ich lege den Finger auf die Lippen, und als sie einen Blick ins Fernsehzimmer wirft, fordere ich sie auf, leise zu sein. Sie kommt herein, beugt sich zu uns herunter und horcht. Dann geht sie hinüber und schaltet den Fernseher aus. Das Summen meiner Mutter bricht ab, geht aber gleich wieder weiter, und Tessa zieht sich in die Küche zurück, wo sie unser Abendessen kocht. Töpfe klappern auf dem Herd, und man hört das Silberbesteck auf dem Holztisch klirren. Ich sitze still da. Das Summen meiner Mutter ist leise, fast unhörbar. Trotz aller Wissenschaft, denke ich, werden wir die Traurigkeit bestimmter Töne nie verstehen.

AMERICAN BEAUTY

Als mein Bruder Lawrence uns verließ und nach Kalifornien zog, hätte ich versuchen müssen, ihn aufzuhalten, aber ich hab's nicht getan, und ich hätte auch traurig sein sollen, war es aber nicht. Statt dessen geschah es, wie so viele Dinge in unserem Leben, ganz einfach so. Wie wenn Regen durchs Dach tropft oder der Strom ausfällt. Ich stellte ihn mir vor, wie er unter dem halbkugelförmigen Oberlicht eines Trailways-Busses die Staaten Richtung Westen durchquerte, Fremden in Schnellgaststätten Zigaretten anbot und mit Mädchen redete, die er nicht kannte. Ich stellte mir sein neues Leben im Mekka der Elektronik vor. Ich malte mir aus, wie ich ihn in ein paar Jahren besuchen würde, wie ich nach Kalifornien rausfuhr, um bei ihm in einem Landhaus mit versetzten Geschossen und einem dunkel gestrichenen Swimmingpool zu wohnen. Er war siebenundzwanzig, ich sechzehn, und Computer waren das große Geschäft.
Am Morgen seiner Abreise gab ihm meine Mutter eine Bibel. Ich schenkte ihm eine Uhr mit einem eingebauten Kompaß und unsere Schwester Darienne, die neunzehn war, ein in Öl gemaltes, gerahmtes Porträt unserer Familie, eins zwanzig auf eins achtzig groß.
»Ich werde es aus dem Rahmen nehmen müssen«, sagte Lawrence.
»Aber es ist ein Bild von unserer Familie.«
»Dary, ich fahre mit dem Bus.« Lawrence sah mich an.

»Dary«, sagte ich, »er wird den Rahmen zerlegen und die Leinwand zusammenrollen. Das ist ganz normal.«
»Ich habe sechs Wochen daran gemalt«, sagte sie. Sie fing an zu weinen.
»Keine Angst«, sagte ich. »Es kommt bald wieder.«
Lawrence hielt das Gemälde hoch. Es zeigte uns, wie wir zusammen in unserer Küche saßen: mein Bruder, meine Schwester, meine Mutter, Caramel, unser Spaniel, und ich. Lawrence' Unterarm verschwand auf Höhe des Schlüsselbeins hinter Dariennes Schulter, so daß seine schlechte Hand von ihrem Rücken verdeckt wurde.
Mein Vater war auch auf dem Bild, oder zumindest Dariennes Vorstellung von ihm. Er hatte uns vierzehn Jahre vorher verlassen, und selbst Lawrence konnte sich kaum noch an ihn erinnern. Jedenfalls redeten wir nie mehr über ihn. Doch Darienne malte ihn nach wie vor in ihre Bilder. Sie malte ihn mit einer Hakennase, einer geraden Nase oder auch der leicht indianischen Nase und den kantigen Backenknochen, die er, glaube ich, tatsächlich hatte. Sein Haar war spärlich oder voll, manchmal starrte er uns von der Leinwand herunter an, manchmal blickte er finster oder hielt den Kopf von uns abgewandt. Er war Bauingenieur gewesen, hatte in seiner Firma Geld gestohlen und sich dann mit einer von Mutters besten Freundinnen aus dem Staub gemacht. Es kam selten vor, daß Mutter noch von ihm redete, aber einmal – es war Jahre später – erzählte sie mir, er suche etwas, was er nie finden werde. Auf dem Bild, das Darienne für Lawrence gemalt hatte, stand er hinter meiner Mutter. Sein Arm lag auf Dariennes Schulter, und er lächelte. Sonst lächelte er auf Dariennes Bildern fast nie.
»Er lächelt«, sagte ich.

»Er weiß, daß Lawrence hierbleiben wird.«
»Ich bleibe aber nicht hier, Dary.«
»Er bleibt nicht hier«, bestätigte ich.
»Dann weiß er eben, daß er bald zurückkommt«, sagte sie.
Lawrence verließ uns, weil es für ihn hier nicht mehr weiterging. Auch wenn meine Mutter sagte, der liebe Gott ziehe fünf Jahre von seinem Alter ab, die fünf Jahre nämlich, in denen er sich auf Hinterhöfen herumgeprügelt und ein Auto ohne Motorhaube gefahren hatte, war er dennoch mit siebenundzwanzig zu alt, um weiterhin unten bei uns im Haus zu wohnen. Er hatte am Hill Oak College den Techniker gemacht und in Abendkursen Programmieren gelernt. Sein Vertrag als Lehrer für Mathematik und Automobiltechnik an der High-School war im Juni ausgelaufen, und zudem hatte meine Schwester einen schlechten Sommer. Im Juli hatte sie mir eine kleine schwarze Kapsel in dem Kästchen gezeigt, in dem sie die Mundstücke für ihre Oboe aufbewahrte. Wir waren allein in ihrem Zimmer.
»Weißt du, was das ist?«
»Irgendwas gegen Erkältungen«, antwortete ich.
»Irrtum«, sagte sie. Sie legte es auf ihre Zunge und machte den Mund zu. »Es ist Zyankali.«
»Ist es nicht.«
»Ist es doch.«
»Dary, nimm das sofort aus dem Mund.« Ich legte ihr meine Hand um den Kiefer und versuchte, einen Finger zwischen ihre Lippen zu bekommen.
»Ich bin doch nicht Caramel.«
»Caramel würde kein Zyankali fressen.« Ich spürte, wie ihre Schneidezähne auf meine Finger bissen, aber

schließlich bekam ich meine Hand dann doch in ihren Mund.
»Es ist kein Zyankali«, sagte sie. »Und nimm deine Hand aus meinem Mund.« Ich holte die Pille heraus und hielt sie in der offenen Hand. Meine Finger waren voller Speichel.
»Du bist verrückt«, sagte ich zu ihr. Dann bereute ich es. Ich hätte das nicht zu ihr sagen dürfen. Meine Mutter hatte mich ein paar Jahre vorher zur Seite genommen und mir erklärt, ich würde meine Schwester möglicherweise nie verstehen, auch wenn ich mein ganzes Leben mit ihr verbrächte. »Es ist schwierig für sie, dauernd euch Männer um sich zu haben«, sagte meine Mutter zu mir. »Du und Lawrence, ihr liegt irgendwie auf einer Linie, und das ist für eure Schwester ein schwerer Brokken.« Und dann bat sie mich noch, Darienne nie zu sagen, sie sei verrückt. Sie erklärte, das sei wichtig, und ich dürfe es nie vergessen. Damals war ich dreizehn oder vierzehn Jahre alt. »Was du auch tust«, schärfte sie mir ein, neigte den Kopf nach vorn und sah mir in die Augen, »was auch geschieht, vergiß das nie.«

Zu Beginn des Sommers, als ich noch nicht wußte, daß er weggehen würde, sagte Lawrence, er habe mir etwas sehr Wichtiges mitzuteilen. »Aber ich werde es dir nicht einfach so sagen«, fügte er hinzu. »Ich werde es in irgendein Gespräch einfließen lassen, irgendwann in diesem Sommer.« Wir bastelten an einem Motorrad herum, das ich von ihm bekommen hatte. »Du mußt selbst herausfinden, was es ist.« Er hatte gerade die verrosteten Schrauben vom Getriebegehäuse aufgebohrt. »Es wird sowieso langsam Zeit, daß du das tust.«

»Was denn?«
»Daß du darüber nachdenkst, was wichtig ist.«
Wir lebten in Point Bluff in Iowa, in dem zweigeschossigen Haus mit dem asymmetrischen Dach und der Veranda auf der Rückseite, das mein Vater gekauft hatte, bevor er uns verließ. Wir nahmen die rostigen Nocken auseinander, und ich überlegte mir, was in unserem Leben wichtig war. Nichts hatte sich geändert, soweit ich zurückdenken konnte. Lawrence wohnte immer noch unten im Haus, und nachts schimmerte das grüne Licht seines Computers durchs Fenster. Darienne nutzte den Sommer dazu, Stilleben zu malen und das Oboekonzert von Bellini zu üben, und ich würde im August jeden Tag zum Baseball ins Trainingscamp gehen. Meine Mutter setzte sich frühabends draußen auf einen der Gartenstühle und trank zusammen mit Mrs. Silver ihren Wodka mit Preiselbeeren. Später saß sie dann gewöhnlich auf der Veranda, wo sie die Zeitung oder manchmal auch in der Bibel las und sich die Tonight Show ansah. Sie war Studienberaterin an der High-School, und sie glaubte, der Herr habe eine Schwäche für die Aussteiger und Pflichtvergessenen, mit denen sie tagtäglich zu reden hatte. Mrs. Silver war ihre beste Freundin. Sie war jung, vielleicht zehn Jahre jünger als meine Mutter, und auch sie las in der Bibel, obwohl ihr die Zeitung lieber war. Meine Mutter sagte, Mrs. Silver habe ein schweres Leben hinter sich. Sie sah mir aber nicht danach aus. In meinen Augen war eher meine Mutter die mit dem schweren Leben. Manchmal hatte sie zum Beispiel das ganze Wochenende über ihren Bademantel an. Ich wußte von keiner anderen Mutter, die so was tat. Und bis auf die zwei-, dreimal in der Woche, die sie kochte, sorgten Lawrence,

Darienne und ich selbst für unser Essen. Die Arme meiner Mutter waren bleich, und ihre Ellbogen waren rot. Mrs. Silvers waren braungebrannt. Sie trug drei oder vier Armspangen, ein goldenes Kettchen am Fußgelenk und ärmellose Blusen. Sie kam fast jeden Tag zu uns herüber, und ich unterhielt mich manchmal hinten im Garten mit ihr, wenn meine Mutter ins Haus ging, weil das Telefon klingelte oder weil sie noch einen Krug Wodka mit Preiselbeeren mixen wollte. Meistens unterhielten wir uns über meine Zukunft.
»Es ist nicht zu früh, übers College nachzudenken«, sagte sie zu mir.
»Ich weiß, Mrs. Silver.«
»Und du solltest Geld sparen.« Sie stemmte die Hände in die Hüften. »Sparst du Geld?«
»Nein.«
»Weißt du, daß das Leben grausam sein kann?« fragte sie.
»Ja.«
»Nein, das stimmt nicht«, sagte sie. Sie lachte. »Im Grunde genommen weißt du es nicht.«
»Vielleicht nicht.«
»Lernst du wenigstens etwas?«
»Ja«, antwortete ich. »Ich versuche zu entscheiden, was wichtig ist.« Ich nickte. »Im Augenblick lerne ich etwas über Motorräder.«
Lawrence und ich bauten die Honda, die ich von ihm hatte, völlig auseinander. Es war eine CB 360, und wir wollten sie komplett wieder zusammenhaben, noch bevor das Baseballtraining begann. Ich hatte sie im März von ihm bekommen, als die Temperaturen stiegen und sie unter dem schmelzenden Schnee im Graben der

Route 80 zum Vorschein gekommen war. Sie war grün. Die Gabel vorne war durch den Aufprall an zwei Stellen verbogen, und als ich die rostige Kette anfaßte, zerbrökkelte sie mir förmlich in der Hand.
Zuerst zerlegten wir die Kupplung. Wir lösten die Verkleidung um den Hebel und ließen die glatten, runden Scheiben, die in Öl lagen, eine nach der anderen in eine große Bratpfanne aus Aluminium fallen. Als wir das Öl abgewischt hatten, schimmerten sie wie ein Metall, das ich nie zuvor gesehen hatte. Ich stellte mir vor, daß Platin so schimmerte. Die Scheiben wurden durch ihre eigene Bewegung poliert. Lawrence erklärte mir, die Schlitze seien dazu da, die Reibungshitze abzuleiten. Nachdem wir die Scheiben herausgenommen, untersucht und gesehen hatten, wie sie weich übereinanderglitten, bauten wir sie wieder ein. »So lernt man eine Maschine kennen«, sagte er. »Man nimmt sie auseinander, und dann baut man sie wieder zusammen.«
Ich dachte einen Augenblick darüber nach. »War es das, was du mir sagen wolltest?«
»Nein, Edgar, das ist nicht wichtig genug.«
Im Frühjahr, bevor er mir das Motorrad überließ, hatte er mir seine Theorie über Maschinen erklärt. Im April war er mit mir hinters Haus gegangen, wo er ein Stück der auftauenden Erde vom Elefantengras befreit hatte, das überall auf dem Grundstück wuchs. Er hatte dort vier Pfosten in den Boden geschlagen, ein Schutzdach aus geriffeltem Aluminium gebaut und den Boden so abgeschrägt, daß das Schneewasser in zwei Abflußrinnen sickerte, weg von der Mitte, wo seine Maschinen lagen. Zu seinen Maschinen gehörte alles, was er in die Hände bekommen konnte. Sie kamen von Schrottplätzen,

aus Straßengräben und Farmverkäufen. Wenn Staatseigentum versteigert wurde, gab er sein Angebot im versiegelten Umschlag ab, er brachte Schlammpumpen, Schußapparate und einen Flugzeugmotor mit nach Hause, beförderte alles in einem geliehenen Lastwagen und lagerte es unter dem Aluminiumdach, um es dort auseinanderzubauen.
»Alle Maschinen sind gleich, Edgar«, sagte er eines Abends zu mir. »Wenn du das Zusammenschlagen zweier Stöcke kapierst, dann kannst du auch einen Flugzeugmotor verstehen.« Darienne und Mrs. Silver, die nach dem Abendessen aus dem Haus gekommen waren, standen bei uns. Lawrence bewahrte draußen unter seinem Schutzdach auch einen Felsblock und einen Holzklotz auf und dazu noch einen Spazierstock, um das Hebelgesetz vorführen zu können. »Ich kann den Felsblock mit dem Stock bewegen«, sagte er an diesem Abend, und dann tat er es. Er zwängte den Stock zwischen den Holzklotz und den Felsen, und als er sich gegen den Stock stemmte, wälzte sich der Felsblock von der Stelle. »Drehpunkt, Hebel, Maschine«, sagte Lawrence. »Und das hier« – er zog die Plane von dem Dragster-Motor und dem Cessna-Propeller – »das ist genau das gleiche.«
»Verschon mich damit«, sagte Darienne.
»Wenn du nichts lernen willst«, beschied er sie, »dann komm nicht her.«
Darauf ging meine Schwester quer durch den Garten zurück zum Haus und blieb nur einmal stehen, um die Schote einer Strohblume für eines ihrer Stilleben aufzulesen. »Sie ist verrückt«, sagte Lawrence.
Ich wandte mich ihm zu. »Es ist schwer für sie, dauernd uns Männer um sich zu haben.«

Mrs. Silver sah mich an. »Gut, Edgar«, sagte sie.
Ich lächelte.
Mein Bruder griff sich einen Schraubenschlüssel. Er räusperte sich. »Pipifax.«
»Wie bitte?« fragte Mrs. Silver.
»Das ist Pipifax, hab ich gesagt. Darienne verkraftet meine Sprüche. Die Menschen mögen es, wenn man sie hart anfaßt.« Er sah sie an. »Das ist doch ein alter Hut. Und wissen Sie was?« Er nahm den Schraubenschlüssel in seine schlechte Hand und wischte sich die Haare aus der Stirn. »Sie kommen immer wieder und wollen noch mehr davon.«
»Eine Dame nie«, sagte Mrs. Silver. Sie legte ihre Hände ineinander. »Und ein Gentleman würde so etwas gar nicht erst sagen.«
Lawrence lachte. »Also, Dary mag es jedenfalls. Und sie kommt immer wieder.«
»Es ist heute abend schön hier draußen«, sagte ich.
Mrs. Silver schenkte mir ein Lächeln. »Das stimmt«, meinte sie. Dann drehte sie sich um und spazierte zurück zum Haus. In der Küche ging das Licht an. Ich sah, daß Darienne am Ausguß stand und sich das Gesicht naß machte, wie sie sich mit einem Papiertuch das Wasser aus den Augen wischte und schließlich vom Fenster wegging.
Manchmal versuchte ich meine Schwester so anzusehen, als wäre sie eine Fremde. Wir waren im Haus viel zusammen, sie, meine Mutter und ich, so daß ich viel Zeit hatte, sie anzusehen. Sie war groß, mit teils krausen, teils glatten Haaren und breiten Schultern. Manchmal saß auch Mrs. Silver dabei. Mrs. Silver sei einsam, sagte meine Mutter. Sie habe einen Trinker zum Mann. Trotz allem

war sie schön. »Ich bin für deine Mutter ein Fall von Nächstenliebe«, sagte sie, in unserem Gartensessel sitzend, während sie sich gegenseitig die Beine einrieben. »Deine Mutter hat einfach Mitleid mit mir.« Manchmal verglich ich sie mit meiner Schwester. Ich beobachtete sie im Garten oder aus ein paar Metern Entfernung im Wohnzimmer, wie sie lächelte und lachte, wie sie sich die Ponyfransen aus der Stirn strich oder mit einem Strohhalm ihren Wodka mit Preiselbeeren trank. Dann sah ich mir Darienne an. Während sie malte oder Oboe spielte, beobachtete ich sie, als sähe ich sie zum erstenmal auf einem Ball. Ihre Hände bewegten sich. Sie hatte alle Anlagen, hübsch zu sein, war es aber nicht. Das war das Ergebnis, zu dem ich kam. Zumindest war sie's im Augenblick nicht, so, wie sie sich gab. Sie hatte ein offenes Gesicht, aber sie trug baumwollene Jungenhemden und ließ die Schultern hängen. In der Brusttasche ihrer Hemden hatte sie Oboeblättchen, an denen sie ständig lutschte.
»Du solltest dich aufrecht halten«, sagte Lawrence.
»Damit ich hübscher bin, glaubst du? Lieber würde ich sterben.«
»Nein, das würdest du nicht«, sagte meine Mutter.
»Und du solltest in der Öffentlichkeit nicht immer an diesen Dingern lutschen«, sagte Lawrence.
Darienne preßte die Lippen aufeinander. Immer wenn Lawrence etwas an ihr auszusetzen hatte, kniff sie den Mund zusammen, daß die Lippen fast weiß wurden. Ich dachte, das könnte mit ihrer Epilepsie zusammenhängen, unter der sie seit ihrer Kindheit litt, aber ich war mir nicht sicher. In der High-School war sie besonders betreut worden. Wir haben zwar nie ein Zeugnis von ihr

gesehen, aber ich glaube, daß sie in den meisten Fächern durchgefallen ist. Nicht weil sie nicht intelligent sei, sagte meine Mutter zu Lawrence und mir, sondern weil sie von einer anderen Kraft angetrieben werde. Sie konnte zum Beispiel wunderschön malen – »wie ein *Profi*«, sagte meine Mutter – und spielte im Schulorchester die zweite Oboe. Aber irgendwie machte die Epilepsie sie langsam, nehme ich an. Meine Mutter teilte ihr die Medikamente in kleinen Plastikfläschchen zu, die Darienne auf ihrem Frisiertisch stehen hatte. Irgendwelche Anfälle hatte sie eigentlich nie – die Krankheit war lediglich so etwas wie ihr *petit mal* –, aber sie schlief als Neunzehnjährige noch mit ihren Stofftieren und benutzte eine Bambi-Nachttischlampe – klein und aus Plastik und in der Form eines Rehs.

Obwohl ihr Lawrence nie besondere Aufmerksamkeit schenkte, zeigte Darienne ihm gern alles, was sie machte und gefunden hatte. Fast immer ging sie nachmittags oder abends mit Blättern aus ihrem Skizzenblock hinunter in seine Wohnung im Keller. Sie blieb ein paar Minuten und kam dann wieder herauf.

»Warum zeichnest du nur Linien?« fragte ich sie eines Tages, als sie gerade wieder von ihm heraufkam.

»Tu ich ja gar nicht. Ich zeichne alles mögliche.«

»Ich hab gesehen, wie du nur Linien gezeichnet hast.« Ich packte ihre Hand. »Laß sehen.«

»Edgar, dich interessiert doch gar nicht, was ich zeichne.«

»Es interessiert mich tatsächlich nicht«, sagte ich. »Da hast du recht. Ich will es nur mal sehen.«

Es interessierte mich eben doch. Ich wußte nur nicht recht, ob es daran lag, daß sie meine Schwester war oder

weil irgendwas bei ihr nicht stimmte, auf jeden Fall interessierte es mich. Was sie mir allerdings nicht abnahm. Zu meinem Geburtstag hatte sie mir in dem Jahr ein Tagebuch geschenkt und innen auf das Deckblatt mit reich verzierten, schönen Buchstaben geschrieben: *Ich glaube nicht, daß dich irgend etwas interessiert*. Und darunter stand in kleinen Buchstaben und in Klammern: *Falls es doch etwas gibt, dann schreib es hier hinein*. Darunter hatte sie den »Denker« skizziert. Es war eine gute Skizze, und noch weiter unten auf der Seite stand in noch kleinerer Schrift: *Auguste Rodin*.
Darienne war eine gute Künstlerin. Fast jeden Morgen machte sie Zeichenübungen. Sie saß dann in der Fensternische ihres Zimmers, wo sie unseren Garten und den Bogen des Abflußkanals vor sich hatte und in der Ferne die Berge mit ihrem Elefantengras und den Kiefern, und zeichnete Linien. Sie zeigte sie mir zwar nicht, aber ich sah sie trotzdem, wenn ich bei ihr im Zimmer war. Sie waren gebogen, gerade, unterschiedlich dick, mit der flachen Kante oder der scharfen Spitze des Bleistifts gezogen.
»Die ist aber schön, Dary«, sagte ich eines Morgens, als ich hinter ihr vorbeiging, während sie am Fenster saß und zeichnete. »Wie bist du darauf gekommen?«
An diesem Nachmittag kam sie hinters Haus, wo Lawrence und ich winzige Schrauben und Federn aus dem Motorradvergaser zogen.
»Weißt du, Edgar«, sagte sie, »alle großen Künstler machen Übungen.«
»Deshalb heißt es wohl auch: Übung macht den Zeichner«, sagte ich.
Lawrence lachte.

Sie kniff die Lippen zusammen. »Du weißt ganz genau, was ich meine.« Sie ging um uns herum, bis ihr Schatten auf den Vergaser fiel. »Vielleicht wollt ihr beide jetzt jagen gehen und ein paar Tiere abschießen.«
»Du bist komisch, Dary«, bemerkte Lawrence.
»Ich bin nicht komisch. Ihr zwei seid komisch.« Sie warf einen Erdklumpen in unsere Ölwanne. »Nicht jeder spürt die gleichen Kräfte.«
»Wirst du wohl den Dreck da rausnehmen?« sagte Lawrence.
»Wozu? Damit du weitere acht Stunden darauf verwenden kannst, einen Zylinder auszubauen?«
»Wir sind gerade am Vergaser«, sagte ich.
»Es sieht aber aus, als wäre Lawrence der einzige, der hier was tut.«
Ich löste eine kleine Regulierschraube. »Wenn ich soviel Oboe spielen würde wie du«, sagte ich, »wäre ich Doc Severinsen.«
Ihre Lippen arbeiteten. »Doc Severinsen spielt Trompete.«
»Er spielt auch Oboe.« Ich warf einen Blick auf Lawrence. Ich hatte keine Ahnung.
»Die Oboe spielt man mit einem Doppelrohrblatt«, sagte Dary. »Sie gehört zu den schwierigsten Instrumenten.«
Sie hatte natürlich recht. Daß die Oboe ein ganz schön schwieriges Instrument war, hatte ich schon gehört, und Darienne war ziemlich gut. Sie hätte im Schulorchester auch die erste Oboe spielen können, aber sie spielte die zweite, weil Mr. MacFarquhar, der Dirigent, ihr die Verantwortung nicht übertragen wollte. Es tat mir immer wieder leid, daß ich diese Dinge zu ihr sagte. Doch sie

beschwörte sie selber herauf. Eigentlich wollte ich mich richtig mit ihr unterhalten, aber es klappte nie.
»Ich hoffe, der Dreck verstopft euch den Motor«, sagte sie.

Lawrence dachte sich in diesem Jahr ein Spiel aus, das Darienne haßte und das wir immer spielten, wenn wir mit dem Auto unterwegs waren. Es hieß: »Was würdest du tun?« Lawrence fuhr und machte den Spielleiter. »Du hast mit dem Auto die Paßhöhe eines Berges erreicht«, sagte Lawrence eines Abends, als er am Lenkrad saß, »und plötzlich merkst du unter deiner Schuhsohle, daß das voll durchgedrückte Gaspedal klemmt. Du hast einige gefährliche Kurven vor dir, und der Wagen wird immer schneller.« Er kurbelte das Fenster herunter, schob den Ellbogen nach draußen und stellte den Außenspiegel ein, um uns Zeit zum Nachdenken zu geben. Meine Mutter rutschte auf dem Sitz hin und her.
»Was würdet ihr tun?« fragte er.
»Auf die Bremse treten«, sagte meine Mutter.
»Die läuft schnell heiß.« Er rückte seine Kopfstütze zurecht.
»Lenken wie der Teufel«, sagte Mrs. Silver. Lawrence lächelte.
»Die Tür aufmachen und mich auf die Straße werfen«, sagte Darienne.
»Dabei würdest du nur andere Autofahrer und vielleicht auch dich selber umbringen.« Er betätigte den Blinker und überholte einen anderen Wagen. »Edgar?«
»Den Gang rausnehmen«, antwortete ich.
»Bingo«, sagte er. Er lehnte sich zurück und fing an zu pfeifen.

Auf der High-School war Lawrence ständig in irgendwelchen Schwierigkeiten gewesen. Er hatte Fenster eingeschlagen und Autos gestohlen und einmal – jedenfalls erzählte mir das später einer meiner Lehrer – jemanden mit einem Baseballschläger verdroschen. Ich kannte viele dieser Geschichten, weil die Lehrer sie mir später erzählten. »Du bist der Bruder von Lawrence«, sagten die Älteren unter ihnen noch mehr als zehn Jahre danach zu Beginn eines neuen Schuljahres zu mir. Und dann erzählten sie mir die Geschichte, wie er alle Rasenmäher der Schule gestohlen oder ein Auto in den Mississippi gefahren hatte. Ich hab Lawrence nie nach der Sache mit dem Baseballschläger gefragt, weil ich mir einfach nicht vorstellen konnte, daß mein Bruder so auf einen anderen losgehen könnte. Aber ich fragte ihn nach anderen Geschichten. Einmal hatte er nachts mit seinen Freunden eine Tankstelle aufgebrochen, hatte die Milchkühe eines Farmers vergiftet und zwanzig Hektar Wald in Brand gesteckt. Dann war er bei einem Rennen mit seinem Chevy Malibu aus der Kurve geflogen und im Wohnzimmer eines Hauses gelandet. Aber er blieb unverletzt. Ihm passierte nie etwas. Er hatte einige Jugendstrafen auf dem Buckel und war auf dem besten Weg, wie meine Mutter sagte, auf der falschen Seite des Zauns zu landen. Doch dann, mit seinem achtzehnten Geburtstag, hörte er von heute auf morgen einfach damit auf, wie kochendes Wasser, das vom Herd genommen wird.

Es schien im Grunde nicht möglich, daß jemand sein Verhalten so urplötzlich änderte, aber Lawrence hatte es offensichtlich getan. So erzählte es meine Mutter. »Die Leuchte der Gottlosen wird verlöschen«, sagte sie. Ich war damals sieben Jahre alt. Lawrence sollte eigentlich das Haus verlassen, aber sie ließ ihn bleiben, und in seinem Kopf rastete irgend etwas ein, und er kam zur Vernunft. Er ging nicht mehr aus, seine Freunde fragten seltener nach ihm und schließlich überhaupt nicht mehr. Er ließ sich die Haare schneiden, kaufte einen Satz Hanteln, und mit denen arbeitete er nun jeden Abend, wozu er sich mit entblößtem Oberkörper in seinem Zimmer ans Fenster stellte.

Jahre später, als ich bereits auf der High-School war und nachdem er seinen Computer gekauft hatte, ermahnte er mich immer wieder, bloß keine Dummheiten zu machen. Dabei war ich noch nie in Schwierigkeiten geraten. Ich wollte keine Autos klauen oder Leute verprügeln. »So was will ich überhaupt nicht«, sagte ich.

»Das kommt schon noch.« Er sah mich an. »Ganz sicher – das kommt noch. Sei vorsichtig, wenn es soweit ist.« Und dann, um mir zu zeigen, daß es ihm ernst war, legte er sich die linke Hand auf den Rücken. Meine Mutter hatte, als sie mit Lawrence schwanger war, Beruhigungsmittel genommen, und jetzt hatte er an einer Hand nur zwei Finger. Er legte sie immer auf den Rücken, wenn er etwas Wichtiges sagte. Die verkrüppelten Finger waren an den Knöcheln breit und verjüngten sich zu den Spitzen hin, und sie waren mit einer glänzenden, wachsähnlichen Haut überzogen. Mir fiel es kaum noch auf. Ich erinnere mich, daß meine Mutter einmal sagte, Lawrence' Hand sei das Vermächtnis meines Vaters. Sie sagte, auf die Weise lebe mein Vater in unserem Leben weiter. Ich konnte ihr damals nicht folgen. »Wie meinst du denn das?« fragte ich.

»Die Hand ist gespalten, wie ein Pferdefuß.«

Auf unserer jährlichen Ferienreise im Juni waren wir immer zwei Wochen mit dem Auto unterwegs. In dem Sommer, in dem Lawrence uns verließ, fuhren wir nach Westen, durch Nebraska und Wyoming, dann nach Süden, durch Utah und die Wüste von Arizona, wo wir während der Fahrt nasse Handtücher in den offenen Fenstern hängen hatten. Weiter ging's nach Westen, über den Colorado, dort, wo er breit war, und dann wieder zurück in das Land der Canyons, wo die Erde rot wurde und es farbig geränderte Tafelberge gab. Darienne hatte einen Skizzenblock auf den Knien und zeichnete Zypressen, die sich an die Simse in den Steilabbrüchen klammerten. Schließlich fuhren wir in nördlicher Richtung nach Utah, wo es über den Salzflächen zu Luftspiegelungen kam und die Berge in der Ferne mit Schnee bedeckt waren. Bei jedem Stop durchforschten meine Mutter, Mrs. Silver und Darienne die Umgebung. Sie brachten alles mögliche mit zurück, Bruchstücke aus Holz, getrocknete Samenschoten, Steine mit silbernen Tupfen oder mit Kanten, die wie geschliffen aussahen. Darienne zeigte sie Lawrence. Er stand rauchend am Straßenrand, eine Hand auf der offenen Wagentür, während sie ihm nacheinander zeigte, was sie gefunden hatten. Einen Stein, der wie ein Gesicht aussah, eine Blume, die zu einem staubigen Kastanienbraun getrocknet war. Er zog an seiner Zigarette und besah sich alles. Dann stieg er wieder in den Wagen.

»Das Problem bei unserer Schwester ist einfach«, sagte er zu mir, während wir an einer Tankstelle am Rand von Salt Lake City eine Limonade tranken, »daß sie nicht weiß, was sie mit ihrem Wissen anfangen soll.« Darienne, Mrs. Silver und meine Mutter saßen auf der

anderen Straßenseite auf einem Zaun. Lawrence beugte sich vor und riß ein Blatt von dem Eiskraut ab, das entlang der Tankstelle wuchs. »Nehmen wir nur mal dieses Eiskraut«, sagte er. »Was würde Dary wohl dazu einfallen? Daß es die Farbe des Meeres hat oder so was.« Er sah mich an. »Was würde dir aber dazu einfallen?«
»Daß es zu den Sukkulenten gerechnet wird und Wasser speichert.«
»Ganz richtig.«
Diese Nacht fuhren wir durch bis zum Morgengrauen. Darienne, meine Mutter und Mrs. Silver schliefen auf dem Rücksitz, während ich vorne neben Lawrence saß. Der Große Salzsee lag irgendwo seitlich von uns, und ich hielt im Mondlicht nach ihm Ausschau, konnte ihn aber nicht von den Salzflächen unterscheiden, die sich hier überall ausdehnten, grau und weiß und so eben wie die Oberfläche eines Sees. Die fernen Berge waren bis zum Morgen verschwunden. Flache Tafelberge und Canyons tauchten aus dem Dunkel auf, und wir fuhren bergauf und bergab. Hinter uns wurde der Himmel heller. Lawrence ging das Motorrad mit mir durch, fragte mich ab. Dann waren wir still; die Räder klackten über die Dehnungsfugen in der Straße.
Er sah mich an. »Wissen ist Macht«, sagte er.
»Ich weiß.«
»Ich mach mich auf und hol sie mir.« Er trommelte ein paarmal auf das Lenkrad. »Ich zieh rüber nach Kalifornien.«
Er hatte noch nie vom Weggehen geredet. Ich sah ihn an. »Das ist es also«, sagte ich. »Das wolltest du mir diesen Sommer sagen.«
»Daneben.«

Es war so, daß er Point Bluff ein paar Jahre vorher schon einmal verlassen hatte, allerdings nur, um den Sommer über in Chicago zu arbeiten. Es war das einzige Mal, daß er je weggewesen war. Zwischendurch war er ein- oder zweimal im Monat nach Hause gekommen. Einmal lud er Darienne und mich ein, ihn am Wochenende zu besuchen. Er schrieb, er wolle mit Darienne in eines der besten Museen dieser Welt und mit mir zu einem Spiel der Chicago Cubs, aber meine Mutter ließ uns nicht gehen. Sie sagte, sie traue Chicago nicht. »Die Bibel spricht von solchen Städten«, meinte sie. »Wenn er euch sehen will, kann er nach Hause kommen.«
Er blieb drei Monate.
»Wann kommst du zurück?«
»Ich werd schon eine Weile da draußen bleiben«, sagte er. »Ich steige ins Computergeschäft ein. Bis jetzt hab ich's noch keinem gesagt, Edgar.«
»Wohin willst du?«
»Silicon Valley«, sagte er. »Das müßtest du mal sehen.«
»Wirst du für immer dableiben?«
»Ich komme wieder.«
»Wann?«
Er besprühte die Windschutzscheibe dreimal mit Wasser aus der automatischen Waschanlage und schaltete die Wischer ein. »Edgar«, sagte er. »Denk an das, was wichtig ist.«
Ich sah geradeaus. Vereinzelt standen große Wohnwagen neben der Straße. Ich wußte nie genau, was er meinte, wenn er das sagte. Ich versuchte, die Gedanken eines Siebenundzwanzigjährigen zu denken. »Triffst du dich mit einem Mädchen?«

»Nein.«
Wir fuhren schweigend weiter. Die Straße vor uns war jetzt pechschwarz, eine neue Asphaltdecke. Sie flog geräuschlos unter uns durch. Ich dachte über sein Weggehen nach. Mit siebenundzwanzig war man eigentlich zu alt, um unten im Keller zu leben, aber ich hatte nun schon eine Zeitlang das Gefühl, daß unsere Familie nicht so war wie andere. Andere Familien, die wir kannten, fuhren im Sommer an irgendeinen See. Sie feierten Hochzeiten. Es sah nicht so aus, als ob irgend jemand in unserer Familie je heiraten könnte. Es sah nicht so aus, als ob irgend jemand je weggehen könnte.
»Computer sind brandheiß.«
»Ganz richtig.«
»Und du kannst gut mit ihnen umgehen.«
»Ich kann phantastisch mit ihnen umgehen.«
»Lawrence«, sagte ich, »was wird Mama tun?«
Er drehte sich nach den dreien um, die auf dem Rücksitz schliefen. Dann sah er wieder nach vorn auf die Straße. Er senkte die Stimme. »Wenn ich dir was verrate, kannst du's dann für dich behalten?«
Ich nickte.
Er deutete mit dem Kopf auf den Rücksitz. »Was Mama tut, ist mir gleich.«
»Was?«
Er starrte geradeaus.
»Was?« sagte ich noch einmal. Ich sah ihn von der Seite an. Er hatte die halb indianische Nase, die Darienne meinem Vater auf ihren Bildern gab. Die Stoppeln darunter hätten rasiert werden müssen. Alte Aknespuren ließen seine Haut pockennarbig aussehen. Ich versuchte nachzudenken, *angestrengt* darüber nachzudenken, ob

meine Mutter mir gleichgültig war. Dann blickte ich auf.
»Du hörst dich an wie der letzte Mistkerl.«
Er drehte mir das Gesicht zu. »Bingo«, sagte er. Unter dem Lenkrad klatschte er in die Hände. »Da hast du was Wichtiges. Ich *bin* ein Mistkerl.«
Ich beschäftigte mich mit meinen Fingernägeln.
»Aber das ist es nicht, was ich dir sagen wollte.« Er tippte sich mit dem Zeigefinger an die Stirn. »Immerhin fängst du langsam an zu denken. Und ich will dir gleich noch was sagen.«
»Was denn?«
Er hielt das Lenkrad mit den Knien fest und verschränkte die Arme hinter dem Kopf. Dann warf er einen Blick nach hinten. »Ich hab mit Mrs. Silver geschlafen«, sagte er.
»Was?«
Er legte die Hände wieder aufs Lenkrad und pfiff die ersten Takte des Oboekonzerts von Bellini. Ich sah nach hinten.
»Hast du nicht.«
»Aber sicher. Bei mir im Keller.«
Aus irgendeinem Grund, auch wenn es nichts mit Mrs. Silver zu tun hatte, dachte ich noch einmal darüber nach, ob mir wirklich etwas an meiner Mutter lag. Dann dachte ich darüber nach, ob es überhaupt jemanden gab, an dem mir wirklich etwas lag. Dann dachte ich über Mrs. Silver nach. Ich legte den Arm auf die Rückenlehne. »Hast du wirklich?«
»Frauen fürchten sich vor dem Altwerden«, sagte er.
»Und das heißt?«
»Das heißt, daß du das ausnützen kannst.«
Ich versuchte, nochmals nach hinten zu schielen, ohne mich umzudrehen. Mrs. Silver hatte den Kopf auf der

Rückenlehne liegen. Sie schlief mit offenem Mund, und ich konnte ein Stück ihres Halses sehen. Ihr Mann war ein Säufer. Das wußte ich. Ich wußte auch, daß ihr Mann schon mal im Gefängnis gesessen hatte. Schweigend fuhren wir an einigen Telegrafenmasten vorbei. »Dann war es also das«, fuhr ich schließlich fort, »was du mir diesen Sommer sagen wolltest?«
»Nein.«
Ich konnte mir nicht vorstellen, was noch wichtiger sein sollte. Mrs. Silvers Hals war so weiß wie ein Stück Seife, und sie war praktisch jeden Tag bei uns im Haus. Wenn sie sich die Beine einrieb, glänzten sie wie meine polierten Kupplungsscheiben. Ich hielt den Blick auf die Straße gerichtet und versuchte mir auszudenken, wie es wohl war. Ich stellte mir vor, wie ich eines Nachts davon aufwachte, daß sie flüsternd neben meinem Bett stand. »Edgar«, würde sie mit leiser und sanfter Stimme sagen. »Edgar, ich kann einfach nicht widerstehen.« Auf einer Party hatte ich dieses Jahr einem Mädchen, das zwei Klassen über mir war, an die Brüste gefaßt.
Am Nachmittag waren Lawrence und ich in der Toilette einer Tankstelle. Wir hielten unsere Hände unter den Heißlufttrockner. »Lawrence«, sagte ich. Ich rieb mir ein paarmal die Hände. »Hat *sie* eigentlich *dich* gefragt?«
»Wer soll mich was gefragt haben?«
»Du weißt schon«, sagte ich. Der Trockner lief aus, und ich steckte die Hände in die Hosentaschen. »Hat Mrs. Silver *dich* gefragt?«
»Auf ihre Art schon.«
»Wie denn?«
»So, wie Frauen eben fragen, wenn sie was wollen.«

»Wie fragen Frauen, wenn sie was wollen?«
Er ging hinaus zum Parkplatz, und ich folgte ihm. Wir waren in der Wüste. Der Teer fühlte sich unter meinen Schuhsohlen weich an, und Darienne, meine Mutter und Mrs. Silver saßen auf Handtüchern auf der Kühlerhaube. Mrs. Silver trug ein rückenfreies Oberteil, das so geknotet war, daß es den ganzen Bauch freiließ. »Sie sorgen dafür, daß du an das denkst, was sie wollen«, sagte Lawrence.

Als wir von dieser Ferienreise nach Hause kamen, begann ich mit meinem Tagebuch. Ich hatte bis dahin noch nichts hineingeschrieben. Es hatte einen Kunstledereinband, in den meine Initialen eingeprägt waren, und es war verschließbar. Der Schlüssel hing an einer gelben Schnur. Ich öffnete das Schloß und las noch einmal die Widmung durch. Dann schlug ich die erste Seite auf.
21. Juni, schrieb ich. *Lawrence geht*.
Eigentlich wollte ich etwas über Mrs. Silver schreiben. Ich klappte das Tagebuch zu und holte eine Büroklammer aus dem Schreibtisch. Ich versuchte, das Schloß damit zu öffnen, und hatte Erfolg. Da beschloß ich, nichts über sie zu schreiben.
Darienne klopfte an die Tür und kam herein. »Ich muß dir etwas sagen«, verkündete sie. Sie warf einen Blick auf meinen Schreibtisch. »Du benutzt es tatsächlich.«
»Was mußt du mir sagen?«
»Daß du keinem von dem Zyankali erzählst.« Sie trat hinter mich. »Und auch nichts darüber schreibst.«
»Warum nicht?«
»Es ist nicht mal Zyankali«, sagte sie. »Es ist eine Diätpille. Du hast darüber geschrieben, stimmt's?«

»Schon möglich.«
»Laß sehen.«
Ich klappte das Tagebuch zu und schloß es ab. Sie holte zwei Oboeblättchen aus der Brusttasche und steckte sie in den Mund.
»Du solltest diese Dinger erst abwaschen«, sagte ich.
»Ich wußte, daß du schon darüber geschrieben hast.«
»Nichts hab ich geschrieben. Und überhaupt, was interessiert dich das?«
»Lawrence soll nichts davon erfahren. Er soll nur gute Dinge von mir in Erinnerung behalten.«
»Und wenn er es nun schon weiß? Er weiß doch sonst alles über dich.«
»Das ist nicht wahr.«
»Spielt ja auch keine Rolle.«
»Es spielt sehr wohl eine Rolle.«
Ich sah sie an. Irgend etwas an ihr machte mich immer wütend. Ich wußte nicht, was es war. Sie sah mich an, als sei ich im Begriff, sie zu schlagen. Ich drehte mich zu ihr hin und sah ihr direkt in die Augen. »Es spielt keine Rolle«, sagte ich, »weil er dich sowieso haßt.«
Sie machte einen Schritt zurück und tastete nach dem Türgriff, und einen Moment lang sah es so aus, als würde sie stürzen. Dann ging sie, und ich sah sie erst am Nachmittag wieder, als sie hinters Haus kam, wo Lawrence und ich den Auspufftopf flickten. Sie blieb nicht weit von uns stehen und summte das Bellini-Konzert. Selbst beim Summen wiederholte sie bestimmte Passagen, ging einzelne Takte immer und immer wieder durch, als übe sie. Es war ein warmer Nachmittag, und ich wollte mich durch nichts rausbringen lassen. Ich war dabei, aus einem Glasfibernetz passende Stücke für die Rostlöcher im

Auspuffrohr zu schneiden. Lawrence mischte das Härtungsmittel. Darienne brach ab und wiederholte eine Phrase. Dann wiederholte sie sie noch einmal, lauter.
»Hallo, Dary«, sagte ich.
»Hallo, Edgar. Hallo, Lawrence.«
»Du überquerst gerade ein paar Eisenbahnschienen«, sagte Lawrence.
»Was?« fragte Darienne.
»Du überquerst ein paar Eisenbahnschienen«, wiederholte er, »und in dem Augenblick stirbt der Motor deines Wagens ab.« Er drückte einen Kringel Glasfiberkitt auf den Kunststoffspachtel und vermischte ihn mit dem Härtungsmittel. Darienne summte jetzt nicht mehr. »Du siehst dich um und stellst fest, daß ein Zug hinten um die Ecke kommt. Du stehst mitten auf den Schienen, und der Lokführer wird dich nicht rechtzeitig genug sehen können, um noch zu bremsen.« Mit dem Spachtel nahm er die Masse und drückte sie in das Loch ganz hinten am Auspuff. »Was würdest du tun?«
»Den Motor anlassen«, sagte Darienne.
»Er springt nicht an.«
»Benzin nachfüllen.«
»Er springt trotzdem nicht an. Der Zug kommt näher«, sagte er. Er sah mich an.
Ich rundete an einem quadratischen Stück des Glasfibernetzes sorgfältig die Ecken ab. »Sofort raus aus dem Wagen«, antwortete ich.
»Bingo«, sagte Lawrence.
Darienne machte einen Schritt auf uns zu, streckte ein Bein aus und stieß damit unser Tablett mit den Kleinteilen um. »Mit der Hand kriegst du nie 'n Job«, sagte sie.
Lawrence lachte. »Wie war das?«

»Es ist wunderschön hier draußen«, sagte ich.

»Ich sagte, mit so 'ner Hand kriegst du nie 'n Job.«

Lawrence fuhr herum. »Verfluchtes Biest«, zischte er. Er sammelte ein paar Schrauben ein, die in seine Richtung gerollt waren. Dann griff er sich den Hammer aus dem Werkzeugkasten, und so schnell, daß plötzlich ein vierter, eine andere Person dazusein schien, packte er Darienne und warf sie auf die Erde. Sie fiel auf die Hüfte. Sie lag neben dem Motorrad im Dreck, und er hob den Hammer, direkt über ihrem Gesicht. Einen Moment lang schwebte der funkelnde Hammerkopf über uns. Der Arm meines Bruders war weit zurückgebogen, starr vor Wut. Ich beobachtete ihn genau, sah die Haare und den Schweiß an seinem Handgelenk, sah den Gummigriff des Hammers und seinen Stiel aus rotem Stahl. »American Beauty« stand auf einem Aluminiumband, das unmittelbar unter dem Kopf um den Stiel lief. Ganz oben war eine stilisierte Rose zu sehen, schwarz und silbern. Als sein Arm ganz ausgestreckt war, blitzte sie im hellen Licht kurz auf. Ich sagte nichts. Ich stand hinter ihnen. Darienne schrie auf. Ich ging näher ran und packte Lawrence' Hand.

Aus seinem Arm wich die Spannung, und während sich Darienne neben ihm aufrappelte, ließ er den Hammer aus der Hand fallen. Darienne stand wieder. Ihr Rock war dreck- und ölverschmiert. Sie rieb sich die Wangen, erst die eine, dann die andere. Dann drehte sie sich um und lief ins Haus.

Ich drehte das Tablett um und begann Federn und Schrauben aufzulesen. »Herrgott, Lawrence«, sagte ich.

»Sie kommt schon drüber weg.«

In der Wanne vor mir schwamm Staub auf dem Öl. »Aber du hättest nicht zugeschlagen.«
»Wahrscheinlich nicht.«
»Du kannst doch nicht einfach mit dem Hammer zuschlagen.« Mit einem aufmunternden Lächeln sah ich zu ihm auf. »Sag selber.«
Er nahm den Hammer und legte ihn in den Werkzeugkasten zurück. »Was zum Teufel weißt *du* denn von solchen Dingen«, sagte er.

Wir brachten Lawrence, eine Woche bevor das Baseballtraining anfing, zum Busbahnhof. Er ließ Dariennes Bild zu Hause; er sagte, er werde wiederkommen, um es zu holen. Nach dem Frühstück hängten wir es im Wohnzimmer auf. Lawrence verabschiedete sich von Caramel, und wir stiegen in den Dodge meiner Mutter und fuhren zum Busbahnhof.
Als der Bus kam, half ich ihm mit seinem Gepäck. Der Fahrer verstaute seinen Seesack unten im Gepäckraum, und ich brachte seinen Koffer, der unserem Vater gehört hatte, zu seinem Platz. Der Bus war innen blau und roch nach Rauch. Es gab kein Oberlicht. Lawrence setzte sich ziemlich weit nach hinten neben eine Frau mittleren Alters. Der Fahrer stieg wieder ein. Ich sah Darienne und meine Mutter vorn bei der Tür stehen. Lawrence ging zu ihnen und küßte meine Mutter. Ich sah, daß auch Darienne sich von ihm küssen ließ. Ich stieg aus.
Als sich der Bus in Bewegung setzte, hielt meine Mutter Dariennes Arm umklammert. »Wann kommt er wieder?« fragte Darienne.
»Er wandelt auf den Wegen seines Vaters«, sagte meine Mutter.

»Dary, du konzentrierst dich nicht auf das, was wichtig ist«, sagte ich.
Der Bus fuhr Richtung Highway, und wir sahen ihm noch eine Weile nach, ehe wir in unseren Wagen stiegen. Auf dem Heimweg hielten wir an und aßen ein Eis. Abends kam Mrs. Silver herüber und trank mit meiner Mutter hinterm Haus Wodka mit Preiselbeeren. Ich trank auch einen, ohne Eis, und war danach leicht betrunken. Darienne blieb im Haus.
Ich saß auf einem Gartenstuhl aus Aluminium, und während mir vom Alkohol die Finger kribbelten, dachte ich an eine Zeit, da ich mich an meinen Bruder kaum noch würde erinnern können. In zwei Tagen würde er in Kalifornien sein. Und ich würde dann so lange, wie ich mir das überhaupt nur vorstellen konnte, mit meiner Mutter und meiner Schwester in diesem Haus leben. Ich wußte, ich würde die Arbeit an dem Motorrad nie zu Ende bringen. Es würde draußen im Hof liegen, und der Rost würde sich irgendwann in den Motor fressen. Doch das störte mich nicht. Ich sah zu meiner Mutter hinüber. Sie rührte die Eiswürfel in ihrem Glas um. Darienne war wahrscheinlich auf ihrem Zimmer und zeichnete eine Linie nach der anderen, veränderte mal die Helligkeit, mal die Stärke. Es begann zu dämmern. Ich hatte den Eindruck, daß sie alle – Darienne, meine Mutter und Lawrence – eine Verletzung erlitten hatten, die an mir irgendwie vorbeigegangen war. Ich trank wieder von meinem Preiselbeerwodka. Ich fand das Leben ganz in Ordnung, auch jetzt, am Tag, an dem mein Bruder uns verlassen hatte. Ich fand es sogar angenehm, und ich nahm an, daß es – trotz allem, was sie sagte – wahrscheinlich auch Mrs. Silver so vorkam.

Ich schaute sie an. Sie saß zurückgelehnt auf einem Liegestuhl und las in der Zeitung. Lawrence' Weggehen schien ihr nichts auszumachen. Ich hatte es auch nicht erwartet. Sie war nicht wie meine Mutter, und sie war nicht wie Darienne oder Lawrence. Sie ließ das Leben einfach über sich ergehen. Es zerfloß über ihr wie Wachs. Ich fragte mich, ob *ihr* an irgend jemandem wohl etwas lag. Sie sah zu mir herüber, während ich sie beobachtete; ihr Mund war von den Preiselbeeren rot umrandet.

Ich lächelte. Sie lächelte zurück. Ich stand auf und ging ins Haus, und nachdem ich mir eine Weile unser neues Gemälde angesehen hatte, ging ich nach oben zu meiner Schwester. Als ich in ihr Zimmer kam, brannte nur die Bambi-Nachttischlampe. Sie beleuchtete die Fußleiste. In ihrem schwachen gelben Lichtschein sah ich Darienne auf dem Bett liegen. Sie hatte die weißen Beine an die Brust gezogen und weinte. Ich ging hinüber und setzte mich zu ihr.

»Hallo, Dary.«

Sie sagte nichts. Eine Zeitlang saßen wir nur da. Sie wiegte den Oberkörper vor und zurück.

»Du solltest nicht so traurig sein«, sagte ich. »Er hat doch nur auf dir rumgehackt.«

»Das ist mir gleich.«

Wir saßen wieder ein paar Minuten da. Ich dachte nach. Dann lehnte ich mich neben ihr zurück. »Dary«, sagte ich, »du bist an einem sehr heißen Tag mit dem Auto unterwegs.« Ich roch das Kräuter-Shampoo in ihren Haaren. »Bei gut vierzig Grad Außentemperatur fährst du einen Berg rauf, und auf halber Höhe merkst du, daß die Temperaturanzeige am Armaturenbrett auf Rot steht.« Ich stand vom Bett auf, ging ein paar Schritte

durchs Zimmer, kam zurück. Ich kratzte den Dreck unter meinen Fingernägeln hervor. »Was würdest du tun?«
»Edgar, ich bin deine ältere Schwester.«
»Na los, komm schon.«
Sie zog die Knie an die Brust.
»Der Motor läuft heiß.«
»Ich weiß nicht, was ich tun würde«, sagte sie.
Ich ließ mich wieder aufs Bett sinken. Aneinandergedrängt lagen wir auf der Steppdecke. Und dann, so dicht neben ihr, fing auch ich an zu weinen. Ich dachte an Lawrence. Am Abend vorher war ich in seine Wohnung gegangen. Ich ging fast nie zu ihm nach unten. Der Computer war in einer Kiste, und seine Kleider lagen zusammengefaltet in Stapeln auf seinem Bett. Die Haustür stand offen, und die Sonne war am Untergehen; wir gingen vor die Tür und standen dann zusammen auf der Treppe. Er las Kieselsteine auf und warf sie in den Hof.
»Also, mach's gut«, sagte ich.
»Na klar.«
»Wann kommst du zu Besuch?«
»Kann sein, daß ich vorläufig nicht zurückkomme«, sagte er.
»Vorläufig nicht.«
»Richtig.«
»Mit der Honda werd ich schon fertig.«
»Gut.«
Dann kam Darienne aus dem Haus. Sie ging an Lawrence vorbei und stellte sich zwischen uns. »Ich muß dich was fragen, Edgar«, sagte sie.
»Was denn?«
»Ich will wissen, ob er zugeschlagen hätte.«

Ich lachte, sah seinen Rücken vor mir.
»Sag es mir.«
Ich lachte wieder und wandte mich an Lawrence. »Hättest du zugeschlagen?«
»Ich hab *dich* gefragt«, sagte Darienne.
»So was kannst du mich nicht fragen, Dary. Du kannst mich doch nicht einfach fragen, ob jemand anders irgendwas getan hätte.« Ich legte ihr eine Hand auf den Arm.
»Sag es mir.«
»Dary, das kann ich nicht. Ich kann dir nur sagen, was *ich* getan hätte.« Ich bückte mich und las ein paar Kieselsteine auf. »Wirklich, Dary, du hast unsere ganzen Kleinteile auf die Erde gekippt. Jetzt sind sie voller Dreck. Und wir haben Sand im Getriebe. Ich kann dir nicht sagen, was Lawrence getan oder nicht getan hätte.«
»Hätte er zugeschlagen?«
»Ich kann es dir nicht sagen.«
Lawrence schleuderte einen Kieselstein über die Hecke. »Sag ihr, was du glaubst«, schlug er vor.
Sie sah mir in die Augen. Ich wollte das Thema wechseln, aber mir fiel nichts ein. Ich lächelte. Ich gab mir alle Mühe, darüber nachzudenken. »Ja«, sagte ich. »Ich glaube, er hätte es getan.«
Darienne machte kehrt und ging zurück ins Haus. Ich blieb hinter Lawrence stehen, aber ich war überzeugt, daß er lächelte. Ich warf die Kieselsteine, die ich in der Hand hatte, einen nach dem anderen über die Hecke.
»Glaubst du, *du* hättest zugeschlagen?« fragte er. Er drehte sich nicht um.
»Nein«, antwortete ich.
Er lachte still vor sich hin. Ich dachte, er wolle noch et-

was sagen, aber es kam nichts mehr. Er öffnete die Hand und ließ die Kieselsteine fallen.
»Weißt du, worauf ich immer noch warte?« fragte ich.
»Du wartest darauf, daß ich dir sage, was ich dir diesen Sommer sagen wollte.«
»Ganz richtig.«
»Also gut.« Er drehte sich um und sah mich an. »Du bist genauso ein Mistkerl wie ich«, sagte er.
»Was?«
»Oh, ja, du hättest auch zugeschlagen. Du weißt es nur noch nicht.« Er zeigte mit dem Finger auf mich. »Doch wenn je mal was schiefgeht, wirst du dich genauso mies benehmen wie ich. Und wie jeder andere auf der Welt. Du weißt es nur noch nicht, weil bisher alles in Ordnung war. Du hältst dich für einen netten Kerl und glaubst, ohne Schaden davongekommen zu sein. Aber du kannst nichts dagegen machen.« Er klopfte sich an die Brust. »Du hast es im Blut.«
»Das wolltest du mir immer sagen?«
»Bingo«, sagte er.
Dann drängte er sich an mir vorbei und ging in seine Wohnung. Ich folgte ihm und blieb in seiner Tür stehen. Ein Wind war aufgekommen, und ich steckte die Hände in die Hosentaschen. Er stand mit dem Rücken zu mir und packte wortlos Hemden in eine Schachtel. Er hatte eine Jeansjacke an und dazu eine khakifarbene Hose mit Bügelfalten. Schweigend standen wir in seiner dunkler werdenden Wohnung, und ich versuchte mir vorzustellen, wie die Welt für ihn wohl aussah.

DER TERRIER,
DER DIAMANTENKÄUFER

Was ist das eine, das man nie tun sollte? Aufgeben? Kommt ganz drauf an, mit wem man redet. Stehlen? Betrügen? Den Inhalt einer verbeulten Dose essen? Myron Lufkins Vater, Abe, sagte einmal zu ihm, er solle sich nie im Krankenhaus die Temperatur messen lassen. Nimm dein eigenes Thermometer mit, sagte er, du solltest mal sehen, wie die ihre abwaschen. Er mußte es wissen: Während seiner Zeit an der Yeshiva University arbeitete er als Krankenpfleger, schob Patienten auf Rollbetten durch die Klinik, säuberte stählerne Instrumente. Myron kennt alle Krankenhausgeschichten seines Vaters und alle seine Regeln. Natürlich gibt es auch Dinge, die man tun *sollte*. Zum Essen sollte man sich immer hinsetzen. Bei Regenwetter einen Hut tragen. Was noch? Bei einer Prügelei nie den anderen zuerst zuschlagen lassen. Bestimmte Gebote sind unantastbar. In zweiunddreißig Jahren hatte Myron Lufkin nie erlebt, daß sein Vater keine Antwort gewußt hätte.

Das heißt, bis zu dem Tag vor fünf Jahren, an dem er vom Albert Einstein College of Medicine zu Hause anrief und seinem Vater klarmachte, er habe genug, er höre auf, er gehe weg: »*Kaputt*«, sagte er. Auch heute noch ruft Myron – mittlerweile lebt er in Boston, hat seinem Judentum abgeschworen und besitzt einen Ausweis für die öffentliche Sporthalle, wo er Basketball spielt und, nachdem er ein paar Runden gedreht hat, noch etwas schwimmt – jede zweite Woche zu Hause an. Die Anrufe erinnern ihn, immer wenn er seinen Vater im Schlaf überrascht, an diesen Tag vor fünf Jahren, als er ihm mitteilte, er wolle nun doch kein Arzt werden.

So etwas teilte man einem Abe Lufkin nicht einfach mit, einem Mann, der sich einst am Wahltag im November drei Fünfkiloketten um die Brust geschlungen hatte und beim Aquatic Park in die San Francisco Bay gesprungen war, um fast die ganzen drei Kilometer rüber nach Marin zu schwimmen. Sie mußten ihn dann zwar aus dem schäumenden, kalten Wasser ziehen, bevor er den Strand erreichte – aber ihm ist zugute zu halten, daß er kein ganz junger Mann mehr war. Am nächsten Tag war er im *Chronicle* auf einer der Innenseiten zu sehen: mit dampfendem Leib steht er, Wasser spuckend und zitternd, im Sand. Neben ihm ist Rachel, Myrons Mutter, zu sehen, in einem Pullover und ausgebeulten wollenen Hosen. Noch heute hat Myron den Zeitungsausschnitt in einem seiner alten, in Seidenpapier gewickelten Schmetterlingsschaukästen in einer Schublade in Boston.

An dem Tag, an dem Myron vom Albert Einstein aus zu Hause anrief, um zu sagen, daß drei Jahre Studium und Kosten, drei Jahre seines Lebens vergeudet waren, konnte er sich gut vorstellen, wie seinem Vater das Blut in den Kopf schoß. Aber er wußte, was ihn erwartete. Er blieb standhaft, obwohl er den eigenen Pulsschlag im Hals spüren konnte. Itzhak, mit dem er sein Zimmer teilte, stand, eine Hand auf Myrons Schulter, hinter ihm und rauchte eine Zigarette. Aber Abe weigerte sich schlicht, ihm zu glauben.

Myron erwartete auch gar nicht, daß er das tat: Schließlich hatte Abe keine Ahnung, was »aufgeben« bedeutete. Wäre sein Vater Kapitän, dachte Myron, dann würde er im Fall der Fälle mit seinem Schiff untergehen – singend und prahlend und das Meer verhöhnend, das über seinem Kopf zusammenschlug –, und das war in Myrons Augen kein glorreicher Tod. So was zeugte lediglich von Dickköpfigkeit. Sein Vater war in jeder Hinsicht ein Dickkopf. Als Junge in der Bronx zum Beispiel, als alle mit Besenstielen auf der Straße so eine Art Baseball spielten, hatte sich Abe für Basketball entschieden. Außer ihm spielte das fast niemand. Damals, ließ Myron sich von Abe erzählen, ging man zu den Yankees, wenn sie gegen Detroit antraten, und feuerte Hal Greenberg an, in der Hoffnung, daß er den Ball über den Zaun beförderte, und wenn es ihm gelang, redete man darüber und sagte, die *gojischen* Schiedsrichter hätten den Ball, wäre er nicht so exakt über die Mitte des Feldes geflogen, bestimmt im Aus gesehen. Zu Abes Zeiten wurde Baseball von Männern namens McCarthy, Murphy und Burdock gespielt, und Basketball spielte eigentlich überhaupt niemand, allenfalls die sehr, sehr großen und linkischen Jungen. Bis auf Abe Lufkin. Er hatte die Finger eines Preisringers, und er nahm seinen Basketball mit ins Bett. Vielleicht war es seine Liebe zu diesem Sport, die viele Jahre später den Wunsch nach einem Kind in ihm weckte. Als Myron geboren wurde, nagelte Abe einen Korb über das Garagentor. Das ist mein Junge, sagte er, mein *Mensch*. Er fing an, mit ihm Basketball zu spielen, als Myron neun war. Aber eigentlich konnte man da von Spielen noch nicht reden. Als Myron in die fünfte Klasse kam, hegte Abe große Träume in seinem schon kahl werdenden Apothekerkopf. Vor dem Abendessen saß er in den Gartenmöbeln aus Aluminium und zählte die einhundert Korbleger mit, die Myron von jeder Seite ausführen mußte. Einhundert von links. Einhundert von rechts. Keine Fehlwürfe.

Aber es zahlte sich aus. An der Woodrow Wilson High-School war Myron der Star. Zwei Punkte für Myron mit einem schwierigen Distanzwurf. Ein verdeckter Paß von Myron direkt unter den Korb. Myron nimmt gegnerischen Dribblern so geschickt den Ball ab, daß sie es erst gar nicht merken und ins Leere laufen. Myron rettet den Sieg, blockt den entscheidenden Wurf in der Schlußsekunde ab. Es war eine Show. Vor den Spielen stand er allein unterm Korb, hielt seine Zehen umklammert und lockerte die Muskeln in den Oberschenkeln. Er wußte, daß Abe auf der Tribüne saß. Sein Vater war immer schon da, noch bevor die Mannschaften in die Halle kamen. Er setzte sich ganz außen in die erste Reihe, und Rachel mußte auf der entgegengesetzten Seite Platz nehmen. Zur Halbzeit tauschten sie dann die Plätze. So konnte Abe den Korb, auf den sein Sohn gerade warf, immer voll im Blick behalten.

Nach den Spielen wartete Abe im Auto auf Myron. Rachel saß hinten, und wenn Myron einstieg, redete Abe über das Spiel, bis die Scheiben angelaufen waren oder bis Rachel schließlich sagte, es sei ungesund, so in der Kälte herumzusitzen. Dann wischte Abe die Scheiben ab, setzte den Wagen in Bewegung, und sie fuhren nach Hause, eingehüllt in die warme Luft, die von der Heizung zwischen den Sitzen hervorgeblasen wurde.

Abe war immer der Überzeugung gewesen, daß die Lungen den eigentlichen Kern des menschlichen Körpers darstellten, und um Myron fürs Basketballspielen in Form zu halten, forderte er ihn von Zeit zu Zeit zu einem Wettkampf im Luftanhalten heraus. Sie saßen sich dann, ohne zu atmen, am Küchentisch gegenüber, und zwischen ihnen stand eine Eieruhr. Myron schaffte es allerdings nie, seinen Vater zu schlagen; wie ein Kugelfisch bei Ebbe hielt Abe den Atem an. Myron tränten die Augen, er spürte ein Pochen in den Schläfen, die Lunge wollte bersten, während ihn sein Vater die ganze Zeit nur anschaute und ihm gelegentlich zublinzelte. Er zwang Myron, die Niederlage laut einzugestehen. »Gibst du auf?« flüsterte Abe, als die Hälfte des Sandes durch die Uhr gerieselt war. Myron schluckte, preßte die Lippen aufeinander und starrte auf den Sand, der durch den engen Hals rann. Ein paar Sekunden später sagte Abe wieder: »Gibst du auf?« Myron drückte die Beine zusammen, hielt die Hände vor den Mund, stand auf, setzte sich hin und ließ endlich die Luft explosionsartig heraus. »Ich gebe auf«, sagte er und saß dann da, bis die Eieruhr abgelaufen war und auch Abe ausatmete.

Es hatte diese Art von Besessenheit bei den Lufkins schon immer gegeben, diese heilige Achtung vor den Angelegenheiten des Leibes. Was waren schon Kriege oder politische Reden, gemessen an der Bedeutung von Körpertemperatur, Lungenkapazität oder Beinmuskulatur, die es einem ermöglichte, statt des Aufzugs die Treppen zu benutzen? Abe erzählte Krankenhausgeschichten, weil für ihn nichts von so grundlegender Bedeutung war wie, daß man seine Bronchien sauberhielt oder sich zwischen den Zehen abtrocknete. Alle den Körper betreffenden Streitpunkte waren rasch und endgültig geklärt, wenn Abe Myron den übelriechenden Pilz zwischen seinen ei-

genen Zehen zeigte oder die *Encyclopaedia Britannica* aufschlug und ihm Bilder von Fadenwürmern, Syphilis oder Hautausschlägen präsentierte.
Alle religiöse Inbrunst in der Familie konzentrierte sich auf die Anbetung des Körpers. Rachel zündete am Freitagabend keine Kerzen an, und für Myron gab es kein Bar-Mizwa. Statt dessen galt die Hingabe der Gesundheit. So war das nun mal bei Abe. Doch zuweilen schwankte er, und das waren fast die einzigen Gelegenheiten, bei denen Myron ihn unsicher erlebte – abends, wenn er Zeitung las und über den Staat Israel redete, oder manchmal am Freitag spät, wenn er im dunklen Wohnzimmer stand und auf den Gehweg hinaussah, wo die Gemeinde grüppchenweise in Wollmänteln und *Jarmulkes* vorbeikam. So was verdarb Abe die Laune. Im Frühjahr nach Myrons fünfzehntem Geburtstag erklärte er ihm, er schicke ihn im Juli für einen Monat in ein judaistisches Ferienlager in die Berge. Sie waren draußen auf der Veranda, als Abe ihm das eröffnete.
»Wie bitte? Ein judaistisches Ferienlager? Das kann ich einfach nicht glauben.«
»Was kannst du nicht glauben?«
»Ich geh in kein judaistisches Ferienlager.«
»Was sagst du da? Oh, doch, du gehst. Du hast nicht mehr Religion als die *Gojim*. Ich habe das Geld bereits überwiesen.«
»Wieviel Geld?«
»Fünfzig Dollar.«
Damit ging Abe von der Veranda ins Haus, und das war das Ende der Debatte. Myron war klar, er würde dort hinmüssen, im heißen, strahlenden Juli. Das war Abes Art der Auseinandersetzung. Er machte nicht viele Worte.

Wenn man ihn umstimmen wollte, halfen keine Argumente, sondern man ging mit Fäusten und Knien auf ihn los. So erwartete er es von der Welt, und so brachte er es auch seinem Sohn bei. Einmal, als Myron vierzehn war, hatte Abe ihn in eine Bar mitgenommen, und als der Rausschmeißer ihn nicht hatte reinlassen wollen, sagte Abe: »Das ist mein *Mensch*, er wird nichts trinken«, und schob ihn vor sich her durch die Tür. Später, als sie in der Schlange darauf warteten, ihre Drinks wieder rauszupinkeln, erklärte ihm Abe, mit Fremden könne man tun, was man wolle, weil sie keine Lust hätten, sich zu schlagen. »Präg dir das ein«, sagte er.
Und am Tag, nachdem er Myron die Sache mit dem judaistischen Ferienlager eröffnet hatte, kam Abe auf die Veranda heraus und sagte: »Myron, du bist inzwischen ein Mann, und ob du ins Ferienlager gehst, entscheiden wir jetzt, wie es sich für Männer gehört.«
»Wie bitte?«
»Wir entscheiden das, wie es sich für Männer gehört. Wir veranstalten ein Rennen.«
»Das geht nicht.«
»Was soll das heißen, das geht nicht? Selbstverständlich geht das. Wir laufen von hier bis an die Straßenecke da vorn. Wenn ich gewinne, gehst du.«
»Ich will nicht gegen dich laufen.«
»Was denn, willst du eine längere Strecke? In Ordnung. Dann laufen wir eben zweimal.«
Darauf ging Abe ins Haus, und Myron blieb auf der Veranda sitzen. Er hatte keine Lust, im heißesten Monat des Jahres Judaismus zu pauken, aber er wußte auch, wenn er seinen Vater besiegte, dann war das so ähnlich, wie wenn man einen alten König vom Thron stößt. Was

konnte es bringen, mit einem alten Mann um die Wette zu laufen? Er ging die Straße hinunter, lockerte seine Beinmuskulatur und sprintete zur Ecke. Dann lief er zurück zum Haus, setzte sich auf die Stufen und kam zu dem Schluß, daß es gar nicht so schlimm war, im Juli in die Berge zu gehen. Am Nachmittag kam Abe in langen Hosen und schwarzen Schuhen mit Gummisohlen aus dem Haus, und er und Myron stellten sich an einer der quer verlaufenden Linien auf dem Gehweg auf und rannten los, und Abe gewann um Längen. Abes heftiges Schnaufen und das Trommeln seiner harten Schuhe auf dem Beton waren so geräuschvoll, daß Myrons ruhiger Atem gar nicht auffiel. Im Juli packte Myron Abes alte schwarze Stoffreisetasche und stieg in den Bus, um in die Berge zu fahren.

Doch was Abe Myron lehrte, war nicht nur die kämpferische Einstellung, es war einfach alles. Es war die Art und Weise, wie er siebenunddreißig Jahre lang zur Arbeit ging, ohne auch nur einmal zu spät zu kommen, wie er Rachel behandelte, seine Braut seit ungezählten Jahren, die für ihn nähte und kochte und putzte, für welchen Lohn? Dafür, daß sie Woche für Woche am Sonntagabend essen gingen, ein so uraltes Ritual, daß Myron auch dann nicht davon loskam, als er von zu Hause wegzog. Für dieses sonntägliche Essen also und einen neuen Diamanten jedes Jahr. Es war eine Ehrensache, eine Erwartung. Klar, daß sich Abe das mit seinem Apothekergehalt eigentlich nicht leisten konnte. Er kaufte ihr Ringe, Halsketten, Armbänder, Broschen, Haarnadeln, Ohrringe, Medaillons – ein Geschenk am Ende eines jeden Jahres, und das nun schon wie lange? Seit fast vierzig Jahren? Einmal hatte Rachel eine leichte Hepatitis und

verbrachte die Feiertage im Krankenhaus. Am ersten Abend des Chanukka-Festes machte Abe zusammen mit Myron einen Besuch bei ihr, und im Krankenzimmer zog er ein mit einem Diamanten besetztes kleines Armband heraus und gab es ihr, seiner Frau, die da im Bett lag. Was ist schon der Wert eines Diamanten, fragte er Myron später im Auto, gemessen an der Gesundheit des Leibes?
Zwei Jahre danach versuchte Abe dann die San Francisco Bay zu durchschwimmen. Aber davor kamen noch andere Dinge. Im Alter von vierundfünfzig hatte er in einer Kneipe wegen politischer Meinungsverschiedenheiten eine Schlägerei. Jawohl, eine Schlägerei. Als er nach Hause kam, hielt er ein Taschentuch um die Handknöchel gewickelt. An der Backe hatte er einen purpurroten Bluterguß, der selbst nach Jahren nicht verschwinden wollte, sondern nur langsam nach unten wanderte und sich als schwarzer Fleck seitlich am Kiefer festsetzte. Das war der Tag, an dem er Myron sagte, er solle bei einer Prügelei nie den ersten Schlag abwarten. Du mußt immer als erster zuschlagen, sagte er. Myron war damals sechzehn; er saß in der Küche und beobachtete, wie sein Vater Jod in die aufgeplatzte Haut hinter seinen Knöcheln rieb. Der Geruch hing noch Tage danach in der Küche, Krankenhausgeruch, der die Kleider des Vaters und seinen Kleiderschrank nicht mehr verlassen sollte. Vielleicht war es Myron bis dahin nur noch nicht aufgefallen, aber an dem Tag fing sein Vater an, alt zu riechen.
Myron war bestürzt. Schon damals beschäftigte er sich mit dem Leben. Er wollte alles erhalten, sammelte Schmetterlinge, die er im Sommer auf den Ferienreisen der Familie fing. Die Regale in seinem Zimmer waren voll

von Schwalbenschwänzen und Monarchfaltern, gegen Glasscheiben gepreßt, und auf ihren Flügeln lag immer noch der kristallene Staub. Später auf dem College studierte er Biologie, Zoologie und Entomologie, sah in Dinge hinein und beobachtete das Leben.

Einmal, als Myron noch ein Junge war, hatte Abe bei einer Fahrt durch Colorado am Rand einer tiefen Schlucht angehalten. Als sie ausstiegen, sahen sie, wie auf der gegenüberliegenden Seite der Schlucht die Felsen vier-, fünfhundert Meter weit in die Tiefe reichten, ein farbiges Bild aus dichtem, grünem Gestrüpp, wildwachsenden Blumen, Säulen aus rotem Ton und, ganz unten, einem türkisfarbenen Fluß. An den steilen Felswänden war kein einziges Tier zu sehen, nirgends in der Schlucht die geringste Bewegung. Abe sagte, das Leben könne sich überall behaupten, selbst an Klippen wie diesen, und das sei ein Wunder. Doch Myron sagte nichts. Was sich nicht bewegen konnte, was nicht fliegen oder schwimmen oder laufen konnte, das besaß für ihn kein echtes Leben. Das war es, was ihn interessierte: das echte Leben. Sein Vater interessierte ihn, mit seinen Gerüchen und körperlichen Anstrengungen, mit dem wandernden Bluterguß im Gesicht.

Als Myron Jahre später sein Medizinstudium begann, fiel ihm gleich am ersten Tag der stechende Geruch der Antiseptika auf, wie von dem Jod, mit dem Abe nach jener Schlägerei seine Knöchel behandelt hatte. An diesem ersten Tag, als ein ganzes Semester neuer Medizinstudenten dem Dekan der medizinischen Fakultät bei seinem Grußwort zuhörte, fiel Myron nichts anderes auf, als daß der Raum roch wie sein Vater.

Das Medizinstudium glich einem Berg von Fakten, einem gewaltigen Koloß aus Granit, übersät mit Ausbissen und verborgenen Spalten. Physiologie. Anatomie. Histologie. Mehr Fakten, als er sich je würde einprägen können. Die achtundzwanzig Knochen der Hand zu kennen, schien Myron ein kostbares und besonderes Wissen, aber da gab es noch die Arme und Schultern mit ihren Knochen und Sehnen und Muskelgruppen, dann die ganze komplizierte, extravagante Brusthöhle und den Kopf und den Unterleib und die Beine. Myron versuchte eigentlich nie, das alles zu lernen. Doch es war nicht so sehr die Fülle des Stoffes als vielmehr der Ort, an dem er sich zum Lernen aufhalten mußte. Die Anatomielabors rochen stark nach Formaldehyd, die Kliniken nach einer Mischung aus Reinlichkeit und Tod. Und alles erinnerte Myron an Männer, die alt wurden, und so kostete es ihn drei Jahre lang nicht allzuviel Kraft, bewußt zuwenig zu studieren. Er ließ das Wissen um sich her anwachsen, in Notizbüchern, Schnellheftern, Schreibblöcken, auf Servietten und Schecks – überall, nur nicht in seinem Kopf. Sein Zimmer war mit Zetteln übersät, die er niemals las. In einem Brief nach Hause schrieb er einmal, Medizin zu studieren gleiche dem Versuch, Wasser aus einem Feuerwehrschlauch zu trinken.

Aber so etwas wollte Abe auch hören. Bei einer Fahrt durch die Sümpfe von Florida war Abe eines Tages auf drei Männer gestoßen, die versuchten, ein herrenloses Auto, um das sie ein Seil geschlungen hatten, aus einem Schlammloch zu ziehen. Nur das Dach und der obere Teil der Fenster ragten aus dem Schlamm, aber Abe stieg trotzdem aus und half den Männern ziehen. Sein Gesicht verfärbte sich rot, und seine Bauchmuskeln zitterten so

heftig, daß Myron sie trotz des Hemdes sehen konnte. Myron konnte damals nicht verstehen, warum sein Vater sich so sinnlos abmühte, ja, er verstand auch nicht, warum er Männern ein unbrauchbares Auto bergen half, die er noch nie gesehen hatte. Erst viel später wurde ihm klar, daß Abe solche Dinge tat, weil er es einfach liebte, sie zu tun.
Myron indessen wollte nicht weiterstudieren. Dabei waren es nicht die üblichen Gründe, die ihn das Medizinstudium abbrechen ließen, weder der Zeitaufwand noch das ewige Lernen. Es war etwas Unscheinbareres, aber gleichzeitig Stärkeres, das, wie ihm vage bewußt war, mit Abe zu tun haben mußte. Vielleicht sah er in den hustenden alten Männern, deren Herzschlag über den Schirm des Oszillographs flatterte, den eigenen Vater. Doch was ihn schreckte, war nicht Abes Tod. Ein Herzstillstand oder Gehirntumore oder plötzliche Blutgerinnsel waren Reaktionen des Körpers, und als solche – davon war er seit langem überzeugt – waren sie gut. Der Tod hatte, wenn alles schnell ging, nichts Beunruhigendes für ihn. Die verfetteten Leichen in den Anatomielabors waren für Myron nur Objekte, und daß sie tot waren, hatte keine Bedeutung. Er hatte in seinem Leben nur ein einziges Mal über den Tod nachdenken müssen, und das war in seiner Kindheit gewesen, als eines Nachts jemand anrief, um Abe wegen seiner Tante in Miami Beach Bescheid zu sagen. Am nächsten Morgen hatte er seinen Vater unten beim Kaffeetrinken angetroffen. »Das Leben gehört den Lebenden«, hatte Abe gesagt, und schon damals begriff Myron den Ernst seiner Stimme. Es war offenkundig, daß einem der Tod nur wenig bedeutete, wenn die eigenen Herzmuskeln noch gut waren, und daß

man um tote Menschen, lagen sie erst mal unter der Erde, nicht trauern mußte. Außerdem gab es in den Anatomielabors kein Blut. Die Leichen waren grau und unterschieden sich, wenn man sie aufschnitt, durch nichts vom gekochten Schenkel eines Truthahns. Sie hatten nichts von der geschmeidigen Fleischigkeit, nichts von der rosigen Farbe, nichts von den Gerüchen und Ausscheidungen, die vom Leben kündeten.

Nein, was Myron beunruhigte, war nicht der Tod; es war der rasante Niedergang des lebenden Körpers – die Muskeln, die schlaff wurden und unter Falten verschwanden, der modrige Geruch von Männern mittleren Alters. Er sehnte sich danach, daß irgendein Achtzigjähriger aus seinem Rollstuhl aufstand und den Gang hinunterlief. Einmal hatte sich ein voll Medikamente gepumpter Koronarpatient, ein sechzigjähriger Mann, von den Infusionsschläuchen befreit und fuhr auf seinem Rollbett im Zickzack über den Gang, bis Myron ihn aufhielt. Als Myron die Blutflecken in den Augen des alten Mannes sah, hätte er ihn in seinem Triumph am liebsten auf der Stelle in die Arme geschlossen. Das war der Grund, weshalb Myron das Medizinstudium aufgeben wollte. Er haßte das Dahinschwinden des Geistes.

Also ließ er zu, daß sich die Arbeit um ihn her anhäufte. Im dritten Jahr hatte er das Gefühl, daß ihn die Wände der Hörsäle und die naß gewischten Klinikböden gegen seinen Willen irgendwie festhielten. Fünfzigjährige, die nicht mehr gehen konnten oder deren Eingeweide bluteten und zerfielen, empfand Myron als Verräter am Menschengeschlecht. Er war überzeugt von der Macht des Geistes über den Körper.

Im Winter seines dritten Studienjahres fing er an zu joggen. Erst drei, vier Kilometer am Tag und später dann ausgedehnte Zehnkilometerläufe durch die Hügel und Wohngebiete in der Umgebung des College. Er lief am frühen Morgen, wenn die Luft noch eisig war, so daß er die Kälte in der Lunge spüren konnte. Im November und Dezember und, nach den Feiertagen, im Januar lief er jeden Morgen, bis ihm im Februar, als das Gras unter seinen Schritten noch immer wie Glas brach, eines Morgens klar wurde, daß er ewig laufen könnte. An diesem Morgen lief er einfach weiter. Er dachte an Itzhak, wie er bereits mit zwei Tassen Kaffee am Tisch saß, und er lief weiter bis auf den Gipfel eines Berges und beobachtete, wie sich unter ihm die Straßen mit dem morgendlichen Verkehr füllten. Und weiter ging's, umweht vom fernen Blöken der Autohupen und dem Pfeifen des Windes. Er dachte an das Krankenhaus, an die Assistenten, die gerade hereinkamen, übermüdet, blaß, und an die Studenten im dritten Jahr, die den Ärzten von Zimmer zu Zimmer folgten. Er trat nur mit den Ballen auf und spürte keine Ermüdung.

Als er zurück in die Wohnung kam, saß Itzhak beim Mittagessen. Myron holte eine Packung Milch aus dem Kühlschrank und trank im Stehen, ohne Glas.

»Hast du schon mal daran gedacht, daß du mich auf die Weise infizieren könntest?«

Myron stellte die Milch ab und beobachtete das Zucken der Muskeln in seinen Oberschenkeln. Itzhak zündete sich eine Zigarette an.

»Das paßt mal wieder«, sagte Itzhak. »Wo zum Teufel warst du?«

»Hypoxie. Sauerstoffmangel im Gehirn. Du weißt ja, wie leicht man jedes Zeitgefühl verlieren kann.«

»Sieh dich vor«, sagte Itzhak. »Du bekommst noch Ärger.«
Am Tag darauf besuchte Myron die Vorlesungen und machte die Runden durch die Krankenzimmer mit, aber am Abend lief er wieder und stolperte über die unbeleuchteten Wege, und von da an, während der nächsten Wochen voll eisiger, windstiller Tage, lief er morgens während der Vorlesungen und verbrachte den Nachmittag in einem Park in der Nähe seiner Wohnung. Dort gab es einen Basketballkorb mit einem metallenen Brett und einem aus Ketten geknüpften Netz, und manchmal mischte er sich unter eine Gruppe von Jugendlichen, die sich im Werfen übten oder ein Spiel über das halbe Feld machten. Anschließend lief er dann wieder. Es machte ihm Spaß zu schwitzen, wenn die Luft so kalt war, daß das Gras spröde wurde, wenn man beim Einatmen jedesmal das Gefühl hatte, einen Schluck eiskaltes Wasser zu trinken. Nach einiger Zeit ignorierte Itzhak sein regelmäßiges Verschwinden. Doch eines Tages fühlte er ihm, als er zurück nach Hause kam, den Puls. »Verdammt noch mal, Myron, du warst also laufen.« Seine Professoren versuchten, unter vier Augen mit ihm zu reden, und Myron sah deutlich, wie sie ihm dabei in die Pupillen starrten. Aber er ignorierte sie. Eines Abends kam er erst sehr spät nach Hause und nahm, triefend vor Schweiß, den Telefonhörer ab, wählte und hörte am anderen Ende der Leitung die verschlafene Stimme seines Vaters. »Pa«, sagte er, »hier ist es *kaputt*.«

Warum wollte er denn gerade jetzt aufgeben? Warum rief er an einem Donnerstagabend um halb elf an, wo Abe und Rachel gerade in den ersten traumreichen Schlaf sanken?

Myron hörte die Überraschung, die Sprachlosigkeit. Er hörte Rachel, wie sie Abe aufforderte, sich zu beruhigen und ihr den Hörer zu geben. Er stellte sich vor, wie Abe das Blut ins Gesicht schoß und wie er anfing, zu atmen wie an jenem Morgen, als sie ihn aus dem schäumenden Wasser der San Francisco Bay gezogen hatten. Rachel nahm das Telefon und redete, und Myron, der ja den größten Teil seines Lebens bei seinem Vater gelebt hatte, wußte, daß Abe schwarze Socken aus der Schublade nahm und sie sich über die Füße zog.
Als Myron am nächsten Morgen um sieben die Wohnungstür öffnete, saß Abe davor, auf dem Schoß die Reisetasche aus schwarzem Stoff. Hellwach blockierte er den Weg aus der Wohnung.
»Was soll das denn!«
»Wen sonst hast du erwartet? Soll ich einfach zusehen, wie du alles wegwirfst?«
»Pa, ich hab *niemanden* erwartet.«
»Nun, ich bin gekommen, und jetzt bin ich hier, und ich hab für diesen Flug einen irren Preis gezahlt. Glaubst du, ich hab nicht mehr genug Puste, um mit meinem Sohn zu streiten?«
»Ich wollte gerade laufen.«
»Ich komme mit. Wir werden diese Sache regeln.«
»Okay«, sagte Myron, »dann los«, und in seinem warmen Trainingsanzug, die Kapuze über den Kopf gezogen, führte er Abe durch die Gänge des Gebäudes hinaus auf die Straße. Die Erde war vom Nachtfrost steinhart, der Morgen eiskalt und windstill. Als sie unter der Markise am Eingang standen, hatte Abe immer noch die schwarze Reisetasche in der Hand.
»Ich wollte eigentlich laufen.«

»Es wird dir nichts schaden, erst eine Weile zu gehen.«
Es war kalt, also gingen sie schnell. Abe trug das, was er im Winter immer trug – einen schwarzen Hut, Handschuhe, Galoschen und einen Mantel, der nach Regen roch. Myron musterte ihn verstohlen von der Seite. Er wollte seinen Vater ansehen, ohne sich nach ihm umzudrehen, wollte sein Gesicht sehen, den schwarzen Bluterguß am Kiefer, die Schultern. Er versuchte den Körper unter den Kleidern zu sehen. Abes Arm schwang mit dem Gewicht der Reisetasche vor und zurück, und Myron, der ihn aus den Augenwinkeln heraus beobachtete, bemerkte zum erstenmal die kugelförmige Ausbuchtung unter dem schwarzen Tuch.
Sie gingen wortlos nebeneinanderher, und Myron sah den Atem in Wolken aus Abes Mund kommen. Inzwischen hatte der Berufsverkehr eingesetzt, und das Eis, schwarz und tückisch, krachte unter ihren Füßen. Die Straßenlaternen verlöschten, und in der Ferne bellten Hunde. Sie kamen zu dem Park, in dem Myron nachmittags immer Basketball spielte.
»Du hast also den Ball mitgebracht«, sagte Myron.
»Vielleicht willst du einige Korbwürfe machen, es wird dich beruhigen.«
»Du denkst doch nicht an irgendwelche Spielchen, oder?«
»Ich hab ihn nur für den Fall mitgebracht, daß du ein bißchen werfen willst.«
Abe machte den Reißverschluß auf und holte den Basketball aus der Tasche. Sie betraten das Spielfeld. Er ließ den Ball auf dem vereisten Boden einmal aufspringen und gab ihn Myron. Myron ließ ihn auf einem Finger kreisen, dribbelte ein wenig auf dem Eis. Er beobachtete Abe. Er

konnte nicht unter den Mantel sehen, aber Abes Gesicht schien in die Länge gezogen, die Backen leicht aufgedunsen, der Bluterguß hing schlaff an seinem Kiefer.
»Wie wär's mit ein paar Korbwürfen, Pa? Das macht warm.«
»Glaubst du, das brauch ich? Dann paß mal auf.« Er zog den Mantel aus. »Gib mir den Ball.«
Myron warf ihm den Ball zu, und Abe dribbelte ein wenig, ohne die Handschuhe auszuziehen. Er stand in der Nähe der Freiwurflinie, dann drehte er sich um, brachte den Ball auf Hüfthöhe und warf, und während er Myron noch den Rücken zukehrte, um dem Ball nachzusehen, tat Myron etwas Unglaubliches – er duckte sich, machte drei Sätze und hechtete seinem Vater von hinten in die dünnen, sehnigen Knie. Abe stürzte rückwärts über ihn. Was mochte Myron dazu getrieben haben, so etwas zu tun? Ein Medizinstudent, fast ein Arzt – was zum Teufel sollte das? Aber Myron kannte seinen Vater. Abe war ein Preisboxer, ein Terrier. Myron wußte, daß er seinen Schädel abschirmen würde, daß er sich herumwälzen und den Sturz mit den Schultern abfangen und sofort wieder auf den Beinen sein würde, in geduckter Stellung und kampfbereit. Myron war nach dem Aufprall auf dem Eis weggerutscht, und als er sich wieder aufrappelte und umdrehte, lag sein Vater flach auf dem Rücken. Er rührte sich nicht mehr.
»Pa!«
Abe lag so steif und ausgestreckt da, wie Myron noch nie einen Menschen hatte daliegen sehen. Er sah aus wie sein eigener Leichnam.
»Bist du denn völlig verrückt geworden?« sagte Abe heiser. »Ich glaube, es ist gebrochen.«

»Was? Was ist gebrochen?«
»Mein Rückgrat. Du hast deinem alten Herrn das Rückgrat gebrochen.«
»Unmöglich, Pa, das kann nicht sein! Kannst du deine Zehen bewegen?«
Der alte Mann konnte nichts bewegen. Er lag am Boden und starrte Myron an wie ein gestrandetes Meerestier. Ach, Pa. Myron sah die unnatürliche Starrheit in seinem Leib, in den stämmigen Beinen und dem harten, vorstehenden Bauch.
»Hör mal, Pa«, sagte Myron, »bleib jetzt ruhig liegen.« Dann drehte er sich um, denn er wollte Abes Mantel holen, doch als er gerade einen Schritt gemacht hatte, legte Abe – Abe, der Terrier, der Diamantenkäufer, der Mann, der nie aufgab – eine Hand um Myrons Fuß und ließ ihn aufs Eis stürzen. Dreckskerl! Simulant! Er rappelte sich auf und drückte Myrons Schultern auf den Boden. »Schwindler!« rief Myron. Er kämpfte mit dem alten Mann, versetzte ihm Kopfstöße und versuchte, ihn aus dem Gleichgewicht zu bringen, aber Abe krallte sich fest und stemmte sein ganzes Gewicht gegen Myrons Schultern. »Falschspieler!« schrie Myron. »Betrüger!« Er verlagerte das Gewicht und versuchte, Abe auf die Seite zu wälzen, aber sein Vater hielt die Beine gespreizt und drückte Myrons Hände auf den Boden. »Feigling«, sagte Myron. Abes Handgelenke preßten sich in Myrons Arme. Die Knie gruben sich in seine Oberschenkel. »Dieb«, flüsterte Myron. »Schuft.« Kaltes Wasser drang ihm von unten durch die Kleider, und Abe keuchte ihm heisere Dampfwolken ins Gesicht, und auf einmal wurde Myron klar, daß sein Vater sich vorbeugte und ihm etwas ins Ohr sagte.

»Gibst du auf?«
»Wie bitte?«
»Gibst du auf?«
»Du meinst, werde ich mein Studium fortsetzen?«
»Das meine ich.«
»Mann«, sagte Myron, »du bist verrückt.«
»Ich will eine Antwort.«
Myron dachte nach. Während sich sein Vater über ihn beugte, ihn mit Knien und Ellbogen auf den Boden drückte, ihm seinen dampfenden Atem ins Gesicht blies, dachte er darüber nach. Und er dachte auch an andere Dinge: Das ist mein Vater, dachte er. Dann: Das ist mein Leben. Er lag eine ganze Weile da, während das kalte Wasser seine Kleider durchdrang, und erinnerte sich an alles mögliche – die Tausende und aber Tausende von Korblegern, den Geruch einer Leiche, das Rennen an jenem strahlenden Aprilnachmittag. Dann dachte er: Was kannst du schon machen? Da über uns sind Wolken, und unter uns ist nichts als Eis und Erde. Er sagte: »Ich gebe auf.«

STERN-DELIKATESSEN

Im Sommer, als ich achtzehn wurde, geschah es zum erstenmal, daß ich meine Eltern beide enttäuschte. Sonst hatte gewöhnlich den einen enttäuscht, was den anderen freute. Wenn ich als Kind auf der Straße Hockey spielte, statt zur Schule zu gehen, weinte meine Mutter, und mein Vater ging später mit mir vor die Tür, um mich zu fragen, wie viele Tore ich geschossen hatte. Wenn ich hingegen den Samstag auf dem Dach über unserem Geschäft verbrachte und den Wolken nachschaute, statt im Lagerraum Crackerschachteln zu zählen, ging mein Vater mit mir nach hinten, um mir einen Vortrag über Arbeit und Disziplin zu halten, und meine Mutter ermunterte mich, auch weiterhin nach Dingen Ausschau zu halten, die sonst niemand sah.
Das war ihre Theorie. Meine Mutter glaubte, Männer wie Leonardo da Vinci und Thomas Edison hätten einfach so lange auf ganz normale Gegenstände gestarrt, bis sie etwas Neues entdeckten, und so konnte durchaus eines Tages ein großer Mann aus mir werden, wenn ich nur weiterhin zum Himmel hochsah. Sie war überzeugt, daß mich eine große Neugier trieb. Mein Vater dagegen glaubte, daß ich der Arbeit im Lagerraum aus dem Weg gehen wollte.
Die Arbeit im Lagerraum war – wie alle Arbeiten, die in einem Lebensmittelgeschäft anfallen – ein wichtiges

Thema in unserer Familie. Unser Geschäft nannte sich »Stern-Delikatessen«, und als Reklame drehte sich auf dem Dach ein leuchtender Stern. Seine Stromkreise summten, und seine gelben Spitzen, so dick wie meine Knie, verschwammen im träge zerfließenden Licht der Glühbirnen. In Sommernächten versammelten sich ganze Wolken von Insekten um ihn herum und verbrannten dann scharenweise auf dem heißen Glas. Eine meiner Aufgaben bestand darin, aufs Dach hinauszusteigen – auf die schrägabfallende Seite mit der Rinne und dem Blick auf die westliche Hälfte von Arcade, Kalifornien – und den Stern von ihnen zu befreien. Nachts, wenn sich ihre schwarzen Leiber vom Glas abhoben, wenn der Wind den sumpfigen Geruch vom New Jerusalem River herüberwehte, ging ich hinauf ins Dachgeschoß, kroch aus dem Gaubenfenster und glitt über die Schindeln hinüber zu dem Masten, der wie ein Blitzableiter in die Dunkelheit ragte. Mit einem nassen Lappen wischte ich die Junikäfer und kleinen Motten ab, bis alles wieder gelbweiß war und vor Feuchtigkeit dampfte. Anschließend drehte ich mich um und ließ meinen Blick über Arcade schweifen, über die helle Hauptstraße und meine schwach beleuchtete High-School in der Ferne und weiter bis an die niedrigen Hügel, wo neben den Bordsteinen reihenweise Eichen wuchsen und Mädchen in ihren eigenen Kabrios zur Schule fuhren. Wenn mein Vater gelegentlich zu mir aufs Dach heraufkam, um über den Laden zu reden, richteten wir unseren Blick auf die roten Ziegeldächer oder die kleinen blauen Rauchwolken, die an warmen Abenden von den Holzkohlengrills aufstiegen. Während hinter uns der saubere Stern summte und flimmerte, sprachen wir über Lockangebote

oder die Möglichkeit, Dattelpflaumen in hübschen Dreiecken zu stapeln.
Im Sommer allerdings, als ich meine Eltern beide enttäuschte, redete mein Vater mit mir über viele ganz andere Dinge. Wenn wir zusammen auf dem Dach waren, mußte ich immer auch in die andere Richtung blicken, nicht nach Westen zu den Hügeln mit ihren blauen Rauchwölkchen, sondern nach Osten auf den übrigen Teil der Stadt. Wir krochen dazu über den Giebel, so daß ich über die dunkle Gasse hinweg, wo im Mondlicht Wäsche auf der Leine hing, auf die Viertel blicken konnte, die jenseits der Route 5 lagen. Es war die Gegend, wo mitten in der Woche nachmittags Männer auf den Bordsteinen saßen, wo in den Hinterhöfen alte Autos aufgebockt waren, verrostet und ohne Räder.
»Eines Tages wirst auch *du* auf einem dieser Bordsteine landen«, sagte mein Vater.
Gewöhnlich starrte ich noch intensiver in die Wolken, wenn er so etwas sagte – er und meine Mutter stritten sich manchmal darüber, was ich wohl machte, wenn ich stundenlang auf dem Dach saß –, und hoffte, es könnte ihn verwirren, wenn ich unablässig die erstaunlichen Wolkenränder ansah. Meine Mutter glaubte, ich stehe kurz davor, irgend etwas in der Atmosphäre zu entdecken, und ich war mir sicher, daß sie meinem Vater davon erzählte. Als er das nächste Mal aufs Dach kam und auf die Gegend jenseits der Route 5 zeigte und wieder davon redete, daß auch ich eines Tages dort landen würde, blickte ich noch angestrengter in den Himmel.
»Mir machst du keine Sekunde lang was vor«, sagte er.
Er war zu mir hochgekommen, weil ich jemand etwas aus dem Laden hatte stehlen lassen.

Solange wir den Stern auf dem Dach hatten, glaubte meine Mutter, ihr einziger Sohn werde es zumindest zu begrenzter Berühmtheit bringen. Begrenzt deshalb, weil sie der Meinung war, echte Visionen destillierten sich erst allmählich heraus und seien somit nicht gleich von jedermann richtig einzuschätzen. Ich begriff das kurz nach der Installation des Sterns, als ich eine Stunde lang über die Dächer und Schornsteine schaute, statt meinem Vater zu helfen, eine Lieferung Milch und Molkereiprodukte im Lagerraum zu verstauen. Es war ein heißer Tag, und die Milch stand auf der Laderampe, während er im Laden und nebenan in unserer Wohnung nach mir suchte. Als er heraufkam und mich fand, hatte er einen roten Nacken, und seine Schritte ließen die Dachbalken zittern. In meinem Alter wurden mir gewisse Fehler noch zugestanden, aber ich hatte den Molkereiwagen kommen sehen und wußte, ich hätte unten sein müssen. Um so mehr überraschte es mich dann, als später, nachdem alles verstaut war, meine Mutter zu mir kam – ich war inzwischen damit beschäftigt, mit einer Zerstäuberflasche das Blattgemüse zu besprengen.

»Dade, ich möchte nicht, daß dich irgend jemand von dem abhält, was du eigentlich tun solltest.«

»Tut mir leid«, sagte ich. »Ich hätte gleich wegen der Milch runterkommen sollen.«

»Nein, so hab ich das nicht gemeint.« Und dann erklärte sie mir ihre Theorie vom begrenzten Ruhm, während ich weiter Kohl und Salat besprühte. Es war das erste Mal, daß sie mir ihre Vorstellungen erläuterte. Die berühmtesten Männer der Welt, sagte sie, Präsidenten und Kaiser, Generäle und Patrioten, seien Männer von volkstümlichem Ruhm, Männer, die die Welt regierten, da ihre Gedanken jedem einleuchteten und von jedem verstanden werden könnten. Aber daneben gebe es auch den begrenzten Ruhm. Newton und Galileo und Enrico Fermi seien Männer von begrenztem Ruhm, und wie ich mit dem Zerstäuber in der Hand so dastand, kamen ihr die Tränen, und sie versicherte mir, sie wisse in ihrem Herzen, daß auch ich eines Tages ein Mann von begrenztem Ruhm sein werde. Ich war zwölf Jahre alt.

Nach diesem Tag fand ich heraus, daß ich der Arbeit im Lagerraum bis zu einem gewissen Grad aus dem Weg gehen konnte, wenn ich auf dem Dach blieb und in die feinen Schichten der über Arcade treibenden Stratuswolken schaute. In der *Encyclopaedia Americana* las ich alles über Zirrus- und Kumulus- und Gewitterwolken, über Inversionsschichten und Strömungen – wie die Strömungen auf hoher See –, und nachmittags ging ich dann nach oben und beobachtete. Der Himmel, so begriff ich, war etwas Veränderliches. Er war mehr als nur eine blaue Fläche. In einem Wirbel aus Blütenstaub und Sonnenlicht begann er sich zu verwandeln.

Oft sah ich vom Dach aus, wie mein Vater aus dem Laden kam und auf der gegenüberliegenden Straßenseite den Gehweg fegte. Durch die Telefonmasten und gekreuzten Starkstromleitungen sah er zu mir herauf, und seine Bewegungen mit dem Besen waren kurz und heftig, als hackte er festen Boden. Es ärgerte ihn, daß meine Mutter mich dazu ermunterte, auf dem Dach zu sitzen. Er war ein kleiner Mann, geradeheraus und mit klaren Vorstellungen, wie man in der Welt am besten zurechtkam, und er glaubte, daß Gott nur zwei Dinge belohnte: Höflichkeit und harte Arbeit. Und daß er für Leute, die einfach nur in den Himmel starrten, nichts übrig hatte. Im Verkehr lobte mein Vater gute Fahrer, und in Restaurants gab er gute Trinkgelder. Er kannte seine Kunden mit Namen. Niemals verkaufte er verdorbenes Gemüse. Er schüttelte viele Hände, sah jedem in die Augen, und wenn wir freitags abends ins Kino gingen, wollte er, daß wir in der ersten Reihe saßen. »Warum sollte ich dafür bezahlen, anderen über die Schulter zu sehen?« sagte er. Das Kino machte ihn gesprächig. Auf dem Weg zurück zum Auto legte er die Hände auf den Rücken und grüßte jeden, der vorbeikam. Er lächelte. Er machte eine Bemerkung über die Schönheit des Abends, als wäre er der Admiral oder Pilot aus dem Film, den wir gerade gesehen hatten. »Den Leuten gefällt es«, sagte er. »Das ist gut fürs Geschäft.« Meine Mutter war still; sie hielt die Arme vor der Brust verschränkt, als sei ihr kalt.

Ich ging gerne ins Kino, weil ich mir vorstellte, ich würde alles tun, was auch die Helden taten – ich beschloß, bei Morgengrauen anzugreifen, ich schwamm die halbe Nacht gegen die seewärts gerichtete Strömung an –, aber wenn wir dann wieder nach draußen kamen, war ich jedesmal enttäuscht. Aus der ersten Reihe erschien mir das Leben wie eine klare Kette von Entscheidungen, aber nachher auf der Straße wurde mir bewußt, daß die Welt überall um mich her existierte und ich nicht wußte, was ich wollte. Die abendliche Stille und die Normalität und Gewöhnlichkeit der menschlichen Stimmen verschreckten mich.

Wenn ich auf dem Dach stand und in die Wolkenschichten am Horizont schaute, verblaßten die Straßengeräusche oft in genau die gleiche Gewöhnlichkeit. Eines Nachmittags kam mein Vater aus dem Geschäft und blickte zu mir herauf. »Du bist ja wie in Trance«, rief er.

Ich sah kurz zu ihm hinunter und fixierte dann wieder den Horizont. Einen Moment wartete er, dann warf er von der anderen Straßenseite einen Stein zu mir herauf. Er hatte den Arm eines Baseballspielers und hätte mich treffen können, wenn er gewollt hätte, aber der Stein flog an mir vorbei und krachte auf die Schindeln. Meine Mutter kam trotzdem sofort aus dem Laden und bremste ihn. »Ich wollte ihn vom Dach haben«, hörte ich meinen Vater später zu ihr sagen, und seine Stimme war dabei genauso aufrichtig, wie wenn er mit einem Gemüseverkäufer verhandelte. »Wenn jemand mit Steinen nach ihm wirft, kommt er herunter. Er ist nicht blöd.«
Ich empfand das als Kompliment, aber meine Mutter setzte sich schließlich durch, und von da an konnte ich auf dem Dach bleiben, solange ich wollte. Um meinen Vater zu beschwichtigen, putzte ich den Stern, und obwohl er sehr oft zum Fegen nach draußen kam, forderte er mich nicht mehr auf herunterzukommen. Ich dachte an den begrenzten Ruhm und verbrachte viel Zeit damit, den Himmel zu beobachten. Bei genauem Hinsehen war er ein Meer aus Wellen und wechselnden Farben, Windspuren und Barrieren, und nach einiger Zeit lernte ich, ihn so zu betrachten, daß er als Ganzes auf mein Auge traf. Es war eine einzige blaue Flüssigkeit. Stundenlang starrte ich in dieses blasse Blau und suchte – ohne zu wissen, was. Ich suchte nach Linien oder Sektoren, nach den Rautenformen von Tagessternen. Manchmal flogen silberne Jets vom Luftwaffenstützpunkt jenseits der Hügel in einem Winkel zur Sonne, daß sie wie kleine Blitzlichtlampen am Horizont blinkten. Es gab jedoch nichts, was einen bleibenden Eindruck bei mir hinterließ, nichts hatte die strahlende Leuchtkraft weißen Lichts oder ei-

ner Explosion, die meinen Vorstellungen gemäß eine Entdeckung begleiten mußte, und so änderte ich schließlich meine Vorstellungen. Ich stand nur noch auf dem Dach und starrte geradeaus. Als meine Mutter nachfragte, erzählte ich ihr, daß ich möglicherweise etwas Neues entdecken würde, aber daß es viel Zeit erfordere, eine solche Veränderung zu bemerken. »Das geht langsam«, sagte ich ihr. »Das kann Jahre dauern.«

Als ich sie das erste Mal etwas stehlen ließ, schrieb ich es meiner Überraschung zu. Ich arbeitete gerade an der vorderen Kasse, als sie hereinkam, eine hagere, große Frau in einem buntkarierten Kleid, das nicht mehr ganz neu aussah. Sie ging direkt zu dem Regal, wo es Brot und Cracker zu herabgesetzten Preisen gab, weil das Verfallsdatum fast erreicht war, und nahm sich einen Laib Roggenbrot. Dann drehte sie sich um und sah mir in die Augen. Wir ließen den Blick nicht voneinander, bis sie wieder aus dem Laden war. Durch den blauweißen Schriftzug im Schaufenster, *Ein Himmel voller Stern-Delikatessen*, sah ich sie die Straße überqueren.
Es waren noch zwei, drei andere Kunden im Laden, und über den Kartoffelchips erblickte ich den Besenstiel meiner Mutter. Mein Vater war hinten im Lager, um Hähnchenteile auszupacken. Niemand außer mir hatte sie kommen oder gehen sehen. Ich schloß die Kasse ab und trat in die Ecke, wo meine Mutter fegte.
»Ich glaube, da war ein Ladendieb.«
Meine Mutter hatte beim Fegen immer einen fahrbaren Abfallbehälter dabei. Sie machte den Deckel zu, stellte den Besen ab und wischte sich mit dem Taschentuch übers Gesicht.

»Du hast ihn nicht festhalten können?«
»Es war eine Sie.«
»Eine Lady?«
»Ich konnte ihr nicht nachlaufen. Sie kam herein, nahm einen Laib Roggenbrot und ging wieder.«

Ich war schon vielen Ladendieben nachgelaufen. Gewöhnlich waren es Jugendliche mit Turnschuhen und Mänteln, die für das Wetter zu warm waren. Ich verfolgte sie durch den Laden und durch die Tür nach draußen, dann zur nächsten Querstraße und um die Ecke, während sie versuchten, alles, was sie geklaut hatten – Schokoriegel, Lutscher –, in die Büsche neben dem Gehweg zu werfen. Sie heulten, wenn ich sie erwischte, und flehten mich an, ihren Eltern nichts zu sagen. Beim erstenmal, sagte mein Vater, machst du ihnen richtig angst. Beim zweitenmal holst du die Polizei. Ich packte sie am Kragen und brachte sie ins Geschäft zurück. Dann setzte ich sie auf einen unbequemen Stuhl im Lagerraum und hielt ihnen den Vortrag, den mein Vater entworfen hatte. Er stand auf einer blauen Karteikarte, die an der Tür klebte. *Weißt du eigentlich, was du getan hast?* fing er an. *Weißt du, was es heißt zu stehlen?* Ich gewöhnte mir an, zwischen den Fragen eine Pause einzulegen, auf und ab zu gehen und dabei einen Blick auf die Karte zu werfen. »Laß dir Zeit, die Angst muß sich entwickeln können«, sagte mein Vater. Darin war er Experte. Er redete nie mit ihnen, bevor er nicht noch Gemüse abgestaubt oder an der Kasse ein, zwei Frauen abgefertigt hatte. »Warum sollte ich meine Arbeit wegen eines Bengels unterbrechen, der mich bestiehlt?« fragte er. Wenn er dann endlich in den Lagerraum kam, bewegte und äußerte er

sich wie ein Polizist, der einen Unfall aufnimmt. Er hatte eine langsame, bedächtige Art. Zuerst fragte er mich, was sie gestohlen hatten. Falls ich das Diebesgut gerettet hatte, hielt er es ins Licht und drehte es in den Fingern, als sei es von großem Wert. Dann öffnete er die Tür zum Kühlraum und ging mit dem Jungen hinein, um ihm inmitten gefrorener Rinderhälften einiges über Gesetze und Strafen zu erzählen. Dabei ging er auf und ab und stieß beim Atmen Dampfwolken in die Luft.
Am Ende brachte ihn meine Mutter gewöhnlich dazu, die Missetäter laufenzulassen. Einmal, als er bei einem Jungen, den er schon zum drittenmal erwischt hatte, nicht dazu bereit war und bereits die Polizei verständigt hatte, während der Junge zitternd im Lagerraum saß, rief ihn meine Mutter nach vorn in den Laden zu einem Kunden. Unter dem silbernen Samowar, der meiner Großmutter gehört hatte, bewahrten wir im Lagerraum einen Schlüssel zum Hinterausgang auf, und während mein Vater noch vorne im Laden war, kam meine Mutter nach hinten, holte den Schlüssel heraus und schloß die Tür auf. Dann beugte sie sich zum Ohr des Jungen vor. »Lauf weg«, sagte sie.

Als sie das nächste Mal in den Laden kam, lief es wieder genauso ab. Mein Vater war am Gemüsestand, um Avocados nachzufüllen. Meine Mutter war hinten und hörte Radio. Es war Nachmittag. Ich hatte eine Kundin an der Kasse und tippte die Beträge ein. Während ich die Milchpackungen unten in die Tasche legte, blickte ich auf, und da war sie wieder. Ihre grauen Augen sahen mich an. Sie hatte zwei Dosen Ananassaft in den Händen, und beim Hinausgehen hielt sie einer alten Frau die Tür auf.

An diesem Abend stieg ich wieder aufs Dach, um den Stern zu putzen. Die Luft war klar. Es war warm. Als ich das Glas saubergewischt hatte, trat ich nach vorn an die Dachrinne und sah in die Ferne, wo sich kleine türkisfarbene Rechtecke – beleuchtete Swimming-pools – von den Hügeln abhoben.
»Dade...«
Es war die Stimme meines Vaters, die von der anderen Seite des Dachfirsts herüberklang.
»Ja?«
»Komm einmal herüber.«
Ich kletterte das nicht sehr steile Dach hoch, stieg über den First und dann auf der anderen Seite vorsichtig hinunter, bis sich seine Silhouette von den Lichtern der Route 5 abhob. Er rauchte. Nebeneinander standen wir am Rand des Schindeldachs. Vor uns donnerten Lastwagen, deren Anhänger wie Schiffsmasten an den Rändern beleuchtet waren, auf der Interstate vorbei.
»Werf mal einen Blick über den Highway«, sagte er.
»Okay.«
»Was siehst du?«
»Autos.«
»Was noch?«
»Lastwagen.«
Eine Weile sagte er gar nichts. Er zog ein paarmal an seiner Zigarette, kniff dann mit den Fingern die Glut ab und steckte den Rest zurück in die Packung. Einige Motorräder fuhren vorbei, ein Auto mit nur einem Scheinwerfer, ein Bus.
»Weißt du, was es heißt, in einer alten Hütte zu leben?« fragte er.
»Nein.«

»Du willst bestimmt nicht, daß du eines Tages dort landest. Aber das kann verdammt leicht passieren, wenn du nicht weißt, was du willst. Weißt du, wie leicht?«
»Leicht«, sagte ich.
»Du mußt einfach wissen, was du willst.«
Jahrelang versuchte mein Vater schon, mir Tüchtigkeit und Fleiß beizubringen. Seit meinem neunten Lebensjahr quetschte ich immer den letzten Tropfen aus dem Wischer, bevor ich ihn in den Besenschrank zurückstellte, zählte ich das Wechselgeld immer zweimal, fegte auch unter dem überstehenden Rand der Gemüsebehälter, obwohl der Schmutz dort für keinen Kunden zu sehen war. Fleiß war die Grundlage dafür, sagte mein Vater, daß »Stern-Delikatessen« nicht mehr der kleine Laden an der Ecke war – mit vier Regalen und einem Eisschrank –, sondern das größte Lebensmittelgeschäft in Arcade. Als ich acht war, hatte er die bankrotte Tankstelle nebenan gekauft und mit Anbauten die Ladenfläche so vergrößert, daß es nun neun Gänge zwischen den Regalen gab, getrennte Kühlbehälter für Molkereiprodukte, alkoholfreie Getränke und Bier, einen Gemüsestand mit mehreren Böden übereinander, eine Fleisch- und Wursttheke mit Glasfront, einen halbtags arbeitenden Metzger und auf dem überdachten Teil der ehemaligen Tankstelle kostenlose Parkplätze. Als ich in die High-School kam, zogen wir in die Wohnung im Haus daneben, und während der Mahlzeiten unterhielten wir uns über mögliche Verbesserungen im Laden. Bald erfand mein Vater ein Ordnungssystem zum leichteren Auffinden der verschiedenen Waren. Er blieb eine ganze Nacht auf, und am nächsten Morgen war an der Decke des Ladens ein Koordinatensystem zu sehen. Es war eine Art Raster, von A bis

J und von eins bis zehn. Wochenlang hatte er Tropfen blauer Farbe in den Augenwimpern.

Ein paar Tage danach klebte meine Mutter fluoreszierende Sterne in einige der Quadrate an der Decke. Mit Sternbildern kannte sie sich gut aus, und sie hielt sich bei dem, was sie an die Decke klebte, sehr genau daran, auch wenn sie wußte, daß die Deckenbeleuchtung im Laden Tag und Nacht brannte, so daß ihre Sterne unsichtbar bleiben mußten. Tatsächlich sahen wir sie nur ein einziges Mal, ein paar Monate später, als der Strom ausfiel und sie überall im Laden in verschwommenen Gruppierungen aufleuchteten.

»Weißt du, warum ich sie dort hingeklebt habe?« fragte sie mich am Abend des Stromausfalls, als wir unter ihrem blassen Licht standen.

»Nein.«

»Wegen der Idee.«

Sie war voller Ideen, und eine davon war, daß ich auf dem nicht sehr steilen Teil unseres Daches etwas zuwege brachte. Manchmal saß sie am Dachbodenfenster und beobachtete mich. Hinter der Scheibe konnte ich die feinen Konturen ihrer Backenknochen erkennen. »Was siehst du?« fragte sie. An warmen Abenden lehnte sie sich aus dem Fenster und deutete auf die Sternbilder. »Sie sind die Erleuchtung großer Geister«, sagte sie.

Nachdem die Frau das zweite Mal im Laden gewesen war, begann ich ernsthaft darüber nachzudenken, was ich wollte. Ich wollte irgendwie entdecken, was es war, und eine Ahnung sagte mir, daß ich es auf dem Dach herausfinden würde. Abends saß ich dort oben und dachte nach. Ich hielt nach Zeichen Ausschau. Ich warf Kieselsteine auf die Straße und beobachtete, wo sie hinfielen. Ich las Zeitung, und immer häufiger blieb ich an Geschichten über Sportler oder Jazzmusiker hängen. Johnny Unitas knüpfte mit zehn Jahren einen Autoreifen an einen Ast und brachte ganze Nachmittage damit zu, einen Football durch den hin- und herschwingenden Reifen zu werfen. Dizzy Gillespie spielte bereits in einer Band, als er gerade sieben war. Es gab einen Kaiser, der mit acht Jahren China regiert hatte. Was ließ sich über mich sagen? »Er fegte unter dem überstehenden Rand der Gemüsebehälter Schmutz weg, den keiner sehen konnte.«

Am Tag, nachdem die Frau zum zweitenmal im Laden gewesen war, kam meine Mutter aufs Dach herauf, wo ich gerade den Stern putzte. Gewöhnlich trug sie Schuhe mit halbhohen Absätzen und hielt sich von den Dachschindeln fern, doch an diesem Abend stieg sie zu mir heraus. Ich hatte das Glas gerade einmal abgewischt, als ich sie durch das Gaubenfenster kommen sah; ihr Rocksaum und die weißen Schuhe leuchteten im Mondschein. Die meisten der Insekten waren weg, und der Stern dampfte in der Nacht. Sie kam durch das Fenster, zog die Schuhe aus und bewegte sich vorsichtig das Dach herunter, bis sie neben mir stand. »Es ist ein wunderschöner Abend«, sagte sie.
»Kühl.«
»Dade, wenn du hier oben bist, überlegst du da manchmal, was im Kopf eines großen Mannes vorgeht, wenn er eine Entdeckung macht?«
Der bislang noch dünne Nachthimmel wurde nun dicker, die Luft schwerer, und am Horizont rückte alles näher zusammen. Ich blickte hinaus auf die Ebene und ver-

suchte eine Antwort zu finden. Zufällig hatte ich an dem Tag über eine Geschichte nachgedacht, die mein Vater gelegentlich erzählte. Kurz bevor er und meine Mutter geheiratet hatten, hatte er sie zum höchsten Punkt in der Hügellandschaft geführt, die Arcade umgibt. Dort standen sie so, daß sie den New Jerusalem River, Westkalifornien und das Meer zu ihrer Linken hatten und Arcade zu ihrer Rechten. Mein Vater plante immer alles sorgfältig voraus, und als sie an diesem Tag dort oben standen, wurde der Westen von einem Gewitter verdunkelt, während das von Hügeln abgeschirmte Arcade in der Sonne lag. Er fragte sie, in welche Richtung sie gehen wolle. Ihr muß klargewesen sein, daß er sie auf die Probe stellte, denn sie überlegte einen Moment und sah dann nach rechts, und als sie wieder bergab fuhren, sprach mein Vater von der Idee, ein Lebensmittelgeschäft aufzumachen. Es dauerte noch ein Jahr, bis die »Stern-Delikatessen« Wirklichkeit wurden, aber im Kopf meines Vaters war, glaube ich, dieser Augenblick entscheidend gewesen. Als die beiden – meine Mutter in einem Baumwollrock, den sie selbst genäht hatte – an diesem Nachmittag dort oben über dem New Jerusalem River standen und auf die Ebene hinausblickten, da sah mein Vater, wie ich glaube, sein ganzes Leben vor sich.
Auch ich hatte schon versucht, herauszufinden, welchen Verlauf mein Leben wohl nehmen würde, alles Nachdenken hatte mich aber keinen Schritt weitergebracht. Manchmal saß ich da und dachte über die ungewöhnlichen Dinge nach, die ich erlebt hatte. Einmal hatte ich die völlig unbeschädigte abgestreifte Haut einer Klapperschlange gefunden. Meine Mutter sagte daraufhin zu meinem Vater, das spreche für meine naturwissenschaft-

lichen Fähigkeiten. Ein anderes Mal war ich gerade auf dem Dach, als es – an einem Nachmittag mitten im Sommer – Eiskörner hagelte, die so groß waren wie Aprikosen. Es war ein heißer Tag, und am Himmel war nur eine Wolke zu sehen, aber beim Näherkommen überzog sie die Erde mit einer Säule aus Dunkelheit, als sei sie aufgebrochen und hinge bis auf den Boden hinunter, und als sie den New Jerusalem River erreichte, spritzte das Wasser auf. Dann war sie wieder über fester Erde, und ich sah, wie die Hagelkörner parkende Autos zerbeulten. Ich zog mich in den Dachboden zurück und ließ die Wolke vorbeiziehen, und als ich wieder herauskam und die zwischen die gerippten Abflußrohre gerollten Eisklumpen in die Hand nahm, zerschmolzen mir die stachligen Kanten zwischen den Fingern. Nach einer Minute waren sie verschwunden. Es war das außergewöhnlichste Erlebnis, das ich je gehabt hatte. Nun wartete ich auf andere außergewöhnliche Dinge, denn offenbar kam man, wenn man das Leben eines Menschen zurückverfolgte, irgendwann an irgendein Zeichen – Unwetter an einem Horizont und Sonnenschein am anderen. Auf dem Dach wartete ich auf *mein* Zeichen. Manchmal dachte ich an die Frau, und manchmal suchte ich in den blauen Formen zwischen den Wolken nach Silhouetten.
»Dein Vater findet, du solltest mehr an den Laden denken«, sagte meine Mutter.
»Ich weiß.«
»Eines Tages wird das Geschäft dir gehören.«
In der Ferne lag ein Teppich aus Zirruswolken, und wir beobachteten, wie ihre unteren Ränder allmählich vom aufsteigenden Mond beschienen wurden. Meine Mutter legte den Kopf zurück und sah nach oben zu den Sternen.

»Was für herrliche Namen«, sagte sie. »Cassiopeia, Lyra, Aquila.«
»Großer Bär«, sagte ich.
»Dade?«
»Ja?«
»Ich hab die Lady gestern in den Laden kommen sehen.«
»Ich bin ihr nicht hinterher.«
»Ich weiß.«
»Was hältst du davon?«
»Ich glaube, du tust wichtigere Dinge«, sagte sie. »Träume sind wichtiger als Roggenbrot.« Sie zog die Haarklemmen aus ihrer Frisur und hielt sie in der Hand. »Dade, sag mir die Wahrheit. Worüber denkst du nach, wenn du hier raufkommst?«
In der Ferne sah ich Autoscheinwerfer, Bäume, Leitungsmasten aus Aluminium. Ich hätte verschiedene Antworten geben können.
Ich sagte: »Ich glaube, ich mache bald eine Entdeckung.«
Von da an stand meine Mutter immer schon am Fuß der Treppe, wenn ich vom Dach herunterkam. Sie lächelte erwartungsvoll. Ich schnalzte mit den Fingern und klopfte mit den Schuhsohlen auf den Boden. Ich blinzelte und blickte auf die Spitzen meiner Segeltuchschuhe hinunter. Sie lächelte immerzu. Das alles gefiel mir gar nicht, und so versuchte ich, ganz Nachmittage lang oben zu bleiben, aber das ließ sie nur noch erwartungsvoller dreinblicken. Auf dem Dach gerieten mir alle Gedanken durcheinander. Mir fiel schon gar nichts mehr ein, was noch nicht entdeckt war. Ich dachte viel über die Frau nach.

Dann fing meine Mutter an, mir kleine Mahlzeiten auf den Sims des Gaubenfensters zu stellen. Cracker, Apfelstückchen, Aprikosen, die sie in Fächern oder Spiralen auf einen Teller gruppierte. Ein paar Tage später arbeitete ich wieder voll im Laden. Ich trug meinen Kittel, saß an der Registrierkasse und ging nur abends aufs Dach. Ich kam erst herunter, wenn meine Mutter schlafen gegangen war. Ich hatte Angst davor, daß die Frau zurückkam, aber ich konnte meiner Mutter nicht zweimal täglich am Fuß der Treppe gegenübertreten. Also arbeitete ich und sah jedesmal zur Tür, wenn Kunden hereinkamen. Ich arbeitete im Lagerraum, wann immer ich konnte, blieb hinten, wo die Luft gekühlt war, aber ich schwitzte trotzdem. Ich verstaute Melonen, Thunfisch und Cornflakes, zählte Schachteln mit Lutschern, zeichnete Dosen mit garantiert amerikanischem Schinken aus. An der Pendeltür zwischen Lagerraum und dem hinteren Teil des Ladens krampfte sich mir das Herz zusammen. Die Frau mußte etwas über mich wissen.
Abends auf dem Dach überlegte ich mir, was es war. Ich sah mysteriöse neue Wolken, merkwürdige Mischungen aus Zirrus und Stratus. Warum erstarrte ich unter ihrem Blick, als sei ich mit dem Linoleumboden verwachsen? Über mir kochte der Himmel. Er war aus blauem Gas. Ich wußte, sie würde wiederkommen.

Als es soweit war, hatten wir Regenwetter. Die Tür ging auf, ich spürte den feuchten Luftzug, und als ich den Blick hob, stand sie mit dem Rücken zu mir vor dem Regal mit den Molkereiprodukten, und diesmal erhob ich mich, ging hin und blieb hinter ihr stehen. Sie roch nach Regen.

»Bitte«, sagte ich, »warum tun Sie mir das an?«
Sie drehte sich nicht um. Ich ging noch näher heran. Ich ordnete meine Worte, dachte an die blaue Karteikarte, doch in dem Augenblick fiel mir Mutters Vorstellung vom begrenzten Ruhm ein. Ich gab es auf. Wie wollten sich Menschen über gewaltige Entfernungen hinweg verstehen, wenn nicht durch Ideen und Vorstellungen, wie sie einfacher nicht sein konnten? Ich habe nie verstanden, was den Geruch des Regens ausmacht, aber als ich hinter dieser Frau stand, begriff ich plötzlich, daß ich das Innere von Wolken roch. Was uns in diesem Augenblick verband, war eine Idee, die wir selbst geschaffen hatten. Schließlich nahm sie einen Karton Milch und ging, und ich konnte nichts sagen.

An diesem Abend auf dem Dach betrachtete ich wie immer den Himmel, sah hinaus auf die Ebene und den ungleichen Horizont entlang. Ich überlegte, was wohl mein Vater als junger Mann vor sich gesehen hatte. Ich fragte mich, ob er sich damals bereits die »Stern-Delikatessen« vorgestellt hatte.
Die Sonne ging unter. Die Blau- und Orangetöne vermischten sich zu Schwarz, und in den Hügeln in der Ferne gingen hinter den Fenstern Lichter an.
»Sagt mir, was ich will«, sagte ich laut. Ich ging bis an die Dachkante vor und wiederholte es. Ich schaute hinunter in die Gasse, in die gegenüberliegenden Küchen, in Wohnzimmer, Schlafzimmer, über Schieferdächer hinweg. »Sagt mir, was ich will«, rief ich. Autos bogen auf den Parkplatz ein, andere fuhren weg. Große Sattelschlepper rasten auf dem Highway vorbei. Die Luft um mich her war so kühl wie Wasser, die beleuchteten Swim-

ming-pools wie Flecken am Nachmittagshimmel. Ein bedeutender Augenblick schien ganz nahe. »Sagt mir, was ich will«, rief ich noch einmal.
Dann hörte ich meinen Vater das Fenster öffnen und aufs Dach herauskommen. Er kam die Schräge herunter und blieb neben mir stehen; die kahle Stelle auf seinem Kopf reflektierte das Licht von der Straße. Er holte eine Zigarette heraus, rauchte eine Weile, kniff die Glut ab. Ein Vogel flatterte um den Laternenpfahl auf der anderen Straßenseite. Ein Auto mit den Worten *Just married* auf dem Dach fuhr unter uns vorbei.
»Hör mal«, sagte er, »deine Mutter hat versucht, mir diese Geschichte begreiflich zu machen.« Er unterbrach sich, um die ungerauchte Hälfte der Zigarette in die Pakkung zurückzustecken. »Und vielleicht verstehe ich dich ja. Du glaubst, dieser Frau geht's dreckig, und du willst jemandem, der am Boden liegt, nicht auch noch einen Fußtritt geben. Okay, das begreife ich. Und deshalb habe ich etwas beschlossen. Willst du wissen, was?«
Er steckte die Hände noch tiefer in die Hosentaschen und machte ein paar Schritte auf die Dachkante zu.
»Willst du wissen, was?«
»Was?«
»Ich helfe dir aus der Klemme. Deine Mutter sagt, daß du einige Ideen hast, daß sich bei dir vielleicht bald was tut, und deshalb habe ich beschlossen, daß es ganz in Ordnung ist, wenn du die Lady laufen läßt, falls sie wieder mal in den Laden kommt.«
»Wie bitte?«
»Ich habe gesagt, es ist ganz in Ordnung, wenn du die Lady laufen läßt. Du brauchst sie nicht festzuhalten.«
»Du läßt sie einfach stehlen?«

»Nein«, sagte er. »Ich habe einen Wachmann eingestellt.«

Er war am nächsten Morgen da, ganz in Dunkelblau. Hose, Hemd, Mütze, Socken. Er war nur zwei, drei Jahre älter als ich. Mein Vater stellte ihn mir als Mr. Sellers vor. »Mr. Sellers«, sagte er, »das hier ist Dade.« Der Mann hatte ein Abzeichen auf der Brust und am Gürtel einen Schlüsselring von der Größe eines Armreifs. Er saß an der Tür und klimperte mit den Schlüsseln.
Ich redete nicht viel mit ihm, und wenn ich es tat, kam mein Vater aus dem hinteren Teil des Ladens und zählte Kassenzettel oder füllte die Lockangebote in unserer Nähe auf. Wir beredeten jedoch nichts Wichtiges. Mr. Sellers hatte keine Waffe, nur den armreifgroßen Ring, und so fragte ich ihn, ob er nicht gern eine hätte.
»Klar«, sagte er.
»Und Sie würden sie gebrauchen?«
»Wenn ich müßte.«
Ich stellte mir vor, wie er seinen Revolver gebrauchen würde, wenn er müßte. Seine Hände waren dick, und auf den Handrücken wuchsen Haare. Das schien mir zu jemandem zu passen, der schießen würde, wenn er müßte. Meine eigenen Hände waren dünn und weiß, und meine Haare auf ihnen waren wie die Haare auf der Wange eines Mädchens.
Tagsüber blieb er vorn beim Eingang. Er hatte immer ein Lächeln für die Kunden und hielt ihnen die Tür auf, und mein Vater brachte ihm jede Stunde ein Mineralwasser. Jedesmal wenn der Wachmann eine Kundin anlächelte, stellte ich mir vor, daß er überlegte, ob er wohl die Ladendiebin vor sich hatte.

Und dann an einem Abend änderte sich alles.
Ich war auf dem Dach, die Sonne stand schon tief. Jenseits des New Jerusalem River und von hinter den Hügeln tauchten vier Jets der Air Force auf. Sie verschwanden, dann kamen sie wieder, silberne Punkte, die einen weißen Schweif hinter sich herzogen. Sie stiegen auf, drehten ab und loopten zurück, zeigten sich mal dunkel, mal hell, wie ein Schwarm von Fischen. Wenn sie zur Sonne hinschwenkten, blitzten ihre Flügel. Zwischen den Hügeln und dem Fluß gingen sie über der Ebene tief herunter und schossen dann nach oben und in meine Richtung. Einer zog tiefer, die anderen folgten. Über dem Fluß schwenkten sie zurück und flogen zwei große Kreise, den zweiten kleiner als den ersten, sackten plötzlich durch, um sich gleich wieder zu fangen und erneut in meine Richtung zu steuern. Der Himmel schien so klein, daß sie hätten herausfallen können. Ich konnte die Doppelleitwerke sehen, dann die Tragflächen und die Düsen. Von jenseits des Flusses schossen sie geradewegs auf den Laden zu und dann steil nach oben, wobei sie den Blick auf die V-förmigen Tragflächen und den Tarnanstrich und die runden Bombenschächte freigaben, und ich hielt mir die Ohren zu, und im nächsten Augenblick donnerten sie über den Fluß und waren auch schon über mir, vollführten eine Rolle, flogen auf dem Rücken weiter und zeigten mir die Cockpits aus dunklem Glas, so daß mir das Herz bis zum Hals schlug.
Während ich noch so dastand, drehten sie erneut ab und jagten im Steilflug, eine dünne Kondensfahne hinter sich herziehend, endgültig wieder auf die Hügel zu, und kaum war ihr Dröhnen verklungen, da wußte ich, ich wollte, daß die Frau erwischt wurde. Ich hatte ein Zei-

chen bekommen. Plötzlich war der Himmel klar wie Wasser. Entfernungen schrumpften, Häuser hoben sich von den Hügeln ab, und ich kam mir vor wie jemand, der um eine Ecke gebogen ist und nun eine regennasse Straße vor sich sieht. Die Frau war eine Diebin. Das war eine einfache Tatsache, und sie stellte sich mir einfach dar. Ich hatte das Gefühl, daß die Welt den Lauf der Dinge bestimmte.
Ich ging hinunter und erklärte meinem Vater, ich sei nun bereit, sie zu schnappen. Er sah mich an und schob den Kaugummi in seinem Mund hin und her. »Ich werd verrückt.«
»Mein Leben hat einen Sinn«, sagte ich.
Als ich an diesem Abend Kartoffelchips auspackte, legte ich die Tüten in die Aluminiumkörbe wie Kinder in ihre Betten. Unter dem überstehenden Rand der Gemüsebehälter hatte sich Staub angesammelt, also fegte und wischte ich ihn fort und fuhr mit einem feuchten Lappen über das Gestell. Mein Vater klopfte mir ein paarmal auf den Rücken. In der Schule hatte ich einmal meine eigene Fingerspitze unter dem Mikroskop betrachtet, und wenn ich mich jetzt im Laden umsah, schien alles auf die gleiche Weise vergrößert. Ich sah Risse im Linoleumboden, farbige Tupfen an den Wänden.
Das hielt zwei, drei Tage an, und die ganze Zeit wartete ich darauf, daß die Frau in den Laden kam. Schon bald war es mehr als nur ein Warten: Ich sah dem Tag ihrer Rückkehr mit Spannung entgegen. In meinen Augen würde sie nichts als Entschlossenheit finden. Wie hell mir der Laden vorkam, wenn ich fegte, wie samten die Schale der Melonen unter der Zerstäuberflasche. Ich stieg hinauf aufs Dach, schrubbte den Stern mit dem nas-

sen Lappen und kam wieder herunter. Ich starrte nicht in die Wolken, und wenn ich an die Frau dachte, dann nur mit der Zielsetzung, sie zu erwischen. Ich gab dem Wachmann eine perfekte Beschreibung. Von ihren grauen Augen. Von ihrem buntkarierten Kleid.
Nachdem ich angefangen hatte, mich so auf die Arbeit zu konzentrieren, ging meine Mutter nachmittags in den Lagerraum, um Musik zu hören. Wenn ich hinten fegte, hörte ich Opernmelodien. Sie drangen durch die Pendeltür, während ich auf die Rückkehr der Frau wartete, und kam meine Mutter heraus, war ihr die Enttäuschung anzusehen. Die Haut in ihrem Gesicht war blaß und glatt, so als sei das Blut in tieferliegende Teile geflossen.
»Dade«, sagte sie eines Nachmittags, als ich gerade Tomaten zu einer Pyramide aufschichtete, »es kann einem leicht passieren, daß man seine Träume verliert.«
»Ich schichte nur Tomaten auf.«
Sie kümmerte sich wieder um die Kasse. Ich kümmerte mich wieder um die Pyramide, und mein Vater, der mir auf die Schulter geklopft und mir von seinem Platz hinter der Wursttheke zugeblinzelt hatte, kam herüber und half mir.
»Hab ich richtig gesehen, deine Mutter hat mit dir geredet?«
»Ein bißchen, ja.«
Wir waren mit den Tomaten fertig und machten uns an den Kopfsalat.
»Weißt du«, sagte er, »am besten tut man einfach, was man tun muß. Ich würde mir an deiner Stelle nicht so furchtbar viel Gedanken über alles machen. Dein Leben ist gar nicht so lang, wie du es dir vielleicht vorstellst.«
Wir standen an unserem fahrbaren Gemüsestand und ar-

rangierten Salatköpfe auf der schiefen Ebene. Mein Vater duftete nach Aqua Velva.
»Der Kopfsalat sieht gut aus«, sagte ich. Anschließend ging ich in den vorderen Teil des Ladens. »Ich bin mir nicht sicher, was für Träume ich habe«, sagte ich zu meiner Mutter. »Und ich werde nie irgendwas entdecken. Ich habe auf dem Dach niemals was anderes getan, als in die Wolken geguckt.«
In dem Augenblick ging die Tür auf, und die Frau kam herein. Ich stand vor dem Ladentisch, die Hände in den Taschen, meine Mutter mit tränennassen Augen dahinter, der Wachmann beobachtete ein paar Mädchen vor dem Fenster – alles strahlte die Ruhe aus, die, im Rückblick, Überraschungen vorausgeht. Eine Woche lang hatte ich auf sie gewartet, und nun kam sie herein. Mir wurde klar, daß ich nie mit ihr gerechnet hatte. Sie blieb stehen, um mich anzusehen, und sekundenlang erwiderte ich ihren Blick. Dann begriff sie, was ich vorhatte. Sie drehte sich um und wollte gehen, und kaum daß sie mir den Rücken zugekehrt hatte, war ich auch schon bei ihr und hielt sie fest.
Ich war zwar mit meinem Vater schon öfter beim Angeln gewesen, aber es hatte mich nie begeistert, denn sobald eine Baumlänge von mir entfernt ein Fisch an meiner Angel zappelte, hatte ich das Gefühl, plötzlich etwas verloren zu haben. Ich war dann immer enttäuscht und traurig, aber als ich jetzt die Frau unterhalb der Schulter festhielt, spürte ich nichts von dieser Enttäuschung. Ich fühlte mich stark und gut. Sie war hager, und ich konnte die Knochen und Sehnen in ihrem Arm spüren. Vorbei am Brotregal und den Kartoffelchips, aneinandergereiht wie bauschige Kissen, führte ich sie nach hinten zum

Lagerraum und hörte, wie meine Mutter an der Kasse zu schluchzen begann. Und dann war mein Vater hinter mir. Ich drehte mich nicht um, aber ich wußte, daß er da war, und ich wußte, daß er sich betont ruhig gab. »Ich komme nach, wenn ich die Melonen abgestaubt habe«, sagte er.
Ich hielt den Arm der Frau fest umklammert, aber sie ging trotzdem mit leichten Schritten, und als wir vor der Tür zum Lagerraum standen, hatte ich plötzlich das Gefühl, ich führte sie zum Tanzen. Das löste in mir eine Flut von Selbstvorwürfen aus. Du kannst nicht dein ganzes Leben mit Rückblicken und Ausblicken verbringen, sagte ich mir. Du mußt wissen, was du willst. Ich stieß die Tür auf, und wir gingen hinein. Der Raum war dunkel. Der Geruch meines bisherigen Lebens hing in der Luft. Ich machte das Licht an und ließ sie auf dem unbequemen Stuhl Platz nehmen, dann ging ich hinüber auf die andere Seite und stellte mich an die Tür. Ich hatte schon auf etliche Kinder eingeredet, während sie auf diesem Stuhl saßen. Ich hatte sie eingeschüchtert, ihnen die Süßigkeiten abgenommen, die sie verstecken wollten, und meinem Vater ausgehändigt, als er hereinkam. Nun warf ich einen Blick auf die blaue Karte. *Weißt du eigentlich, was du getan hast?* stand dort. *Weißt du, was es heißt zu stehlen?* Ich überlegte mir, was ich zu der Frau sagen sollte, die da leicht zitternd vor mir saß. Ich ging hinüber und stellte mich vor sie hin. Sie blickte zu mir auf. Ihre Haare waren grau um die Wurzeln.
»Möchten Sie durch die Hintertür raus?« fragte ich.
Sie stand auf, und ich holte den Schlüssel unter dem silbernen Samowar hervor. Mein Vater mußte jeden Moment kommen, und so nahm ich, nachdem ich ihr aufge-

schlossen hatte, meinen Mantel vom Haken und folgte ihr. Es war ein wenig neblig. Sie überquerte den Parkplatz, und ich holte sie mit raschen Schritten ein. Wir gingen schnell und blieben dabei hinter den geparkten Autos, und als wir uns ein Stück weit entfernt hatten, drehte ich mich um und blickte zurück. Die Tür zum Lagerraum war zu. Auf dem Dach verbreitete der Stern sein bleiches Licht und gab dem Aluminiumblech der Rinne einen weißen Schimmer.

Es sah ganz so aus, als müßten wir uns nun großartig unterhalten können, aber an ihrer Seite wurde mir klar, daß ich nicht wußte, was ich zu ihr sagen sollte. Wortlos gingen wir die Straße entlang. Es herrschte nur wenig Verkehr, der Abend kam näher, und als wir gerade unter einer Reihe von Bäumen waren, flammten plötzlich die Straßenlaternen auf. Dieser Augenblick hatte mich schon immer fasziniert. Ich wußte, der Frau war es ebenfalls aufgefallen, aber wenn man über so etwas spricht, ist das immer eine Enttäuschung. Die Straßen und Häuser nahmen ihre nächtlichen Formen an. Wir redeten noch immer nicht miteinander. Unter dem blassen Violett der Laternen gingen wir weiter, Straße um Straße, und an einer Ecke blieb ich dann einfach stehen. Sie lief weiter, überquerte die Straße, und ich verlor sie aus den Augen.

Ich blieb stehen, bis sich die Welt ganz auf die Nachtseite gedreht hatte, und eine Weile versuchte ich, mir dieses Rotieren der Erde bewußt zu machen. Dann kehrte ich um. Diese Nacht würde meine Mutter von Entdeckungen träumen und mein Vater von kleinen Dieben. Als ich daran dachte und dann an die Frau, wurde ich traurig. Offenbar konnte man einen anderen Menschen nie richtig kennen. Ich fühlte mich allein auf der Welt, in einer Stimmung, die mir die Geräusche und die Temperatur bewußt machte, als wäre ich gerade aus einem Kino gekommen und liefe nun über einen Hinterhof und es regnete leicht; und es ging ein kühler Wind und von irgendwoher kamen die Stimmen anderer Menschen.

Ethan Canin
Blue River

Roman, 288 Seiten, gebunden.

Dies ist die Geschichte zweier Brüder, die sich seit ihren Jugendtagen aus den Augen verloren haben. Jetzt, wo sie wieder zusammentreffen, werden auch jene alten Zeiten wieder lebendig, die noch immer schwer auf beiden lasten. Nach dem Erzählungsband „American Beauty" ist dies der erste Roman von Ethan Canin. „,Blue River' ist ein ebenso bewegendes wie fesselndes, von handwerklicher Souveränität und großer Einfühlungsgabe zeugendes Werk." *Frankfurter Allgemeine Zeitung*

Rowohlts Amerika

Paul Auster
Die New York-Trilogie *Stadt aus Glas / Schlagschatten / Hinter verschlossenen Türen*
(rororo 12548)
Jeder der drei Romane wirkt zunächst wie ein klassische Kriminalgeschichte, aber bald stimmen die vordergründig logischen Zusammenhänge nicht mehr. Schritt für Schritt wird der Leser in ein Spiel mit seinen eigenen Erwartungen verstrickt. «Eine literarische Sensation!» *Sunday Times*

Nicholson Baker
Vox *Roman*
Deutsch von Eike Schönfeld
192 Seiten. Gebunden
Zwei Menschen sprechen über Sex - am Telefon. «Vox» ist ein erotischer Roman im besten Sinne und eine kunstvoll, lebensfrohe, ebenso ungehemmte wie vorurteilsfreie Auseinandersetzung mit Sexualität heute.

William Boyd
Stars und Bars *Roman*
(rororo 12803)
Mit himmelschreiender Komik erzählt William Boyd die Geschichte von einem feinsinnigen Briten, der nach Amerika kommt und sein blaues Wunder erlebt. «Eine Farce – aber eine raffinierte!» *Nürnberger Nachrichten*

Robert Olmstedt
Jagdsaison *Roman*
Deutsch von Klaus Modick
288 Seiten. Gebunden
«Ein bemerkenswerter Roman, der die prekäre Balance zwischen spannendem Thriller und lyrischer Fabel hält.»
The New York Times Book Review

Luanne Rice
Ein Leben für Nick *Roman*
(rororo 12632)
Alles zu haben heißt auch, alles wieder verlieren zu können. Dieser Gedanke beschäftigt Georgina Swift, die in scheinbar behüteten Verhältnissen lebt und ihren Mann Nick, den scheinbar tadellosen, erfolgreichen Wall Street-Anwalt, abgöttisch liebt...

John Irving
Garp und wie er die Welt sah
Roman
(rororo 5042)
«Diese Geschichte ist so absurd, so komisch, so tränentreibend, so kühl und sachlich, so wirklich und genau, daß man das Buch nicht wieder los wird.»
Nürnberger Nachrichten

Tom Robbins
Salomons siebter Schleier
Roman
Deutsch von Pociao
540 Seiten. Gebunden
Der Altmeister des Underground-Romans, läßt die verrücktesten Typen, die schärfsten Sprüche und provokantesten Gedanken über die Seiten tanzen.

rororo Literatur

Rowohlt im Kino

John Updike
Die Hexen von Eastwick
(rororo 12366)
Updikes amüsanten Roman über Schwarze Magie, eine amerikanische Kleinstadt und drei geschiedene Frauen hat George Miller mit Cher, Susan Sarandron, Michelle Pfeiffer und Jack Nicholson verfilmt.

Hubert Selby
Letzte Ausfahrt Brooklyn
(rororo 1469)
Produzent: Bernd Eichinger
Regie: Uli Edel
Musik: Mark Knopfler

Alberto Moravia
Ich und Er
(rororo 1666)
Ein Mann in den Fallstricken seines übermächtigen Sexuallebens – erfolgreich verfilmt von Doris Doerrie.

Paul Bowles
Himmel über der Wüste
(rororo 5789)
«Ein erstklassiger Abenteuerroman von einem wirklich erstklassigen Schriftsteller.»
Tennessee Williams
Ein grandioser Film von Bernardo Bertolucci mit John Malkovich und Debra Winger

John Irving
Garp und wie er die Welt sah
(rororo 5042)
Irvings Bestseller in der Verfilmung von George Roy Hill.

Alice Walker
Die Farbe Lila
(rororo neue frau 5427)
Ein Steven Spielberg-Film mit der überragenden Whoopi Goldberg.

rororo Unterhaltung

Henry Miller
Stille Tage in Clichy
(rororo 5161)
Claude Chabrol hat diesen Klassiker in ein Filmkunstwerk verwandelt.

Oliver Sacks
Awakenings – Zeit des Erwachens
(rororo 8878)
Ein fesselndes Buch – ein mitreißender Film mit Robert de Niro.

Ruth Rendell
Dämon hinter Spitzenstores
(rororo thriller 2677)
Rendells atemberaubender Thriller wurde jetzt unter dem Titel «Der Mann nebenan» mit Anthony Perkins in der Hauptrolle verfilmt.

Marti Leimbach
Wen die Götter lieben
(rororo 13000)
Das Buch zum Film «Entscheidung aus Liebe» mit Julia Roberts und Campbell Scott in den Hauptrollen.